马经义 著

红楼十二钗评论史略

四川大学出版社
SICHUAN UNIVERSITY PRESS

图书在版编目（CIP）数据

红楼十二钗评论史略 / 马经义著． — 2 版． — 成都：四川大学出版社，2022.9
（经议红楼）
ISBN 978-7-5690-4263-4

Ⅰ．①红… Ⅱ．①马… Ⅲ．①《红楼梦》人物—人物研究 Ⅳ．① I207.411

中国版本图书馆CIP数据核字（2021）第 009888 号

书　　名：	红楼十二钗评论史略
	Honglou Shi'erchai Pinglun Shilüe
著　　者：	马经义
丛　书　名：	经议红楼

丛书策划：欧风偃
选题策划：欧风偃　荆　菁
责任编辑：欧风偃
责任校对：荆　菁
装帧设计：墨创文化
责任印制：王　炜

出版发行：四川大学出版社有限责任公司
　　　　　地址：成都市一环路南一段24号（610065）
　　　　　电话：（028）85408311（发行部）、85400276（总编室）
　　　　　电子邮箱：scupress@vip.163.com
　　　　　网址：https://press.scu.edu.cn
印前制作：四川胜翔数码印务设计有限公司
印刷装订：四川盛图彩色印刷有限公司

成品尺寸：170 mm×240 mm
印　　张：14.75
插　　页：2
字　　数：250 千字
版　　次：2013 年 4 月　第 1 版
　　　　　2022 年 9 月　第 2 版
印　　次：2022 年 9 月　第 1 次印刷
定　　价：78.00 元

本社图书如有印装质量问题，请联系发行部调换

版权所有◆侵权必究

四川大学出版社
微信公众号

脱颖而出看马君

——为马经义君《红楼十二钗评论史略》而作

孙伟科

一

很高兴能早早拿到马经义君的书稿《红楼十二钗评论史略》，有一种先睹为快的欢愉。粗粗浏览一遍，觉得它有三个特点。一是专题性。它属于人物形象分析，这是对《红楼梦》中相对固定人群的研究，对小说中主体人群的研究梳理，她们属于《红楼梦》中的特殊群落，对理解《红楼梦》和体会作者意图有特殊的意义——十二钗的分量几乎相当于一整部《红楼梦》，作者不是曾经将自己的这部小说命名为《金陵十二钗》吗？所以，马经义君带领读者与金陵十二钗对话，无异于先得楼台、赏月增怀。二是系统性。人物分析、评价梳理分"名义""外貌""性情""命运""结局"数个层面逐次展开，当详则详，当略则略，大多数"金钗"尽见其面面俱到的圆形观照。其三是开放性。红学中，人们往往重视那些名家名人的说法，往往重视经典之论，往往重视被红学或红学史定位的观点，而对民间说法，对当代青年人的新说法略而不谈，往往对主流之外刊物上的文章观点忽略不计。马经义君则不然，在他的梳理中，人们能看到知名学人蒋勋异峰突起的观点，也能看见闫红这类兼具作家身份的红学新秀的观点，此外还有那些名不见经传的红楼爱好者的观点。

如此概括马经义君的这部红学著作，当然显得简略，还有轻慢之嫌。捡拾艺海之贝，领略大观还需深入研读，不是粗粗翻阅所能解决的。当然，对于我来说，认真阅读也并不只是为了作序。《红楼梦》作为一部伟大的文学作品，若要获得其滋养，离不开一个一个人物的涵泳，离不开对历史上那些真知灼见的梳理和感悟。

二

红学的发展，到今天遇到了一个整合时期。没有对既有文献和研究成果的系统梳理和概括，没有对已有的各种观念包括对立观点的甄别和辨析，是不可能有所进步的。而文献整理和观点提炼，则直接关系到整合是否严谨和成功，不严谨则不成功。

就红学的学科特性而言，它无疑是跨学科的。就红学的历史看，政治学、历史学、哲学、美学、文献学、社会学、诗学等，再加上版本学、谱牒学等，红学的发展离不开多学科协同，即相互吸收最新研究成果，互为基础才能有所创新，才能不落后于时代。但是，我们遗憾地看到，红学的多学科协同做得很不够。许多研究者包括爱好者往往从局部出发，不顾及全局，也陋知于历史，或是得出惊世骇俗的观点——徒有"语不惊人死不休"的气概，或是重复前人的观点而不自知，自鸣得意甚至忘乎所以。真正的红学爱好者常常喟叹：当前的红学研究中真正有价值的书籍太少。我倒不完全如此认为，一边是"垃圾书"排行榜上总有红楼书（以红学为名），一边是许多有价值的学术著作被冷眼相待。应该说许多有价值的著作被淹没了，这加大了读者披沙拣金的难度，红学也在众声喧哗中陷入"风多响易沉"的境地。

严肃而系统地面对大量的红学文献，是红学的开始。然而，红学文献，特别是红楼人物分析中，将观点叠加于某个焦点的情况已经连篇累牍，千篇一律，无意重复者不少，感悟者的一得之见不少，方法不自觉者与似曾相识者不少，因此，引一条红线带领大家走出迷宫后醒悟，或因此给大家启发，则显得弥足珍贵。马经义君的此部著作，首先就有这种价值，它是一种在大量资料工作上的整合，也是摆脱言不及义的纷纭观点缠绕的一种引导。

那么，引一条什么样的红线呢？作者的选择很重要。有索隐的老路子，有原型研究的还原路子，有形象分析的文学路子。显然，马经义君是严格按照历史顺序，在总揽历史中各种观点的基础上，走了一条文学本位的路子。而我认为，这是当前红学发展应该有的一种态度和选择：既让大家看到历史上已有的各种说法，又不放弃文学立场予以叙述。

以秦可卿为例，小说中的描写并不多，但这个人物却引起了大家研究的兴趣。先是其名字的谐音，是"情可轻"（王昆仑），还是"情可亲"或"情可钦"（子旭）？是"情可倾"，还是"顷刻尽"（陈树璟）？还有索隐派李知其的"春秋戈倾"（春秋各一半字组成秦，戈倾就是国倾，喻示明崇祯亡国），不一而足。对于上述观点的介绍，马经义君尽量周详。

叠加于秦可卿身上的历史附会，莫过于刘心武的"秦学"之甚。像小说中梦一般地塑造秦可卿一样，刘心武也靠浮想联翩和悬想臆测断定秦可卿是废太子允礽的女儿，文史学家杨启樵说刘穿凿历史、不尊重历史，红学家周思源则指出刘心武不懂太医与御医的区别，靠偷换概念支持"外强中干"的历史虚构，贻笑大方。这是关于秦可卿研究的分歧争论之前沿。

马经义君的系统整合，使我浮想联翩，思考秦可卿这个人物的重点，显然在她与贾宝玉的关系上。贾宝玉为情而临世，秦可卿的弟弟叫"秦钟"（情种），和宝玉又最要好，二人间如梦似幻，情生情灭，迅如光火，作者的意图昭然若揭。类似于甄家小兴亡之于贾府兴亡到历史大兴亡的意义一样，秦可卿和秦钟的形象意义，喻示了"情"转头成"空"，即万境归空，生活的辩证法是"深于情"导致了"绝于情"。这个故事具有独立性，但与宝玉的生命意义相联结，才会成为小说中的有机整体。因此，脱离作家对宝玉人生悲剧的命运描写，脱离对作家创作意图的揣摩，即使有再多阐释也无济于事。显然，过度引申只会遮蔽作品朴素的本意。

三

"人物"（文学形象的塑造及文学研究上的人物分析）是理解《红楼梦》的纽结。人物研究是传统文学理论的重点。我们的文学理论向来是重视人物形象的分析和研究的，我们的创作论向来是重视人物形象的塑造的。我们经常对作家说，能不能塑造出成功的典型形象，是创作是否获得成功的标志。这个理论实际上已经被《红楼梦》所验证。假如没有贾宝玉、林黛玉、薛宝钗、王熙凤这些典型形象，假如没有史湘云、贾探春、贾母、贾政、王夫人、刘姥姥、贾琏、薛蟠、晴雯、袭人、平儿、鸳鸯等人物的成功塑造，《红楼梦》还能有雅俗共赏的效果吗？红学亦然，假如有人觉得红学高深莫测，那么借助于人物感悟与研究则可以方便地进入曹雪芹的文学世界，与《红楼梦》中的人物"打成一片"，你必然是"红楼梦中人"。换言之，形象把握、人物评论是接通高深宏论与通俗阅读的桥梁，是实现理性把握与感性经验之间协调的有效循环。和林黛玉同息同止，和薛宝钗谈书论画，和史湘云豪饮啖膻，和王熙凤说说笑笑……这样的体味未尝不是红学，至少也是红学的启端。作家的观念不能在作品中直接显现，而只能赋予人物，作家的爱憎立场是通过人物褒贬反映出来的。揣摩人物，也就是深入文本。当你越来越准确且完整地把握了人物，也就实现了与伟大作家的心灵对话。因此，研究人物形象的意义，包括正确把握人物在作品中的位置、评价人物的作者态度是实现与作家之间沟通的不二法门。而最高的红学境界，就是和作家的心灵对话。把人物分析贬为文学常论，属于一种目空一切的学术霸道，不足与论。

　　元春、迎春、探春、惜春，谐音"原应叹息"，这与"群芳髓（碎）"的红颜悲剧是相互印证的。曹雪芹写这些人物的悲剧，写出了各自不同的悲剧原因：有自我个性上的，也有历史时代局限性的；有民族文化传统的，也有包含着必然因素的偶然性。薛宝钗竭力迎合周边众人，将自我压抑到礼教规范之内，以求得与环境的和谐。她以隐忍贤淑闻名，因此得到了贾母、王夫人、王熙凤的赞赏，而婚姻的报偿未尝不是一次无情的惩罚，从此万劫不复；得到了"宝二爷"的"宝二奶奶"宝座，却是人的空壳和家族的倾覆，是悲是喜。薛宝钗的悲剧带有五味杂陈、一言难尽的味道。林黛玉率性自然，秉持自我，看来是唯我独尊，但她尊的却是一份发蒙于赤子之心的人性之真。林黛玉为情而死，把"自我"转变成"无我"，从"自我"过渡到"无我"的桥梁是"真"，所以说林黛玉的悲剧是真性情的悲剧，具有某种单纯的崇高意味——作家将人生真正有价值的东西撕破给你看。林薛悲剧对比，不难看出作家烘托照应的匠心，也不难看出作家在人生立场上的价值取向。再联系王熙凤、贾探春生不逢时，末世运消的悲剧，作家借写十二钗进而囊括万千，涵盖古今的雄心，不能不令人浩然兴叹。

四

伟大的作家，往往是伟大的人道主义者。有时，这种人道主义是自发的。曹雪芹显然不知道人道主义这个词，也不会有什么人道主义的理论自觉，但他自发的人学思想却达到了历史上极高的水平——他对人的表现是脱俗的，他的理想是超时代的。

在红学中有钗黛优劣的争论；在对王熙凤的评价上有"胭脂虎""脂粉英雄"和"奸雄"（女曹操）之别——爱凤姐与恨凤姐的争论；在对王夫人的评价上有"善"与"伪"之分……这些与书中文学人物一样高低的眼线，显然没有和作者站在一个平台上。由此再顺理成章地追问曹雪芹对他所塑造的人物的爱憎立场是什么——作家必须明确无误地进行一次黑白分明的道德审判。

当人们在为人物优劣的意见相左而几挥老拳的时候，是不是忽视了曹雪芹已将目光转向了对不同人性美的沉醉。人性之美，为什么不能各得其所？万物并育，为什么要相害？人非虎狼，为什么人世间虎狼遍地？同类相食，虎狼不如。曹雪芹是写过贾迎春的"懦"，他对这种"懦"是"怒其不争"吗？她"懦"，这就是"食之"的理由吗？对"懦"的愤怒超过了对"中山狼"的谴责，"怒其不争"变成了对另一种人性（美）的遗弃，无论如何，这不是作者的本意和期望。然而，回首历史，一时间对贾迎春的"愤"超出了某个限度，"怒其不争"变成了口诛笔伐。和作家的悲悯情怀相比，理解人物与人性的深度，不知悬殊几何？退一步讲，假如迎春直烈起来，也如鸳鸯、晴雯、司棋一样，那么这个人物对于作者来说还有塑造的必要吗？"当她独自默默地坐于树下穿茉莉花时，却让我们看到一份生命悬挂于宇宙之间的苍凉。"马经义君此言，将曹雪芹那静水流深的人道主义目光掬水揽月，貌似不经意的一点，却可谓是千古知音之言。

是的，曹雪芹将自己深深的悲悯潜藏在了真实的人物个性塑造之后，尽管有人说人物形象分析难以再有新意，但我们体会作者深意的思想之旅、审美之旅远远没有结束。因为作者有"万物并育而不相害"的人道主义情怀，所以他有对不同个性美的充分尊重，也有对"相害者"和"加害者"的严厉谴责，正所谓妍媸分明，分毫不差。

五

常常有人说，红学不是文学评论的红学。或者说，红学中的文学批评派最没有学术价值。在他们的眼里，文学批评是想怎么说就怎么说，时代需要怎么说就怎么说。可是，当我们检视当前的红学热点、红学格局时，不得不说，潮流浩荡，千帆竞进，唯缺红学。红学依然被索隐的迷雾遮蔽，依然被斟字酌句的微言大义所覆盖，依然被揭秘、猎奇的心理、心态左右着，依然被门户之见、唯我独尊所分隔……"沉舟侧畔千帆过"，红学就是那尾被落下的"沉船"吗？

在文学观念上落后，在文学批评方法上贫乏，在基本问题上纠缠不清，往往是不承认文学理论与文学批评具有科学性的结果，往往是不能认识到在文学观念上有正确与错误、先进与落后区别的结果，往往是不了解当代文学理论发展到了什么水平的结果。

由于文学观念和文学批评的不自觉，偏执的自传性研究，捕风捉影的索隐研究，不着边际、本末倒置的原型研究（虚构一个原型）大行其道，僭越式的原笔原意研究招摇过市，包括他们的致思（提问方式）和行文（使用概念）等都停留在不能满足爱好者的水平上，却被我们的大众媒体推向强势传播，放在风口浪尖吸引眼球。比如，"秦学"——知名作家说秦可卿的原型是允礽子虚乌有的女儿。比如，林黛玉的家产去了哪里——被贾琏贪了？比如，薛宝钗为什么停留在贾府不走——需要揭秘来解决吗？比如，为什么《红楼梦》中会有时间错乱？这些提问虽存在，但作者和小说并没有问题。

回归文本的口号提出很久了，但如此回归文本则不能不令人遗憾——这根本不是对文学的态度。文本需要细读，但如此细读可以说根本不懂细读——真正的细读是对小说文学修辞手法的研究，是对其文学质地即文学性的揭示，而不是从文本之外找一个故事来解构小说中的故事，况且还是一个虚构的历史故事。曹雪芹的故事被改得面目全非，也难怪观众一片哗然了。如此看来，"回归文本"的概念一直被红学界"篡改"着。这在文学理论界，是一个已经解决的问题，文本既不是作品的意思，也不是版本的意思。它是一个艺术的自足体，通过一系列的修辞和叙事手法获得文学性,成为自为的意义生成客体。在文学界的大多数学者那里,原型研究、文本的自足性、文本细读等,都是在其准确的内涵和意义上使用的,唯独在红学界被望文生义,被曲解篡改,走向了其价值的反面还不自知。

每每想到此,怎能不让人为"热闹的红学"捏一把汗!

马经义君的著文则是另外一种气象,从不故弄玄虚。他不避各种观点的芜杂,常常能举重若轻地穿行于历史与现实之间,令人顿觉豁然。马经义君已有多本红学著作出版,已然成为红学研究者中的一分子。他的著作不以立山头为目的,却有鲜明的个人风格。我观察到,他的每本书都有非常独特的、可贵的个人视角和表达方式:朴素而直接。他偏重于《红楼梦》的文学性,向文本挺进,这是我喜欢的那个领域——多角度、多侧面地告知你《红楼梦》的魅力如何而来。读他的书每有收获,也是因其有独特的学术个性,说是另辟蹊径也好,说是独出心裁也好,没有潜心钻研和精深运思,是难以达到的。希望他所带来的新风气,也能对故步自封、妄自尊大的观点有一点撬动。是的,在今天,红学须有一片新天地,因此我们每一个红学爱好者、研究者都负有革故鼎新、创造红学新境界的迫切使命。

目录

导论　红楼人物评论的模式与构架……………………（1）

第一章　林黛玉………………………………………（8）
　第一节　名字涵义研究………………………………（9）
　第二节　外貌研究……………………………………（11）
　第三节　前世与今生研究……………………………（14）
　第四节　性情研究……………………………………（17）
　第五节　才学研究……………………………………（26）
　第六节　结局研究……………………………………（29）
　第七节　价值与意义研究……………………………（33）

第二章　薛宝钗………………………………………（35）
　第一节　名字涵义研究………………………………（36）
　第二节　外貌研究……………………………………（38）
　第三节　象征物研究…………………………………（40）
　第四节　性情研究……………………………………（48）
　第五节　学识研究……………………………………（52）
　第六节　为人与处世研究……………………………（59）
　第七节　与宝黛关系研究……………………………（62）

第八节 结局研究……………………………………（67）
第九节 作者的态度与写法研究……………………（71）

第三章 贾元春……………………………………（73）
第一节 年龄与相貌研究……………………………（73）
第二节 才情研究……………………………………（75）
第三节 命运研究……………………………………（77）
第四节 原型与影射研究……………………………（84）
第五节 曹雪芹的创作角度与贾元春的意义研究……（85）

第四章 贾探春……………………………………（87）
第一节 姓名与外貌研究……………………………（87）
第二节 性情研究……………………………………（88）
第三节 才学研究……………………………………（93）
第四节 命运研究……………………………………（98）

第五章 史湘云……………………………………（101）
第一节 名字涵义研究………………………………（101）
第二节 才学研究……………………………………（103）
第三节 性情研究……………………………………（105）
第四节 结局研究……………………………………（112）
第五节 文学意义研究………………………………（117）

第六章 妙 玉……………………………………（119）
第一节 名字涵义研究………………………………（119）
第二节 身份研究……………………………………（120）
第三节 才学研究……………………………………（128）
第四节 性情研究……………………………………（133）
第五节 结局研究……………………………………（137）
第六节 影射研究……………………………………（139）
第七节 其他…………………………………………（140）

第七章　贾迎春 ·· (143)
第一节　身份与容貌研究 ··· (143)
第二节　性情与才学研究 ··· (145)
第三节　结局与意义研究 ··· (148)

第八章　贾惜春 ·· (151)
第一节　姓名、容貌与才学研究 ································· (151)
第二节　性情研究 ·· (154)
第三节　结局研究 ·· (157)

第九章　王熙凤 ·· (160)
第一节　名字涵义研究 ·· (160)
第二节　外貌与表情研究 ··· (162)
第三节　才干研究 ·· (164)
第四节　品行研究 ·· (170)
第五节　性情研究 ·· (174)
第六节　结局研究 ·· (175)
第七节　形象意义研究 ·· (178)

第十章　贾巧姐 ·· (181)

第十一章　李　纨 ··· (185)
第一节　名字涵义研究 ·· (185)
第二节　身份研究 ·· (187)
第三节　外貌研究 ·· (189)
第四节　人品研究 ·· (190)
第五节　才能研究 ·· (191)
第六节　情感研究 ·· (194)
第七节　命运研究 ·· (197)
第八节　影射研究 ·· (199)

第十二章　秦可卿……………………………………………………（200）

第一节　名字涵义研究……………………………………………（200）
第二节　身世研究…………………………………………………（202）
第三节　才干与性情研究…………………………………………（205）
第四节　死亡研究…………………………………………………（210）
第五节　曹雪芹使用的创作方法研究……………………………（218）

读后感……………………………………………………………………（220）

导论　红楼人物评论的模式与构架

人的自然生命是有限的，然而小说人物的生命似乎是无限的。虽然曹雪芹离世已经两百余年了，但是他笔下众多的艺术人物却始终活跃在读者的心中，一直伴随在我们的左右，未曾远离。从这一层面上讲，曹雪芹的生命会因为他笔下宝、黛等人物的艺术生命而达于永恒。

红学研究是中国学术之林的奇葩，尊列于三大显学之一，历经百余年而繁盛依旧。如此发展下去，恐怕真要印证冯其庸先生的"大哉《红楼梦》，再论一千年"的预言。在如此浩瀚的红学研究中，红楼人物评论可以说经久不衰。诚然它没有当年索隐派的大红大紫，也不像考证派曾盛极一时，更不及探佚学的风光无限，然而它却始终保持着不温不火的状态，永远缄默微笑着屹立在红学研究的制高点上，笑看红学界你方唱罢我登场的风云变幻。

红楼人物评论到底算不算红学研究？周汝昌与应必诚二位先生在20世纪80年代曾经有一场关于"什么是红学"的论战。周汝昌先生认为，红学研究有它自身的独特性，不能将研究小说的一般方法误认为是红学研究，所以在周先生看来，"某个人物性格如何，作家是如何写这个人的，语言怎样，形象怎样，等等，这都是一般小说学研究的范围"[①]，而不是红学研究的领域。这一观点立即遭到了以应必诚先生为首的一大批红学家的反驳。当年学术论争的硝烟已经散尽，各家的言说以及交锋的过程都被封存在了红学的历史上。然而无论怎么给红楼人物评论定位，都无

[①] 周汝昌：《什么是红学》，《河北师范大学学报（哲学社会科学版）》1982年第3期。

法阻挡它在强大生命力的推动下勇往直前。

在红学研究中,有关人物评论的文章和著作,数量是惊人的,用不计其数来形容一点都不过分。百余年来,评论者对红楼人物的解读可谓丰富多彩,观点、理念也五花八门,对红楼人物的批评、赞扬、贬斥、肯定也莫衷一是。在繁杂的人物评论文献资料里,读者首先感受到的是乱,似乎无章可循。但是细细梳理,将评论者的观念分门别类,理出异同,人们会突然发现在红楼人物评论的浩瀚宇宙中,有一种"自然"的评论模式与构架在默默支配着评论者的笔触与思维。

评论《红楼梦》中的一位人物,评论者一般会从这个人物的姓名说起,展开名字涵义研究。因为学者们认为,曹雪芹在为小说人物命名时,总会赋予这个名字一定的涵义。他可能会在名字涵义中暗示这个人的命运,也可能会在名字涵义中点出这个人的性情,还可能在名字涵义中批判这个人的品行。所以名字涵义研究就成了评论红楼人物的第一步。紧接着,评论者会将视点推进到这个人物的外貌特征上,再对这个人物的家世生平、来往经历做一番论述。这就构成了红楼人物评论的第二步——外貌研究、身世研究,等等。《红楼梦》中的人物之所以栩栩如生,其中有一个重要的原因,就是这些人物性情各异,才华出众。所以评论他们的性情、才学、能力就成了评论者的重点。这样一来就产生了红楼人物评论的第三步——性情研究、才学研究,等等。对于红楼人物评论,有一个区别于其他小说人物评论的不同之处,就是增加了结局研究。其原因在于曹雪芹给世人留下的是一本残书,书中主要人物的最终结局还需要读者猜测,于是第四步的结局研究便成了红楼人物评论环节中的一个亮点,甚至还形成了专门的学派——探佚学。有了前面四个步骤,最后还需要探究一下人物的意义与价值,借鉴一下曹雪芹的写作方法与设计技巧,等等。所以一般来说,第五步都会以人物的价值与意义研究收尾。

至此,上面所勾勒的五个步骤与环节清晰可见:**名字涵义与外貌研究→身份与家世研究→性情与才学研究→命运与结局研究→价值与意义研究**。这一评论链条就是众多红楼评论者在评析人物时遵循的一种套路。在长达百余年的评论史中,这一套路经过不断丰富完善、优化深入,逐渐形成了《红楼梦》人物评论的模式与构架。有一点需要特别指出的是,这种模式与构架并非某一个人或者某一个群体机构事先设计好后大家从此随流的，而是在中国传统文化的导向之中，自然而然形成的天然模式。既然是天然模式，那么研究形成这种模式的文化基因就势在必行了。

红楼人物评论的模式与构架是如何形成的？这个问题看似复杂，但如果找准了它的发源点，回答起来又异常简单。那么这个发源点在哪里？首先我们要知道，无论是真实的社会中人，还是书本中虚构的艺术之人，他们的共同点即都具有人性。既然都具有人性，那么在评价分析人物时，无论他是真实的还是虚构的，所使用的方法和切入点都一样。而且曹雪芹笔下的人物个个活灵活现，想必评论者们在点评他们时都是以真人对待的。

问题随之而来了。在现实社会中，我们去了解评析一个人物的一生，也需要问五个哲学化的问题：**是谁？→从何而来？→能力何为？→去往何处？→意义何在**？如果把这五个问题和红楼人物评论的五个步骤相对应，你会惊讶地发现它们结合得天衣无缝："是谁"对应的就是"名字涵义与外貌研究"，"从何而来"对应的就是"身份与家世研究"，"能力何为"对应的就是"性情与才学研究"，"去往何处"对应的就是"命运与结局研究"，"意义何在"对应的就是"价值与意义研究"。

用这种方式回答红楼人物评论的模式与构架是如何形成的，意在把问题简化，便于理解。然而这种模式与构架的形成却有着非常复杂的文化因素。换言之，这种红楼人物评论的模式与构架仍然是传统文化基因导致的。至此，我们还需要简单介绍一下文化基因的概念。"文化基因是一个民族所秉承的世界观、人生观、价值观以及各种品质，在族人身上幻化成的举动、认识与思维；而这种举动、认识和思维会在不同的意识状态下自然流露，从而形成一个民族的生存样态，进而历经承袭、演化、优胜劣汰并代代相传。"① 如何用文化基因去解释红楼人物评论模式与构架的形成，还有待于研究探讨，在这里我只能做一些简要分析，算是抛砖引玉吧！

一、为什么评论者在评论红楼人物时要从名字涵义与外貌切入

纵观关于"红楼十二钗"的论文，你会发现一个有意思的现象，绝大多数评论者切入论文的核心都是以名字涵义与外貌为入口的。这一现象看似随机，但是其中却包含着一种文化心理。换句话说，所谓的随机其实是

---

① 马经义：《红楼文化基因探秘》，四川大学出版社，2022年版，第11页。

被相关的文化基因支配着的。

名字与外貌是组成一个人所独有的特征的中心因素。名字虽然是符号，但是代表的却是一个人，它就像一张标签，注明了这个人的品行、学识以及为人处世的方式。所以我们常听到说"要用自己的信誉去维护自己的名字"就是这个道理。一个人的外貌更是独一无二的。所以名字与外貌组合起来得到的就是一个人所独有的特征。

评论者以名字涵义与外貌为切入点，进而评析红楼人物，就是想用最便捷的方式瞬间抓住红楼人物的特征。这一文化心理导致了红楼评论家们的不谋而合。

二、为什么评论者在评论红楼人物时习惯于就其身份与家世做一番论述

在日常生活与工作中，如果遇到需要进行自我介绍或者填写履历的情况，人们一般都会述说自己的籍贯、家庭背景，再讲到自己。这已经形成了一种惯用模式，似乎每一个人都在自觉地遵循着这种模式。久而久之，惯用模式就会变成一种思维模式，在这种统一的思维模式下，评论者在评析红楼人物时，就会首先介绍一番人物的身份与家世。

这种评论现象归根结底是由中国固有的史官文化基因所决定的。当人们研究某一个历史人物时，一般都会去追溯他的祖籍，勾勒其家族的迁徙踪迹、姓氏变化等，似乎只有梳理完这一切才能言归正传。翻开司马迁的《史记·项羽本纪》，开篇就是"项籍者，下相人也，字羽。初起时，年二十四。其季父项梁，梁父即楚将项燕，为秦将王翦所戮者也"。这种写人物史传的方式被后来的史书所遵循。所以人们在看到评论者评析林黛玉时，总会讲述她的父亲林如海是"前科探花，进士及第，祖上乃五世侯爵"，等等。由此，我们把一些学术现象放到大文化背景中去审视其根由，辨识其产生的来龙去脉，人们就会见怪不怪了。

三、"性情与才学"为什么会成为红楼人物评论的重点

虽然曹雪芹在书中明言，他笔下的这些女孩子，不过是"小才微善"，但是到了评论者笔下，十二钗各个身手了得，吟诗作对，琴棋书画，治家理财，没有一个是等闲之辈，仿若不让她们去治理天下、著书立言便是屈

才了。

性情与才学是构成红楼十二钗的核心要素,曹雪芹要让闺阁昭传,其彰显的也是十二钗的性情与才学。从这个角度讲,将性情与才学列为评论的重点似乎也顺理成章。然而这是从文本的角度而言,如果从评论者的角度而言,又是什么原因导致他们将性情与才学视为评析的重点呢?要厘清这个文化内因,稍显麻烦。

中国文化博大精深,学派纷呈,百花齐放。然而其中儒家文化的主流地位从汉武帝独尊儒术开始就基本确立了,所以中国知识分子身上所承袭或者彰显的儒家思想也最多。儒家文化当然是一个庞大的体系,如果以人为核心去理解儒家,它要塑造的理想人格就是一个"内圣外王"的人。在儒家看来,"内圣"是道德的完成,"外王"是事功的完成。道德的完成最终亦要通过事功来完成。① 人们常说的"格物、致知、诚意、正心、修身、齐家、治国、平天下"中,"修身"就可以理解为"内圣","齐家、治国、平天下"就是"外王"。每一个承袭着儒家思想的中国人,都自然而然地尊崇着这一理想人格,并且也在积极地向理想人格靠拢对齐。同时,人们也会用这种理想人格去审度他人。

上面讲述了那么多,绕了那么大一个圈子,我想表达什么呢?其实不难看出,所谓红楼人物的性情与才学就是构建理想人格的必备要素;评论红楼人物的性情与才学就是评论者们在有意无意之间用自己秉承的儒家思想去审度《红楼梦》中的人物。如此一来就形成了以评论红楼人物才情为重心的评论模式与构架。

四、红楼人物的命运与结局为什么如此让红学家着迷

生从何来?死往何去?这两个终极问题一直困扰着人类,或者说这是一个永恒的哲学命题。如果不以个体生命历程去做出诠释的话,这两个问题永远也不会有标准答案。然而,似乎只有深入探究一件事情的起因、经过、结果三个方面,才能构成事理的完整性,也才不会"一问摇头三不知"。"三不知"中的"三"指的就是起因、经过和结果。红楼人物的起因和经过都在作者的明示下交代清楚了,结局却没有准确答案。于是乎,这

---

① 成穷:《从〈红楼梦〉看中国文化》,云南人民出版社,2005年版,第95页。

一好奇心便促使红学家乐此不疲。

与其说是好奇心促使了红学家对探讨红楼人物命运与结局的痴迷,还不如说这是一种由文化审美情趣引起的痴迷。中国文化的审美情趣意在朦胧,旨在揭示隐幽。曹雪芹未完的书稿恰巧暗合了这种朦胧与隐幽的美学状态,也完全切合了评论者的揭秘心态,于是痴迷便由此衍生。

五、红楼人物的价值与意义为什么会"仁者见仁,智者见智"

回答这个问题似乎也很简单,即每一个人都是单独的个体,思维方式、学识高低等因素都可能导致其对同一件事情有着不同的看法。然而,仅是这样的回答,仍然停留在问题的表面,因为见仁见智的背后有着特殊的文化基因。

首先,中国传统文化重在一个"悟"字。所谓"悟",就是当人们的知识积累到了一定的层面,通过融会提升,使认知达到一个更高的境界。从"悟"字的结构上看,它是"吾"和"心"的结合,重在自我的体会。所以对于某人某事,其意义与价值见仁见智也就理所当然了。正因为如此,才有了鲁迅先生在《中国小说史略》中那句精辟的名言——"正因读者的眼光而有种种"。

其次,中国传统文人做学问的出发点就是述而不作。所谓"述"就是叙述,"作"就是发明创造。谦虚是我们的传统美德,所以历代文人都认为自己只是叙述、阐发前人的思想,谦称自己的言论不过是转述圣贤的理念而已。殊不知,在为圣贤阐发要义时已处处渗透着自己的思想与理论。评析红楼人物的价值与意义似乎意在转述曹雪芹早已设置好的理念,然而这恰恰为评论者表述自己的观点开辟了一条通道。

再次,中国传统治学方式之一就是在春秋笔法中阐释微言大义。春秋笔法是我国古代书写历史的一种方式与技巧,或者说是一门语言艺术。曹雪芹将这一技巧运用得炉火纯青,所以读者很难看到他在书中有直抒胸臆的议论言辞。曹雪芹的思想似乎抛洒在众多红楼人物身上,如此一来,正切合了评论者借阐释"微言大义"直抒胸臆的欲望。由此,红楼人物的价值与意义也在一番"微言大义"的阐释中自然而然地见仁见智了。

最后,在中国思想史中评价一件事情,摆在第一位的就是如何看待它的意义。在评论者看来,这是重中之重,也构成了中国思想的特点。无论事物还是人物,只有具有意义和价值才能存在于当下,按照这样的理念去评论《红楼梦》中的人物,自然就会形成以探求价值与意义收尾的方式。

　　探析红楼人物评论的模式与构架是一个复杂而庞大的工程,非笔者如此三言两语就能诠释明白。总结、梳理评论家的观点,将其分门别类,理出章法——如果这样简陋的工作能给红学研究带来些许便利,它的意义也就自在其中了。

第一章　林黛玉

　　林黛玉，这三个字原本是曹雪芹笔下一个虚构的人名符号，然而曹公的如椽巨笔却让她越过了文字，跨出了书本，穿越了时空，走进了万千读者的心灵深处，到如今缓缓悠悠已历两百余年。谁曾想到，在这弱不禁风的女子身上却承载了中外读者难以计数的情感。林黛玉，简简单单的三个字，却包含着无数的意义，既有纯真、直爽、真诚、聪慧，又有孤傲、任性、尖酸、刻薄。林黛玉并非十全十美，她有不少缺点，却也得到了读者更多的同情与怜惜。吕启祥先生曾说，她不仅仅是《红楼梦》中的一号女主角，"在某种意义上，也可以看作整个中国文学史的第一女主人公"①。可以说，林黛玉在中国古代小说人物中就是花的精魂与诗的化身。

　　据不完全统计，国内各大刊物上，仅在题目中出现"林黛玉"的文章就有近400篇，这个数目在小说人物评论中是惊人的。纵观关于林黛玉的评论，会发现对林黛玉的评析有一个显著的特点，那就是淡化了个人形象，突出了形象所包含的意义。为了让读者对众多学者的观点有一个清晰而全面的认识，本章将从名义、外貌、身世、性情、才学、缺点、为人处世、结局以及形象的意义与价值等方面进行梳理。

---

　　① 吕启祥：《花的精魂，诗的化身——林黛玉形象的文化蕴含和造型特色》，《红楼梦学刊》1987年第3辑。

第一节 名字涵义研究

在《红楼梦》中，仆人们称呼林黛玉为林姑娘，平辈姊妹们称呼林黛玉为颦儿。林是她的姓，黛玉是她的乳名，颦颦是贾宝玉初见黛玉时见她眉尖若蹙而为她取的表字。周春曾在《红楼梦约评》中说："案香山《咏新柳》云：'须教碧玉羞眉黛，莫与红桃作魏尘。'此'黛玉'两字之所本也。"① 这是迄今发现的解释"黛玉"的最早资料。关于"林黛玉"名字的解析，从现有的评论文章来看，主要有三种方式。

一、谐音解析

谐音原本是指文字的声韵相同或者相近，在中文中，这种现象大量存在。中国文人也常常运用这一特点设置一些有趣的文字游戏，曹雪芹似乎对此情有独钟。例如在《红楼梦》中，"甄士隐"谐音"真事隐"，"贾雨村"谐音"假语存"，等等。红学评论者正是抓住了曹雪芹在创作中使用的这一独特手法，才常常运用谐音规律来解析人名。然而谐音解析法的随意性很大，因为相同的文字所谐音者甚多，谁能保证由此解析出的文字一定就是曹雪芹的本意呢！在这种寻求微小概率的情况下，评论者往往会根据自己所理解的意思或者按照自己已经设定好的意义去索求谐音，于是谐音解析法在很大程度上就成了评论者的一厢情愿。

"林黛玉"三个字所谐何音呢？在早期的评论中有一种观点认为，"林黛玉"谐音"宁待玉"。话石主人就在《红楼梦本义约编》中提出了这种观点，他说："十二钗命名，各有喻义。曰林黛玉，读宁待玉。"② "宁待玉"的涵义其实就是林黛玉的心只属于贾宝玉，日后非贾宝玉不嫁。洪秋蕃先生也赞同这样的说法，他曾在《红楼梦抉隐》中说："何为黛玉？待宝玉也，谓惟宝玉是待，非宝玉不嫁也。"③ 如果说这种谐音解析还有它

---

① 周春：《红楼梦约评》，载朱一玄编：《红楼梦资料汇编》，南开大学出版社，2001年版，第566页。

② 话石主人：《红楼梦本义约编》，载一粟编：《古典文学研究资料汇编·红楼梦卷》，中华书局，1963年版，第180页。

③ 洪秋蕃：《红楼梦抉隐》，载一粟编：《古典文学研究资料汇编·红楼梦卷》，中华书局，1963年版，第238页。

的道理，那么杜世杰先生的谐音解析就显现出了随意性。林黛玉在《红楼梦》中是多情的，这是她的性情所致，所以杜先生说："黛玉谐韵读带欲，是情欲的化身，应扮多情人。"①

二、寓意解析

人名的寓意解析是指从名字中寻求它的引申义从而解释这个人物的性格、才情等。例如徐景洲先生认为，黛玉是一种未经雕琢的墨玉，这种青黑色的玉在自然界中极为罕见，在众多玉色中有鹤立鸡群之感，不同凡响。曹雪芹以此为女主人公命名，凸显了她天真率直、任性而为的性格。加之黛色是冷色调，也极为符合林黛玉不幸的遭际、忧郁的性情、尖酸的语言等。所以徐先生说："林黛玉命名的奇崛，则更见出其品格、才情的独异超群，以及作者对她的钟爱和激赏。"②

三、文化解析

所谓文化解析是指从中国传统文化及典故中寻找人名所依据的文化根源，再结合人物在小说中的生活状态，揭示人名所蕴含的特殊意义。例如孙虹先生在《山海经》中找到了"林"的原始意象，其中记载了夸父逐日的典故。《山海经》载："夸父与日逐走，入日；渴欲得饮，饮于河渭，河渭不足，北饮大泽。未至，道渴而死。弃其杖，化为邓林。"孙虹先生认为："这是一个执着追求而不能实现理想的寂寞跋涉者的形象，也是'林'所具有的内蕴。"③林黛玉的内心一直是孤独寂寞的，而跋涉者的形象正切合了她为爱执着追求的意愿。

林黛玉除了姓名以外，还有表字颦颦和别号潇湘妃子。吕启祥先生认为颦颦和潇湘妃子所依据的文化基因是吴越国美女"西施捧心而颦的传说和舜帝二妃娥皇女英泪洒斑竹的故事"④，此观点在红学界几乎达成了共识。这种运用传统文化解析人名的方式也极大地丰富了小说人物的内涵。

---

① 杜世杰：《红楼梦考释》，中国文学出版社，1995年版，第248页。
② 徐景洲：《贾宝玉、薛宝钗、林黛玉命名之寓意》，《阅读与写作》1998年第3期。
③ 孙虹：《黛玉宝钗形象的原型意义》，《红楼梦学刊》1997年第3辑。
④ 吕启祥：《花的精魂，诗的化身——林黛玉形象的文化蕴含和造型特色》，《红楼梦学刊》1987年第3辑。

关于林黛玉的名字，早期的抄本中小有异同。己卯本、庚辰本上绝大部分将其写成"代玉"。很多学者认为这是抄手在誊抄过程中的笔误，然而徐乃为先生认为这并非笔误，而是曹雪芹的原始命名。徐乃为先生做出这样推断的其中一个根据是，现今保存下来的己卯本和庚辰本并非一个人誊抄完成的，而是由七八个人共同作业，可是抄手们都写的是"代玉"，这说明最初的稿本上就是"代玉"而非"黛玉"。然而，如果真是"代玉"，又蕴涵着什么意思呢？徐先生说，"代"有替代、取代、更迭、交替之意，"代玉"在《红楼梦》中的终极涵义是："'黛玉'在与宝玉的婚恋关系中，是被替代的角色。所以，黛玉的命运与结局，她与宝玉的婚恋关系是不可能有终结的，是被替代的，是要'谢'的，早早结束的。"①

第二节　外貌研究

林黛玉是金陵十二钗中最早出场的一位，她的整个出场过程犹如一段美妙的音乐悠悠扬扬从远处飘来。舒芜先生曾有专门的文章分析林黛玉的出场。舒先生说在曹雪芹的笔下，女主人公林黛玉的出场一共分为三步：第一步，曾在第二回中远远一现，由作者介绍了她的家世、父母等基本情况，这是林黛玉形象的最模糊的轮廓，最朦胧的影子。第二步，仍然是在第二回，通过林黛玉的启蒙老师贾雨村的回忆，初步把林黛玉的形象从凡女子中突显出来。第三步，正式登场是在第三回，林黛玉洒泪拜别父亲，登舟而去。舒芜先生说："这一走，就走出了序幕，结束了序幕，走进了第一幕，揭开了第一幕。"②

随着林黛玉的正式登场，她的容貌也慢慢清晰起来。曹雪芹对于林黛玉的外貌描写主要集中在第三回，书中写道：

> 两弯似蹙非蹙罥烟眉，一双似喜非喜含情目。态生两靥之愁，娇袭一身之病。泪光点点，娇喘微微。闲静时如姣花照水，行动处似弱柳扶风。心较比干多一窍，病如西子胜三分。

---

① 徐乃为：《钗黛结局，其悲孰甚——兼论〈红楼梦〉对称性美学结构》，《明清小说研究》2003年第4期。

② 舒芜：《说梦录》，上海古籍出版社，1982年版，第68页。

如果稍加留意就会发现，作者对林黛玉的外貌描写运用的是大写意的手法。历来的评论家们在评析林黛玉的外貌时都突出了一个核心意象，那就是"病态美"。早在清代富察明义的《题红楼梦》诗中就写到了林黛玉的病容。其诗云："病容愈觉胜桃花，午汗潮回热转加。犹恐意中人看出，慰言今日稍差些。"由此可见，在早期的《红楼梦》读者群中就有了林黛玉病态美的印象。

从上面的外貌描写来看，林黛玉是娇弱、袅娜、风流、标致的，这种描写方式侧重于人物的气质情态，所以曹立波先生说："林黛玉的气质和情态可以说集仙女的神韵、西施的病容，以及淑女的气派于一身。"①

评论者除了在这段外貌描写中看到了病态美的核心意象外，还抓住了另外一点，那就是林黛玉的聪慧。太平闲人张新之就曾评点说，作者刻画林黛玉的容貌"多从'心''病'二字着笔"。林黛玉的心较比干的七窍玲珑心还要多出一窍来，这是彰显林黛玉聪慧的艺术化表达。作者用比干和西施来类比林黛玉，孙虹先生认为这里面还包含着一种忧患意识。"忧患意识的表现形态往往是反传统的超强意识。"② 这与林黛玉在整部《红楼梦》中的表现不谋而合。

曹雪芹对林黛玉的外貌描写是大写意的手法，是诗化了的语言。邸瑞平先生认为林黛玉的肖像之所以与众不同，"正是作者融化了传统文化中诗与画的笔意创造出来的，给人一种只能意会，很难言传之美"③。在林黛玉的外貌描写中渗透着什么样的文化内涵，或者说传统文化中哪些文化因子支撑着林黛玉的容貌与形象，评论者的观点主要集中在以下三点上。

一、西施是支撑林黛玉形象的文化因子之一

西施作为中国古代吴越国的美女，她的风韵与美丽早已深入人心。因为时时心痛所以常常"捧心而颦"，这一状态不仅仅得到了大众的怜惜，还被定格为病态美的典范。从林黛玉的"眉尖若蹙"到"娇袭一身之病"，

---

① 曹立波：《红楼十二钗评传》，清华大学出版社，2007年版，第5页。
② 孙虹：《黛玉宝钗形象的原型意义》，《红楼梦学刊》1997年第3辑。
③ 邸瑞平：《"孤标傲世偕谁隐"？——禀赋优秀传统文化而生之林黛玉》，《红楼梦学刊》1988年第1辑。

可以说处处都彰显着"病西施"的形象。所以吕启祥先生说："林黛玉形象是得到了西施的铺垫、映衬、补足、充盈的。如若对西施完全陌生，恐怕也难以理解黛玉其人。"①

二、舜帝的两位妃子娥皇、女英是支撑林黛玉形象的又一文化因子

据《述异记》记载："舜南巡，葬于苍梧。尧二女娥皇、女英泪下沾竹，文悉为之斑。"这段凄婉动人的传说，在华夏大地传颂了几千年而经久不衰，其中有一个重要的原因是它包含着一段真挚执着的情感。林黛玉的别号潇湘妃子就是从这个典故中脱胎而来的。加之林黛玉天性爱哭，又居住在潇湘馆，其中的竹子岂不被泪沾而化为斑竹？所以娥皇、女英就成了构成林黛玉形象的又一文化因子。

三、《楚辞》中的巫山神女是支撑林黛玉形象的第三个文化因子

巫山神女是屈原笔下的文学形象，这位神女"既含睇兮又宜笑"，这种神态和林黛玉的"似喜非喜含情目"异曲同工。神女所居之处"余处幽篁兮终不见天"又与林黛玉所居潇湘馆"有千百竿翠竹遮映""凤尾森森，龙吟细细"的环境不谋而合。正因如此，朱淡文先生说："曹雪芹在构思林黛玉形象的外貌风度与精神世界时，对《楚辞》中的巫山女神特别是屈原笔下的巫山女神明显有所借鉴。"②

在《红楼梦》文本中，这段比较详细的关于林黛玉的外貌描写，虽然只有简短的几句话，但是在早期的抄本中却存在着很多异文。例如"两弯似蹙非蹙冒烟眉"在乾隆五十六年（1791）刊行的程甲本上却是"两弯似蹙非蹙笼烟眉"。关于林黛玉的眼睛，一些抄本上是"一双似喜非喜含情目"，但是在列藏本上却是"一双似喜非喜含露目"。如此种种。据周汝昌先生考证，关于林黛玉眉与眼的描写在脂本中就有七种不同的版本。③ 为

---

① 吕启祥：《花的精魂，诗的化身——林黛玉形象的文化蕴含和造型特色》，《红楼梦学刊》1987年第3辑。
② 朱淡文：《林黛玉形象探源》，《红楼梦学刊》1994年第1辑。
③ 周汝昌：《红楼夺目红》，作家出版社，2003年版，第302页。

什么会出现这样的情况，曹立波先生说："从不同阶段的抄本对黛玉容貌描写上存在的异文，我们更可以看出作者对林黛玉容貌的描摹是煞费苦心，反复修改的。"① 周汝昌先生也根据甲戌本上这两句文字中留出的空白推测，当年的曹雪芹在刻画林黛玉的外貌时确实大费心思。

第三节 前世与今生研究

关于林黛玉的身世，在金陵十二钗中她是最特殊的一位，因为林妹妹不仅有今生还有前世。今生是果，前世为因，因与果的结合才导致了林黛玉诸多与众不同的地方。

一、评论者对林黛玉前世的评析

林黛玉的前世原本是西方灵河岸边三生石畔的一株绛珠草，因为得到神瑛侍者的甘露浇灌，而蜕去了草本化为了女体。然而对于神瑛侍者的灌溉之情，绛珠仙子始终没能报答。后来神瑛侍者下世为人，绛珠仙子征得警幻仙姑的同意随之一同下世，誓言用一生的泪水偿还曾经的灌溉之情。对于《红楼梦》中的这段神话，有学者认为这是为林黛玉的身世增添神秘色彩。王跃飞先生就说："黛玉诗一样的身世初见端倪。她伴随着灵河岸的温软香风，离恨天的飘缈仙乐，似明似暗、似真似幻地映入读者的视野，令人无不为黛玉身世的诗情美所惊奇。"②

然而绛珠草到底是什么草，引起了评论者的兴趣。朱淡文先生根据《说文解字》中关于"绛，大赤也"的解释，结合《红楼梦》甲戌本的脂批，比对形状，最后得出"绛珠仙草应即古代方士和诗人想象中的灵芝草，亦即古代神话中所记载的灵芝仙草"③。这种观点几乎得到了红学界的公认。

在众多的红楼评论文章中，对于林黛玉的前世，焦点几乎都集中在了"还泪"上。"还泪"在整部《红楼梦》中起到了什么作用？评论者有四种

---

① 曹立波：《红楼十二钗评传》，清华大学出版社，2007年版，第5页。
② 王跃飞：《试论林黛玉形象的诗情美》，《淮北煤炭师范学院学报（哲学社会科学版）》2005年第3期。
③ 朱淡文：《林黛玉形象探源》，《红楼梦学刊》1994年第1辑。

解析角度。第一种从人物塑造的角度看，为林黛玉爱哭的性格做了铺垫。第二种从故事发展脉络上看，"还泪"成了宝黛爱情的核心意象。所以蒋勋先生说，"还泪"故事贯穿《红楼梦》的始终，"这一则看来'荒唐'的神话，却正是《红楼梦》中贾宝玉与林黛玉情爱的主线"[①]。第三种从小说结构上看，曲文军先生说，"绛珠'还泪'的情节构成了《红楼梦》的总体框架，使作品具有了超现实世界和现实世界的二重复合机制"[②]。第四种从传统文化的角度看，"还泪"包含了丰富的文化意蕴和哲学思辨，曲文军先生就认为其极大地丰富和完善了中国传统文化中因果报应的模式。

二、评论者对林黛玉今生的解析

林黛玉出身于官宦世家，幼时居住在扬州。母亲贾敏是荣国府的千金小姐，其父林如海乃前科探花，进士及第，官至兰台寺大夫。林家祖上曾袭五世侯爵，可以说门第高贵，显赫不亚于贾府。然而不幸的是，林黛玉幼年丧母，后来父亲林如海又因病离世。一连串的家庭变故让她孤苦无依，因外祖母怜惜被接到贾府客居。正是因为如此，学者们在梳理林黛玉的家世背景时都会突出她寄人篱下、孤苦伶仃的生活境遇。例如佘树声先生说林黛玉："幼年就丧了父母，因此她不得不'寄人篱下'。尽管名义上是贾府的贵宾，实际上她已经是一个孤苦伶仃的沦落者了。尽管出身于官宦之家，然而由于父母死后，林家无人，实际上她已经由'官宦家的女儿'下降为一个被侮辱、被损害者了。"[③]

在红楼评论中，学者们的论点从来不会单一，视角永远广阔。就以林黛玉的家世背景而论，虽然孤苦无依、寄人篱下是主要论调，但是很多学者还是提出了自己不同的看法。例如周思源先生认为，虽然林黛玉父母双亡，但是却得到了贾母的百般疼爱。周先生认为，不能把林黛玉"孤苦无依""寄人篱下"的心理状态当成客观事实。根据书中第五回的明确交代："林黛玉自在贾府以来，贾母百般怜爱，寝室起居，一如宝玉，迎春、探春、惜春三个亲孙女倒且靠后。"所以周思源先生说："黛玉不是'寄人篱

[①] 蒋勋：《蒋勋和他的红楼梦》，上海三联书店，2011年版，第11页。
[②] 曲文军：《绛珠"还泪"的文化意蕴初探》，《南都学坛》1997年第5期。
[③] 佘树声：《略谈林黛玉》，《文艺学习》1954年第9期。

下'，而是充分享受到了贾府小姐的一切正常待遇，并未受到什么额外的'白眼'或'牙眼'。"①

还有学者认为，林黛玉不仅没有寄人篱下，相反还是《红楼梦》中第一"女富豪"。原因在于林如海死后，按照当时的财产继承制度，林黛玉是林府遗产的唯一继承人。例如李俊先生说，林如海没有其他子嗣，只有林黛玉一人，"所以，按照律例，林如海的家产只有一个法定的继承人——林黛玉，林府的遗产应该全部归林黛玉所有"②。

这样的争论看似围绕着一个中心，其实评论者的立足点各不相同，支持林黛玉寄人篱下、孤苦无依说的学者多是从她的内心感受出发，最后想证明的是黛玉的悲剧性格和悲剧人生。主张林黛玉并非寄人篱下，而是享受了一切正常待遇的学者多是从客观环境出发，最后要证明的是黛玉的悲剧多是性情的悲剧。

无论林黛玉是否孤苦无依，其父母双亡已成事实。关于曹雪芹对林黛玉曾经离丧的描绘，吕启祥先生认为作者采取的是一种虚写手法。换言之，关于林黛玉幼年丧母、抛父进京、背井离乡，后来又奔父丧等事件，在书中都一笔带过，然而这样的变故不可能不对一个人产生巨大的影响，"而作者对此并没有作平实琐屑的叙写，只是让读者从人物的精神个性中去体察这种'曾经离丧'的印记"③。评论者不厌其烦地梳理林黛玉的前世今生最终的目的是什么？从评论文章上看，研究者的指向有三个方面。

第一，身世背景决定林黛玉的性格。例如李辰冬先生就认为，林黛玉所遭受如此种种的家庭变故，以及在贾府中的待遇"造成了黛玉性格之伤感与善妒"④。

第二，环境决定性格，性格决定命运。既然孤独无依的生活境遇是林黛玉性情特质的主要诱因，那么在这样的特殊性格下，悲剧命运是在所难免的。例如朱萍先生说："作者为世外仙姝的存在安排了一个残酷的理想环境：丧失所有直系亲属，寄人篱下，孤独多病。从接受当时的世俗教育

---

① 周思源：《周思源看红楼》，长江文艺出版社，2013年版，第79页。
② 李俊：《红楼梦证悟》，山东画报出版社，2006年版，第150~151页。
③ 吕启祥：《花的精魂，诗的化身——林黛玉形象的文化蕴含和造型特色》，《红楼梦学刊》1987年第3辑。
④ 李辰冬：《知味红楼》，中国档案出版社，2006年版，第44页。

的角度来说,在黛玉的身边,形成了一个教育的真空。正是这个教育的真空,成就和保持了黛玉的自然人格。也正是这个教育的真空,形成和加固了黛玉的悲剧性格,使她终生都被摒弃在世俗的幸福之外。"①

第三,林黛玉的悲剧,除了她自身的性格因素,外部环境也需要为此负责。例如薛瑞生先生说,小说人物都是从他们所处的时代中孕育出来的,小说人物身上跳动着时代的脉搏。林黛玉也不例外,她在《红楼梦》中所表现出来的一切都是环境孕育的必然反应。正是家庭变故和所处环境酿成了个人情绪,因此"黛玉的忧郁感伤显得更加沉重与动人"②。

第四节 性情研究

性情原本是一个复杂而笼统的概念,以红学家对林黛玉性情的评析为例,其至少有三个方面,分别是性格、爱情、眼泪。

一、林黛玉的性格

所谓性格是指一个人对现实的态度以及在这种态度下所显示出来的行为方式。性格具有相对稳定性,俗话说"江山易改本性难移",这是性格稳定性的另外一种表达方式。对于林黛玉的性格评定,研究者用得最多的词汇就是"小性儿""敏感""尖酸刻薄""多愁善感",等等。然而在分析林妹妹的性格时,评论者都持有什么样的态度呢?总结起来主要有四种态度。

第一,批评的态度。持批评态度的读者,大多都不喜欢"小心眼儿"的人。对于林黛玉的性格持批评态度的学者古已有之。例如清代的评论家二知道人就说:"大观园,醋海也。醋中之尖刻者,黛玉也。"③ 林黛玉虽然背井离乡,但毕竟生活在侯门公府,衣来伸手饭来张口,在各种闲情逸致中打发岁月。沈天佑先生认为,林黛玉那弱不禁风的娇小姐体质,一本正经的娇小姐气派,异想天开的娇小姐恋情,是她小性儿的根源。沈先生

---

① 朱萍:《孤独中的得与失——林黛玉形象小议》,《红楼梦学刊》2001年第1期。
② 薛瑞生:《捧心西子玉为魂——林黛玉论》,《红楼梦学刊》1993年第3辑。
③ 二知道人:《红楼梦说梦》,载一粟编:《古典文学研究资料汇编·红楼梦卷》,中华书局,1963年版,第101页。

说："其浓厚的娇小姐恶习,在红楼众多女儿中,林黛玉是较突出的一个。"①

第二,理解的态度。所谓理解的态度是指承认林黛玉的小性儿,但是却不去苛责她小性儿的行为。持这种态度的评论者都认为林黛玉有一颗直率而坦诚的真心。王昆仑先生就说:"当这个瘦弱的姑娘,抱着一腔的幽怨,含着泪独自地走回那苦竹凄风的潇湘馆;而别人却在她背后投射出冷视的眼光,只有在这时候你可以了解黛玉的孤愤之所以造成了。"②

第三,赞扬的态度。所谓赞扬的态度,并非肯定林黛玉小性儿的行为,而是认为这小性儿的背后有一种支撑她我行我素的勇敢和坚持自我本真的理念。例如韶华先生说林黛玉反对虚伪,一向心直口快,一度任情任性,"看来她孤高自诩,其实她是鄙视环境;看来她心胸褊狭,其实她是对现实的抵抗"③。纵观现有的评论文章,对林黛玉的性格持赞扬态度的评论者占据了绝大多数。

第四,探寻根源的态度。所谓探寻根源的态度,是指无论怎么评价林黛玉的小性儿,都认为找到造成这种性格的根源才是重要的。其根源究竟是什么呢?评论者有一个几乎能达成共识的观点,那就是林黛玉身上有超强的叛逆性。例如陆侃如、冯沅君二位先生就认为,林黛玉在书中以一个纯洁、多才、多感、多病的孤女形象出现。缺少温暖的依人生活,加强了她的孤僻、高傲、猜疑、伤感的性格。这性格中具有对封建官僚地主阶级的叛逆性"④。这种叛逆性观点,在20世纪50年代风靡一时。

林黛玉性格中的叛逆到底存不存在,有些学者持否定态度。例如陈松柏先生认为,林黛玉所表现出来的言行举止虽然不怎么符合封建伦理的要求,但是主要的原因并非她要叛逆而为之,而是在一种不懂规则的状态下自然流露出的举动而已。陈先生说:"不了解封建伦理对一个闺中女儿的要求,不知什么是符合女儿'身分'的,只要有人教了她,她是乐于接受的,亦如心悦诚服于宝钗的指点那样。一个一旦明白了封建伦理的要求就

---

① 沈天佑:《金瓶梅红楼梦纵横谈》,北京大学出版社,1990年版,第99页。
② 王昆仑:《红楼梦人物论》,生活·读书·新知三联书店,1983年版,第222页。
③ 韶华:《谈薛宝钗和林黛玉的个性》,载作家出版社编辑部编:《红楼梦问题讨论集·三集》,作家出版社,1955年版,第5页。
④ 陆侃如、冯沅君:《中国文学史简编(修订本)》,作家出版社,1957年版,第260页。

乐意接受的女孩子,将怎么背叛自己所属的阶级呢?"①

无论评论者持有什么样的态度,林黛玉的小性儿、尖酸刻薄、敏感都是她性格的外在表现,那么林黛玉性格的本质特点是什么呢?研究者的评论主要突出三个核心。

第一,纯真。在历来评论林黛玉的文章中,没有一个人会说林黛玉的心地是邪恶的。所谓刀子嘴豆腐心,指的是内心的善良。纯真的灵魂总是善良的,善良与纯真的结合也总会焕发出强大的精神力量。所以吴宗惠先生说:"林黛玉的性格是丰富的,她的主要性格特征——纯真,恰象一条红线贯穿在她性格的诸方面,达到了真善美的完美结合。"② 很多评论者都不否认林黛玉是一个有性格缺陷的封建女子,但是又都肯定她性格中的真。贺信民先生说:"林黛玉的'真',虽然并不是处处都指向着'善'(如对刘姥姥的刻薄),然而却无一不深通于'美'。她的真性情、真人格,象一泓秋水,澄澈明净,一无尘杂。"③

第二,维护人的尊严。有学者认为林黛玉的尖酸刻薄,就是在捍卫人的尊严。林黛玉在书中表现出来的所作所为都是在突出这一特征。例如曾扬华先生说林黛玉的这种性格特征就是"要求尊重人,维护人的尊严,不能容忍对人格和自尊心的丝毫亵渎"④。

第三,追求个性自由。在追求个性自由这一点上,历来的评论者都会有相似的表述,认为林黛玉叛逆、孤傲的最终目的是在追求个性自由。林黛玉这种追求个性自由的思想被评论者拔得很高。为什么会这样?胡文炜先生说:"林黛玉这种追求个性自由的性格正是人们心中的向往,因为人心总是希望赤诚相待,自由交往,讲话不用担心,心中没有设防,无拘无束,无所忌讳,不受压抑。"⑤

辩证统一、一分为二的方法论在近现代红学研究中使用得比较多。就以林黛玉的性格表现而论,评论者除了关注她的小性儿、刻薄的表现形式外,还关注了她另外的一面,例如幽默诙谐,在书中第四十二回林黛玉就

---

① 陈松柏:《黛玉别论》,《益阳师专学报》1990年第3期。
② 吴宗惠:《冷月葬诗魂——论林黛玉》,《求是学刊》1980年第3期。
③ 贺信民:《林黛玉命运悲剧新论》,《海南师院学报》1993年第4期。
④ 曾扬华:《论林黛玉的美》,《中山大学学报(哲学社会科学版)》1983年第3期。
⑤ 胡文炜:《贾宝玉与大观园》,华艺出版社,1995年版,第143页。

曾展示了一把自己的幽默。刘永良先生说："林黛玉的幽默诙谐主要风格在于一个'雅'字，在小说中，她的活泼天真的性格，常常是借助于她的雅谑而体现出来。"① 此外，林黛玉性格中也有可爱的一面。正是因为林妹妹性格表现的多元化，有学者指出林黛玉的性格特征是多面性的。例如王朝闻先生说："她的个性特征是从并非固定不变的关系中逐渐显示出来，所以她的个性不能被人物的肖像性所代替。"②

田晓鸣、黄晨二位先生曾经运用现代心理学理论分析林黛玉的性格，认为林黛玉具有六对十二种突出的性格特征，这些性格特征之间彼此关联，相互照应，互为因果，构成了黛玉既孤标傲世、尖酸刻薄、自卑自贱、脆弱怯懦、多愁善感、笃实迟钝，又谦和乐群、宽厚豁达、自尊自爱、执拗果敢、情趣高雅、睿智机敏的多重性格结构③。

在评论者的文章中，除了围绕以上三个性格核心，运用一分为二的方法展开论述外，还有学者指出林黛玉的性格中有一种病态元素。这种病态元素是造成林黛玉病态美的根源。沈新林先生认为，林黛玉的这种病态元素不仅形成了她外在的病态美，还构成了她心灵的病态美。沈先生说："黛玉的美与病是相互关连、密不可分的整体。没有病就没有黛玉，更没有她的美。哭是她的天性，蹙是她的嗜好，这都是病态，是美的组成部分。"④

林黛玉的这种病态美是如何形成的呢？主要有两种说法。

第一种是身体疾病的影响。因为林黛玉从会吃饭时就吃药，到了贾府仍然没有离开过药罐子。疾病缠身，年复一年，痛苦、抑郁、焦躁无不在她的性格上留下鲜明的印记。

第二种是现实社会与环境影响。林黛玉的性格本质和她所处的环境形成了矛盾，美好的内心世界总是和残酷的现实撕扯在一起，正是基于此，林黛玉的性格便病变扭曲了。吴国光先生曾说："林黛玉性格是在黑暗中诞生与成长的，因此带有浓重的阴影；它在冲破旧社会巨大磐石的压力而

---

① 刘永良：《天真活泼 幽默诙谐——林黛玉性格的另一面》，《南都学坛（哲学社会科学版）》2001年第1期。
② 王朝闻：《质本洁来还洁去——林黛玉的审美趣味》，《文学遗产》1982年第1期。
③ 田晓鸣、黄晨：《试用现代心理学理论剖析林黛玉的性格结构》，《银川师专学报》1988年第1期。
④ 沈新林：《试论林黛玉形象的病态美》，《盐城师专学报（社会科学版）》1986年第2期。

萌生的同时，也因这巨石的压迫而成为畸形。"①

　　曹雪芹为什么要塑造林黛玉的病态美，评论者多从两个方面切入分析。

　　第一，从《红楼梦》写作的整体结构上讲，林黛玉的病态美可以增加悲剧氛围。例如黄锦秋先生说："林黛玉的病态人格有其深远的文化历史根源和现实意义，加强了人物的真实生动性和永恒的悲剧美，增加了宝黛爱情曲折迭宕的艺术魅力，更突出了《红楼梦》的悲剧氛围。"②

　　第二，从人物塑造上看，病态美使林黛玉这个形象更为闪耀。换句话说，林黛玉能在古代小说人物中光彩夺目、风流千古，病态美这一元素起到了关键性的作用。例如沈新林先生说："美的本质就是事物的典型性，就是事物的个别性显著地表现着它的本质规律。写出人物形象的病态美，能表现生活中的真人，加强典型的客观性，又突破了传统的写作方法，有助于表现悲剧的崇高美。"③

二、林黛玉的爱情

　　《红楼梦》的主线是什么？绝大多数读者都认为是"宝黛爱情"，这种观点就是在学术界也是主流。当然，红学研究众说纷纭，就以讨论《红楼梦》的主线为例，有学者认为，宝黛的爱情不能称为主线，只能算是副线。例如何宁先生就曾发文说："《红楼梦》是以贾府为主体，以大观园为附庸。贾府的兴衰成败，主要是围绕着以王熙凤为核心的各类矛盾而反映出来。"④ 何宁先生所支持的观点是"王熙凤"才是《红楼梦》的主线，"宝黛爱情"只是一根副线。然而类似于何先生这种说法的观点并没有占据上风，黄立新先生曾经总结出了三条支撑"宝黛爱情"是主线的理由："第一，符合曹雪芹对全书情节安排的启示和作品描写的客观情况；第二，符合在当时的特殊社会环境下作者不得不标榜'谈情'的特点；第三，与当时文坛上作品以写情为主线而内寓'伤时骂世'政治内容的颇为普遍的

---

① 吴国光：《〈红楼梦〉矛盾论》，《红楼梦学刊》1985年第2辑。
② 黄锦秋：《林黛玉病态人格及其文化意蕴》，《哈尔滨工业大学学报（社会科学版）》2001年第4期。
③ 沈新林：《试论林黛玉形象的病态美》，《盐城师专学报（社会科学版）》1986年第2期。
④ 何宁：《论〈红楼梦〉的主线》，《红楼梦学刊》1983年第4辑。

情况相一致。根据这些理由，不难看出，以宝黛爱情作为主线，是'确切'的，符合实际情况的。"① 其实，无论《红楼梦》的主线是什么，有一点是可以肯定的，那就是宝黛之间的情感变化总会牵引故事情节的波动和走向。

对于林黛玉而言，爱情到底意味着什么？蒋和森先生说，爱情就是林黛玉生活中的太阳；王昆仑先生说，没有恋爱生活就没有林黛玉的存在；周思源先生说，爱情就是林黛玉的生命。总而言之，爱情就是林黛玉赖以生存的精神支柱。对于林黛玉的爱情，评论者多从三个方面入手解析。

第一方面，林黛玉对爱情的态度。林黛玉持有什么样的爱情观？总结各家的观点，主要集中在四点上。

一是专一。脂砚斋曾评点林黛玉为"情情"。所谓情情，大多数评论者的理解是用情专一，当然这里的专一是对贾宝玉而言。例如刘相雨先生说："黛玉的'情情'与宝玉的'情不情'的主要区别在于宝玉'爱博而心劳'，他的爱是一种泛爱，而黛玉只对宝玉一人用情。"②

二是忠贞。林黛玉从不看重功名富贵，也从不劝说宝玉求取功名，这正是两人相爱的基础与前提。段启明先生曾说，"虽然'金玉姻缘'的巨大压力，使她蒙受着无告的痛苦，但她坚贞不渝"③，甚至可以为爱情付出生命。又如王志先生所说："林黛玉为情而生，又殉情而死，她对贾宝玉爱得真诚，爱得执着，始终如一。"④

三是纯洁。"宝黛爱情"之所以可贵，根本的原因就在于他们之间情感的纯洁性。正如郑佩芳先生所说："黛玉虽然和宝玉情感很好，却从来严谨守礼，从不和宝玉胡来，更常言辞斥责，这是她的可敬之处。"⑤

四是不懈地追求。在封建时代，女孩子敢爱就已经是出格的了，然而林黛玉不仅仅敢爱，还在不懈地追求。自从和宝玉之间萌发恋情就一发不可收拾，所以王增斌先生等说："《红楼梦》中的林黛玉，一以贯之的思想

---

① 黄立新：《宝黛爱情故事应是〈红楼梦〉的主线》，《红楼梦学刊》1980年第4辑。
② 刘相雨：《情的追求与爱的失落——论黛玉形象的文化情结》，《红楼梦学刊》1998年第3期。
③ 郭预衡主编：《中国古代文学史长编·先秦卷》，首都师范大学出版社，2000年版，第859页。
④ 王志：《试论林黛玉的精神美》，《怀化师专社会科学学报》1989年第1期。
⑤ 郑佩芳：《红楼梦人物——林黛玉》，载红楼梦研究小组编：《红楼梦研究专刊·第四辑》，香港广华书局，1968年版。

是什么呢？笔者以为，这就是对爱情永存的希冀和不懈的追求。"①

第二方面，"宝黛爱情悲剧"的原因。林黛玉爱了，爱得那么浓烈，爱得那么哀婉，爱得那么撕心裂肺，最终还是以失败而告终。"宝黛爱情悲剧"的原因是什么呢？评论者的观点主要分为四种。

一是人为原因。所谓人为原因是指因为他人的阻碍或阴谋，最终导致了"宝黛爱情悲剧"的发生。那么这里的他人是谁？红学家们的观点不一，有人认为是贾母，例如蒋和森先生说："最后摧毁了这一纯洁美丽的爱情，偏偏不是那个使一切感到窒息的封建政治暴君——贾政，却仍然是这个曾经如此为贾宝玉祈求幸福，并且又是对林黛玉如此'口头心头，一刻不忘'的贾母。"② 有人认为是王熙凤，例如高鹗续写的后四十回中，就是王熙凤设计的调包计导致了"宝黛爱情悲剧"。有人认为是贾元春，例如徐恭时先生说："拆散宝黛婚姻的是谁？原来是皇妃元春。"③ 还有人认为是赵姨娘，例如周汝昌先生曾在他的代表作《红楼梦新证》中提出了这一观点。

二是自身原因。所谓自身原因是指爱情悲剧应该由宝黛二人自己负责。评论者认为，在宝黛二人身上有封建阶级思想的烙印，这种烙印形成了他们致命的弱点。例如刘世德先生等说："最鲜明的是贾宝玉、林黛玉在强大的封建势力面前，都不能坚强有力地维护自己的爱情。这又在林黛玉身上表现得更为明显。"④ 林黛玉在封建势力下显得软弱，那么贾宝玉呢？陈节先生说，贾宝玉也是这样，而且还自觉不自觉地遵循着封建的家礼，所以宝玉不能彻底和封建观念决裂，也是原因之一⑤。

三是阶级与家庭原因。所谓阶级与家庭原因，是指"宝黛爱情悲剧"归根结底是因为那个罪恶的封建阶级和礼教森严的家庭环境造成的。例如郭预衡先生说，"宝黛爱情悲剧"不是哪一个人造成的，而是"家族的神

---

① 王增斌、田同旭：《中国古代小说通论综解（下）》，中国文联出版社，1999年版，第954页。
② 蒋和森：《红楼梦论稿》，人民文学出版社，2006年版，第106页。
③ 徐恭时：《是谁破坏了宝黛婚姻？——徐恭时谈红楼人物的另一种结局》，《大众电影》1984年第2期。
④ 刘世德、邓绍基：《〈红楼梦〉的主题》，载张宝坤选编：《名家解读〈红楼梦〉》，山东人民出版社，1998年版，第209页。
⑤ 陈节：《中国人情小说通史》，江苏教育出版社，1998年版，第231页。

圣势力，也就是政治势力，宝、黛的爱情悲剧，归根结蒂，还是个政治问题"①。

四是伦理与世俗原因。所谓伦理与世俗原因是指除了政治因素以外，还有些世俗的观念导致了"宝黛爱情悲剧"。早在清代周春的《红楼梦约评》中就指出了这一点，例如四大家族联姻，婚嫁成了他们一荣俱荣的资本。周春指出，世俗嫁娶，没有不重财的，此时的林黛玉已经孤身一人，而薛宝钗家私丰厚，所以贾府的家长们最后选择了薛宝钗。

从评论林黛玉的文章来看，虽然上述四点是导致"宝黛爱情悲剧"的根源，但是评论者往往不会单一地支持一种说法，而是将四点融合起来分析。

第三方面，"宝黛爱情悲剧"的意义。孙伟科先生曾经在《〈红楼梦〉美学阐释》一书中说："悲剧问题，是《红楼梦》美学的中心问题，不仅涉及结构，而且还与作品美感有关。"②正如孙先生的解析，"宝黛爱情悲剧"不仅仅是两个青年男女之间情感的悲剧，还是一个爱情悲剧与家族悲剧、青春悲剧与人生悲剧、历史意义的悲剧与哲学意义的悲剧的多位合一。

在众多的评论文章中，红学家们是怎么看待"宝黛爱情悲剧"的意义的呢？主要有以下两个方面：一是"宝黛爱情悲剧"能让我们看到一个时代的真实面貌。例如李中华先生说，"宝黛爱情"闪烁着个人自由和个性解放的民主主义思想，"透过这一悲剧，可以看到一对觉醒青年正当的爱情是怎么被扼杀、被埋葬的"③。另外一方面是从哲学命意上看，例如李庆之先生认为，十全十美只是人们的希望或者期盼，尽善尽美也是由人的主观愿望构成的假象，客观现实中并没有尽善尽美。"曹氏正是在这个最高的理性层次上来思考爱情的归宿问题，所以他不满足世人想看到圆满结局的愿望，而示人以'美中不足'造成的遗憾。"④

在讨论"宝黛爱情悲剧"的意义时，其实我们已经默认了一个前提，那就是宝玉和黛玉的这段情感是悲剧性的。然而悲剧性的认定是以什么作

---

① 郭预衡：《神圣的家族，爱情的悲剧》，《红楼梦学刊》1980年第4辑。
② 孙伟科：《〈红楼梦〉美学阐释》，云南大学出版社，2009年版，第195页。
③ 王文生：《中国文学史（下）》，高等教育出版社，1989年版，第480页。
④ 李庆之：《宝黛悲剧构撰的思想底蕴新探》，《鞍山师范学院学报》1994年第2期。

为标准的呢？是以中国传统文化中有情人终成眷属的文化心态作为衡量标准的。正是基于此，似乎所有的中国读者都认为"宝黛爱情"没有婚嫁的结果就是一场悲剧。如果以这样的传统文化模式去审度《红楼梦》中的爱情，可能就会走向一个难以自拔的深渊。如果难成眷属就是悲剧，那么终成眷属就一定是幸福的吗？我很赞同曹立波先生的观点："从言情的角度而论，《红楼梦》就是在追求一种爱我所爱，无怨无悔的理想境界。"[①]"宝黛爱情"是不是悲剧已经不太重要了，重要的是它让我们看到了超越成败、超越离合的爱情观。

三、林黛玉的眼泪

《红楼梦》中的神瑛侍者和绛珠仙草在西方灵河岸边三生石畔结下了一段仙缘，前世得甘露滋润的绛珠草已经蜕变成了今生的林黛玉，当日殷勤灌溉的神瑛侍者也幻形成了而今的贾宝玉。因灌溉之情而誓将毕生眼泪予以还报的承诺便在大观园中缓缓谱写成一段唯美的"还泪"故事。纵观中国古代小说，以"还泪"之说而构建故事情节的，曹雪芹恐怕还是头一个。曹公用他的生花妙笔绘制了一位用泪水来展示行为艺术的林黛玉，又用"哭"的创作手法成就了《红楼梦》的诗意境界。林黛玉的眼泪似乎在中国古代文化中已经成了一种具有象征性的文化符号。对于林黛玉的眼泪，历来的评论家们把焦点集中在了两个方面。

第一方面，林黛玉为谁而哭。根据笔者统计："曹雪芹笔下的林黛玉在《红楼梦》前八十回中，一共哭了 37 次。"[②] 她到底为谁而哭呢？主要有三种说法。

一是为宝玉而哭。林黛玉的眼泪是用来回报恩情的，"还泪"是她最主要的任务，所以在《红楼梦》中她为贾宝玉哭了 22 次。这样算来，她有约 60% 的眼泪都用来偿还前世欠下的情债了。

二是为身世、父母而哭。林黛玉父母双亡，客居他乡，虽然锦衣玉食，但是无依无靠的感受像影子一样挥之不去。在前八十回中，她为身世哭了 7 次，所以为身世而哭便成了仅次于为宝玉而哭的又一大哭泣根源。

[①] 曹立波：《红楼十二钗评传》，清华大学出版社，2007 年版，第 236 页。
[②] 马经义：《曹雪芹笔下的"还泪"艺术》，《青年文学家》2011 年第 8 期。

三是为亲情而哭。虽然林黛玉只为亲情哭了3次，但是在《红楼梦》中林妹妹的哭泣却是从亲情开始的。剩余的几次哭泣都是比较综合性的，追其原因仍然是上面三种的结合。

林黛玉为谁而哭，其实还包含着另外一层意思，那就是林黛玉为什么而哭？综合评论家们的观点，最终可以归纳、浓缩成一个根源——为情而哭，即为爱情而哭、为亲情而哭、为友情而哭。但是我们需要明白的是，流泪未必就是忧伤，所以在林黛玉的眼泪中有一份感怀，有一份怜悯，有一份体贴，还有一份难得的自我。

第二方面，林黛玉哭的意义。许多评论家认为，林黛玉的哭首先是作者用来塑造小说人物的独特手法，这种手法可谓"前不见古人，后不见来者"。换句话说，从小说的创作角度而论，眼泪的意义就是塑造了一个千古不磨的小说人物。正如顾鸣塘先生等所说："林黛玉的哭与诗是她的这个形象的魅力所在。"[1]

对于林黛玉眼泪的意义，许多红学家还有一个核心观点，那就是它代表着控诉。例如马达先生曾说，林黛玉的哭不仅仅是为了自己，更是为了普天之下女性的共同不幸而哭。"集这些不幸而罪风刀霜剑之恶，率天下之控诉而控诉之，这是黛玉之哭的强烈的思想内容之所在。"[2] 韩文志先生也有相同的观点，认为林黛玉的泪"不仅是为了爱，也是对阻挠、破坏这种爱的封建礼教及封建势力的深沉控诉和顽强的抗争"[3]。

第五节　才学研究

林黛玉的才学，主要表现在她的诗才上，所以历来的评论者也主要围绕她的诗词才能展开论述与评析。的确，林黛玉与诗似乎形成了一组不可分割的美丽意象，有人说她是红楼女儿国中最富诗人气质的少女，有人说她是大观园中最杰出的诗人，有人说她一生的心血全寄予在她的诗稿中。她用诗词发泄自己的痛苦与悲愤，她用诗词书写命运与爱情，同时她还在

---

[1] 顾鸣塘、高晨贤：《孤标傲世偕谁隐——浅论黛玉其人其诗》，《红楼梦学刊》2004年第4辑。
[2] 马达：《"隔帘消息风吹透"——谈林黛玉之哭》，《红楼梦学刊》1982年第4辑。
[3] 韩文志：《从〈红楼梦〉的前八十回看续书中的林黛玉之死》，载中国社会科学院文学研究所红楼梦研究集刊编委会编：《红楼梦研究集刊·第九辑》，上海古籍出版社，1982年版，第209页。

用诗词为自己缝制生活。

在《红楼梦》中，林黛玉一共写了 25 首诗词，共计 256 句，1659 个字。所涉及的诗歌体裁有 8 种，分别是四言、五律、七绝、七律、歌行、五排、集句和词。对于林黛玉的这种才华，研究者的评论焦点主要集中在五个方面。

一、林黛玉为什么如此有才

红楼十二钗的才学各不相同。以管理论，王熙凤当属第一；以绘画论，惜春当属第一；以书法论，探春当属第一。然而在作者心中，诗才应该排在众才之首，所以曹雪芹笔下的两大女主人公林黛玉和薛宝钗都是以诗词创作见长的。那么林黛玉的诗词才能因何而来呢？总结各家的观点，主要有四个方面的原因。

一是天资聪慧。二是名师指点，这里的名师是指进士出身的贾雨村。三是家学渊源，耳濡目染。四是生于江南，诗词文化繁荣，环境造就。例如王怀义先生说，林黛玉成长中的各方面因素最终促成了她的诗词才学。"首先，以苏州文化为核心的江南才女文化为林黛玉阅读生活的形成提供了外部环境……其次，林黛玉的父母具有较高的文学修养，他们在林黛玉极小的时候就有意培养她的文学艺术修养以及女子必备的各种生活技能和品德规范……第三，在为林黛玉选择启蒙老师的问题上，林如海夫妇甚为谨慎"[①]，最后选中了颇具才华的贾雨村。

二、林黛玉对诗词的态度

如果说爱情是林黛玉的生命，那么诗词就是林黛玉的灵魂。评论者指出，林黛玉对诗词的创作是积极主动的，她把作诗填词当作生活中的重要组成部分，她把作诗当成心灵的慰藉、情感的告白以及对世俗的控诉。周思源先生曾统计，林黛玉有 11 首诗（占 40%）是独自之作，即自由创作式，与薛宝钗的集体创作式完全不同。这说明林黛玉对诗词的态度是一种积极的、与生命相融的、与生活交织的态度。

---

① 王怀义：《红楼梦与传统诗学》，上海三联书店，2012 年版，第 73 页。

三、林黛玉的诗词特点

林黛玉的诗词特点是评论者热衷谈论的话题。综合各家的观点,所论述的内容主要集中在三个层面。

一是林黛玉的诗歌中带有浓厚的感伤色彩。根据周思源先生的统计,在林黛玉的所有诗作中,如泪、抛、洒、点点、斑斑等描写泪状的字有44个;关于死亡的字有11个;体现哀伤的词汇多达100个;表达愁绪和不稳定情绪的字眼多达223字;宣泄情感的问句有15句,叹句7句。[①]

二是林黛玉的诗歌善于翻古出新。评论者指出林黛玉的诗词从题材上看并没有多少新颖,都是一些滥熟的题材,然而就在这种已有的题材下,她的诗词却能够让人耳目一新。例如《葬花词》就是中国传统的伤春诗词,它的主旋律是怀念、悼亡即将消失的春天和已经枯萎的落花。很多学者都指出《葬花词》的精神源于刘希夷的《代悲白头翁》,也有学者认为《葬花词》是受到了唐寅葬花逸事的影响。然而无论寻找什么样的出处,有一点是大家认同的,那就是林黛玉的诗词翻出了新意,仿出了具有林黛玉特殊气质的韵味。

三是林黛玉诗词中的素材多用花卉作为意象的依托。李小兰先生曾指出,桃花成了林黛玉笔下的主要素材。《葬花词》《桃花行》等具有代表性的诗作都是围绕桃花铺陈的。李小兰先生通过对中国古代诗文的类比,总结出桃花的两大内涵:"一类指向生命,借桃花来咏叹生命的美丽与青春流逝的感伤;一类指向女性,借桃花来表达女性的情感、心绪、命运,以红颜薄命来感士之不遇。"[②]而林黛玉正是借用了这样的内涵,在自己的诗文中表现了生命的凋残、青春的易失、红颜的枯萎以及梦想的破灭。

四、林黛玉的诗词在《红楼梦》中所起到的作用

虽然林黛玉的诗词代表着中国古代小说诗词的巅峰,但是其诗词归根结底还是作者曹雪芹的诗词。评论者把解读的重点放在了它能塑造什么样的人物以及它能表达什么样的主旨上。换句话说,林黛玉的诗词在《红楼

---

① 周思源:《周思源看红楼》,长江文艺出版社,2013年版,第103~104页。
② 李小兰:《桃花的双重文化意蕴和林黛玉〈桃花行〉的悲剧力量》,《名作欣赏》2005年第2期。

梦》中能起到什么样的作用，归纳评论者的解析，有以下三种说法。

一是诗歌丰富完善了林黛玉这个人物形象。没有《葬花词》的林黛玉恐怕就不是我们心中的林黛玉了。二是林黛玉的诗词能掀起故事的高潮，推进情节的发展。三是林黛玉的诗词构成了"宝黛爱情"的另一种交流方式，为这段千古不磨的爱情故事增加了色彩。四是林黛玉的诗词透露出曹雪芹对女性问题的思考。王海燕曾评析，从《葬花词》到《桃花行》，到《五美吟》，再到《柳絮词》，林黛玉诗词不仅表达了她作为女性个人的情感体验，而且对女性同类的命运有一种觉悟，不愧群芳之代言，也是历史上所有女性的代言人。她的整个的人，她的情，她的诗，都无愧于这一点。她的生命，由此显示出非凡的意义和光辉。可以说，曹雪芹写出了林黛玉，也就写出了中国红妆的一部青史。①

五、林黛玉的诗词所包含的哲学思考

在评论者看来，《红楼梦》可谓字字珠玑，除了作为小说文本所应有的功效以外，林黛玉的诗词还包含着深厚的哲学反思。例如王海燕就指出，林黛玉的诗词表现了人与自然生命的共感共振，以及它能引领读者重温历史上那些伟大人物的人格魅力。所以我们在林黛玉的诗文中除了能感受到诗意美以外，还能与屈原、阮籍、陶渊明、陈于昂等古人心灵相通，神交意会。再如成穷先生说："从《葬花词》的诗句中，从无数伤春悲秋的作品中，我们听到了人和文人、自然和历史、天命和人命交织而成的深沉旋律。这是林黛玉、曹雪芹和中国文人发出的最为焦虑痛苦的呼唤啊！"②

第六节　结局研究

《红楼梦》之所以能打动人心，人物的悲剧结局是其中最重要的原因之一。然而悲剧并不等于悲观，当曹雪芹把美好的事物一样样撕碎了给人看的时候，并不代表他对美失去了信任，而是思考美如何才能长久。金陵

---

① 王海燕：《花魂诗魄女儿心——林黛玉新论》，中国社会科学出版社，2007年版，第111页。
② 成穷：《从〈红楼梦〉看中国文化》，云南人民出版社，2005年版，第88页。

十二钗的结局都是悲剧性的，林黛玉身上更是笼罩着一层与众不同的悲剧色彩。纵观评论者对林黛玉悲剧色彩的解析，其重点主要集中在七个方面。

第一，宿命性悲剧。这里的宿命性并非哲学意义上的悲观主义，而是美学范畴中的概念。曹雪芹开篇就讲述了凄美的"还泪故事"，林黛玉下世为人的主要目的就是以泪报恩，所以先天上这就注定了她生命中的悲剧色彩。

第二，境遇性悲剧。林黛玉虽然身份高贵，但是父母相继去世。寄居外祖母家，虽然有贾母疼爱，有众多姊妹相伴，但是她内心的孤独和寄人篱下的感受是挥之不去的，种种现实构成她生命中的境遇性悲剧色彩。

第三，爱情的悲剧。对于爱情，林黛玉追求的是心灵上息息相通的知己，感情至上。然而爱情最终带给她的却是无穷无尽的哀愁。周思源先生曾说："黛玉的最大悲剧——而且具有现代意义——是，由于她总把宝玉看作是自己的一切，她的生活与命运就进入了非良性循环。"[①]

第四，时代性悲剧。这一悲剧色彩历来是评论者强调最多的一点。评论者认为，林黛玉的悲剧归根结底是封建时代的悲剧，是封建旧道德旧礼教的悲剧。例如宋锡福先生说："通过林黛玉悲剧的一生，深刻地揭露了封建礼教伦理道德的腐朽和罪恶……林黛玉的悲剧，是她性格的悲剧，爱情的悲剧，是叛逆者的悲剧，也是社会和时代的悲剧。"[②]

第五，性格的悲剧。林黛玉的性格极具个性，这种个性在现实社会中就演化成了尖酸、小性儿、孤高自许。林黛玉的性格和社会伦理、人际关系等形成了尖锐的矛盾，难以调和，这必然构成她悲剧性的因素，即她的性格悲剧。

第六，才能的悲剧。林黛玉才华横溢，这一点无可异议。诗才更是她自信的源泉，而且她总希望有施展自己诗词才能的机会，无论是诗社，还是在元春归家省亲的晚上，作者都在心理描写中透露出了这一点。然而在女子无才便是德的时代，林黛玉的才能和无才是德的观念格格不入、相互冲突。所以庄克华先生说："这是严酷的社会现实。妇女的才能悲剧，在

---

① 周思源：《周思源正解金陵十二钗》，中华书局，2006年版，第84页。
② 宋锡福：《论林黛玉的悲剧》，《南宁师专学报》1981年第4期。

封建专制的时代是绝对无法解决的，也是永远不可消除的。"①

第七，文化冲突性悲剧。所谓文化冲突性悲剧是指林黛玉所具有的理念和当时传统主流文化中的理念相违背。就《红楼梦》所处的历史背景而言，儒家文化是主流。以情感而论，儒家主张"发乎情"，但是要"止乎礼"。然而林黛玉却没有这样，她不仅没有"止乎礼"，而且还想突破这种礼。所以朱世丽先生说："在中国儒家礼教的统治下，防范再严，自由恋爱时有发生，追求者与礼冲突，构成悲剧。黛玉的悲剧是追求者的悲剧。……从这个意义上讲，林黛玉的悲剧是在儒家文化窒息中的'早醒者'的悲剧。"②

上述虽然有七种悲剧色彩，但是在评论者的文章中并非单一地强调某一个方面，而是综合性的，或者综合中突出某一种或某几种悲剧色彩。蒋晓兰曾在《林黛玉悲剧新论》中说道："黛玉的悲剧具有多重性。其悲剧的内涵是如此丰富，不仅反映了先行者、叛逆者的悲剧特征，而且较集中地反映了那一时代中国女子不幸的悲惨命运，甚至还反映了不同时代不同民族的某些共有的悲剧因素。所有这些，就熔铸成林黛玉这个绝代悲剧的典型，使她成为震撼人心的悲剧的塑像。"③

对于林黛玉结局的探析，黛玉之死是一个重要的板块。围绕这个板块，评论者从三个方面进行了剖析，分别是林黛玉死亡的原因、林黛玉死亡的方式与时间、林黛玉死亡的启示。

首先是林黛玉死亡的原因。林黛玉的死亡似乎是必然结果，因为从作者构架的情节而言，林妹妹泪尽之后就要回归"离恨天"，从某种意义上讲林黛玉的死就是一种回归。然而在《红楼梦》的现实情节中，林黛玉的死亡总需要有一个原因，这个原因是什么呢？评论者有五种说法。

第一，林黛玉死于人品才情的曲高和寡。在早期的评论家中，涂瀛就持这样一种观点。涂瀛认为，林黛玉的人品才情是《红楼梦》中最高的，她的死亡也是因为才情天分极高而得不到众人喜爱，最后郁郁而终。

第二，死于爱情的失败。林黛玉和贾宝玉的爱情最终是没有结果的，

---

① 庄克华：《略谈林黛玉艺术典型的悲剧结构》，《厦门大学学报（哲学社会科学版）》1986年第2期。
② 朱世丽：《论儒学礼教与黛玉性格的悲剧冲突》，《榆林高等专科学校学报》1999年第4期。
③ 蒋晓兰：《林黛玉悲剧新论》，《贵州民族学院学报（哲学社会科学版）》2003年第1期。

她的死亡归根结底是因为爱情。所以这一论调几乎成为评论者探讨林黛玉死因的"背景色"。

第三，死于社会环境与封建礼教。在 20 世纪五六十年代，这种论点几乎占据了探析黛玉死因的半数。例如说林黛玉死于贾府顽固分子与独裁集团的迫害，死于自己小资产阶级的自由意识的毒害，等等。持这种观念的学者大多数都站在了相似的政治视角上。

第四，死于贾府的变故。其实不难看出，上述三种死因都是理念性的，而这一说法似乎才落到了具体的故事情节中。张锦池先生在《论林黛玉性格及其爱情悲剧》一文中分析说："要而言之，贾宝玉与薛宝钗定亲是在林黛玉生前，由贾母等人作的主，贾宝玉曾予反抗。定亲不久，贾府便被查抄，时在秋天。林黛玉死前贾宝玉被关在'狱神庙'，二人没能见面。她的死是由于受到双重的致命打击，一是贾宝玉与薛宝钗定亲，一是贾宝玉身陷囹圄。"① 蔡义江等红学家也持有相似的观点。

第五，死于他人陷害。这一说和上面的观点都涉及具体的故事情节，在红学研究中属于"探佚学"范畴。死于他人陷害，他人指谁？周汝昌先生认为元凶是贾元春、贾政、王夫人、赵姨娘。周先生推测其故事情节为："一、受赵姨娘的诬构，说她与宝玉有了'不才之事'，病体之人加上坏人陷害，蒙受了不能忍受的罪名和骂名，实在无法支撑活下去了；二、她决意自投于水，以了残生；三、其自尽的时间是中秋之月夜，地点即头一年与湘云中秋联句的那一处皓皓清波，寒塘冷月之地。"②

其次是林黛玉死亡的方式与时间。在上面引用的周汝昌先生的文字中，就包含了林黛玉死亡的方式和时间——中秋之夜投湖自尽。对于这种观点，刘心武先生运用到了续书的创作中，不过刘心武先生认为投湖自尽的细节应该是沉湖，即慢慢走向深水之处。

对于林黛玉死于中秋之夜的观点，梁归智先生有不同的理解。梁先生认为林黛玉应该死于贾宝玉离家之后的次年春天，并用《葬花词》中"一朝春尽红颜老，花落人亡两不知"的诗句作为证据。又根据《枉凝眉》这首词指出："句句有事实依据而非泛拟，'秋流到冬尽，春流到夏'正说宝

---

① 张锦池：《红楼十二论》，百花文艺出版社，1982 年版，第 239 页。
② 周汝昌：《冷月寒塘赋宓妃——黛玉夭逝于何时何地何因》，《河北师范大学学报（哲学社会科学版）》1984 年第 2 期。

玉秋天离家,黛玉哭到次年春末泪尽而死也。"①

对于林黛玉的死,还有学者认为是病死,因为林黛玉一直体弱多病,又遭遇贾府的大劫,于是病死。还有学者依据判词中"玉带林中挂"的诗文而认定林黛玉是上吊死的。不过持林黛玉的死亡和水有关的评论者占据多数。例如端木蕻良先生就说:"我认为从'质本洁来还洁去'这句诗上,可以推断林黛玉是赴水而死的。"②

第三是林黛玉的死有什么样的启示。对此,各家众说纷纭:从政治角度而论,林黛玉的死是对罪恶封建社会的控诉和永不妥协;从美学的角度论,林黛玉的死成就了悲剧性的艺术巅峰;从哲学反思而论,林黛玉是一个理想主义者,她的死说明过于理想化也注定要失败。

第七节 价值与意义研究

对于林黛玉的价值与意义的探讨,评论者的观点主要集中在三个角度。

一、从社会与阶级的角度探析林黛玉的价值与意义

在20世纪50年代,因为特殊的历史背景,许多红学家的意识聚焦在了政治上,所以在那个时代,对红楼人物的评析就突出了他们所具有的社会因素。在探寻林黛玉的价值与意义时,他们也就自然而然地向这个方向靠拢。例如佘春声先生就说:"如果不是林黛玉这一形象,那么就没有可能将这种压迫反映到如此精确的程度,从而也就不可能唤起读者同情林黛玉那样的深切的同情,因而产生仇恨封建压迫者的强烈情绪。"③ 从社会与阶级这个层面看,林黛玉的价值与意义就在于她揭露了封建社会的黑暗,向旧道德、旧礼教发出控诉。杜景华先生认为林黛玉在《红楼梦》中所表现出来的伤春与悲秋其实"是一种要求社会制度变革的信号"④。

---

① 梁归智:《石头记探佚》,山西人民出版社,1983年版,第91~92页。
② 端木蕻良:《端木蕻良文集6》,北京出版社,2009年版,第261页。
③ 佘春声:《略谈林黛玉》,《文艺学习》1954年第9期。
④ 杜景华:《黛玉的伤春与悲秋》,《红楼梦学刊》1982年第4辑。

二、从审美的角度探析林黛玉的价值与意义

林黛玉最终死了,这确实是一出悲剧。然而悲剧的价值并非只是描写了美的毁灭。以林黛玉而论,持这个观点的评论者认为,林黛玉这个形象的终极意义是体现了人性解放的觉悟。例如吴新雷先生说:"林黛玉渴望爱情自主而又不可能实现的感伤情绪,以及因此呈现出来的愁、泪、病、瘦的形神特征,便超越了一般的病态美的范畴而升华为悲剧形象的悲剧美了。"①

三、从传统文化的角度探析林黛玉的价值与意义

所谓传统文化的角度,是指从林黛玉身上发现中国传统文人士大夫的品格与精神,以及在林黛玉身上所承载的文化意蕴。朱伟明先生说:"林黛玉这一形象的独特的审美价值在于,她不仅是封建时代名门闺秀悲剧命运的历史缩影,同时也是中国古代士大夫文人执着于个体内心自觉与自主人格精神的写照。"② 从传统文化的角度探析林黛玉的意义与价值,在红楼人物评论中逐渐被凸显出来,这也是红楼人物评论最值得探寻的方向。

---

① 吴新雷:《论林黛玉形象的美学境界及其文学渊源》,载中国社会科学院文学研究所红楼梦研究集刊编委会编:《红楼梦研究集刊·第十四辑》,上海古籍出版社,1989年版,第224页。
② 朱伟明:《两种生命的存在方式——林黛玉、薛宝钗形象及其文化意义》,《红楼梦学刊》1994年第1辑。

第二章　薛宝钗

《红楼梦》中的一号女主角到底是林黛玉还是薛宝钗，百余年来争论不休，似乎作者曹雪芹在这个问题上也犯了难，所以才让薛林二人同处于一首判词，并列金陵十二钗之首。如果说林黛玉赢得读者的眼泪、同情、爱怜最多的话，那么薛宝钗赢得了什么呢？这个问题回答起来非常困难，因为对于薛宝钗的评论两极分化的现象尤为突出，可以说褒贬参半，而且在不同的时代背景下评论中的政治色彩也极其浓烈。

薛宝钗在《红楼梦》中的出场是平淡的，可以说没有任何的光彩可言。出场的前奏竟然是她哥哥薛蟠的一件人命官司，随后她又以世代皇商之女及待选秀女的身份进京出场。朱淡文先生曾经说薛宝钗的出场："没有神话，没有诗意，甚至也没有美的氛围。在她周围的一切都是那么世俗，那么平凡，却又笼罩着富贵豪奢的宝色金光。"[①] 在曹雪芹笔下，以极其现实的社会画面为背景引领主要人物的出场，薛宝钗是一个突出的典型。在这种没有美，没有一点神话般诗意的状态下，作者想表达什么呢？舒芜先生说，想表达的只有封建主义的最粗恶最鄙陋的一面[②]。然而从这种简单的看似没有光彩的场景中走出的一号女主角却引来了读者之间太多的口角是非，研究者对薛宝钗的评析主要集中在名字涵义、外貌、象征、性情、学识、为人处世、与宝黛关系、结局等方面。

[①] 朱淡文：《薛宝钗形象探源》，《红楼梦学刊》1997 年第 3 辑。
[②] 舒芜：《红楼说梦》，人民文学出版社，2004 年版，第 89 页。

第一节　名字涵义研究

在现实社会中，人名虽然只是一个代号，但是父母在为我们取名的时候总会为之赋予一定的涵义，从而寄托长辈们的希望与祝愿。《红楼梦》中的人名所包含的意义可谓丰富，大大超越了代号的范围，薛宝钗这个名字就是一个最好的例子。评论者对薛宝钗名字涵义的解析，主要集中在三个方面。

一、姓名的字面之意

宝钗姓薛，"薛"历来被认为是"雪"的谐音，作者曹雪芹在护官符"丰年好大雪，珍珠如土金如铁"的诗句中也证实了这一点。谐音法是历来的红学评论者惯用的解析名字涵义之法，所以洪秋蕃先生说："薛雪也，有阴冷之像。"① 然而谐音法也有它的随意性，例如和"薛"同音者不在少数，除了同"雪"音，还可以同"血"音，于是刘铄先生推测，曹雪芹将"贾史王薛"连起来，用谐音法重新组装就成了"明亡血史"②，这无疑又落入索隐派的深渊了。

"宝钗"这个词，原本指的是古代妇女用的高档首饰，从字面上看有珠光宝气之意。然而作者用此为主要人物命名，有典故出处吗？答案当然是肯定的。从《红楼梦》第六十二回中的情节可知，"宝钗"这两个字源于李商隐的一首诗词："残花啼露莫留春，尖发谁非怨别人。若但掩关劳独梦，宝钗何日不生尘。"也有学者认为，用珠光宝气的首饰为人物命名，其中暗含着一种讽刺。阚铎先生就说："簪即钗也，十二金钗，宝钗等等皆簪之意，瓶儿屡以金头簪赠人，玉楼之金簪，春梅之金头簪，皆钗之意，俗者为钗，雅者为黛。"③

对"薛宝钗"这三个字的理解，翟胜健先生的解析尤为新颖，他认为

---

① 洪秋蕃：《红楼梦抉隐》，载一粟编：《古典文学研究资料汇编·红楼梦卷》，中华书局，1963年版，第238页。
② 刘铄：《红楼梦真相》，华艺出版社，1993年版，第136页。
③ 阚铎：《红楼梦抉微》，载人民中国出版社第二编辑部编：《红楼梦考评六种》，人民中国出版社，1992年版，第81页。

"薛宝钗"的本义应该指的是一种仙草。翟先生根据《诗经》、司马相如的《子虚赋》、郑玄的《毛诗传笺》以及李时珍的《本草纲目》得出"薛"是一种类似于"莘"的植物，还可以作为药材食用，所以"'薛'字之本义，乃生长在'高燥'之地的一种蒿草"①。其又根据《本草纲目》中"石草类"的记载，得出"宝钗"也是一种草，全称为"宝钗石斛"，这种植物同样可以入药。一番细加厘剔、追根溯源之后，翟胜健先生总结道："'宝钗'系一种生长在高山山石间，'茎似小竹节'，'状如金钗之股'的仙草。曹雪芹所拟'薛宝钗'其名，即含有'仙草'之义。"② 翟胜健先生为了支撑自己的观点，还在《红楼梦》文本中找出例子作为证据，例如，第五回的《红楼梦曲·终身误》中，称薛宝钗为"山中高士"。再有薛宝钗居住的院子叫"蘅芜苑"，她的雅号叫"蘅芜君"，"蘅芜"也是一种香草名。

二、姓名的象征性

对于薛宝钗姓名的解析，多数研究者的重点落在了它的象征性上。

首先，姓名象征着薛宝钗的冰冷性情，因为她所表现出来的"不干己事不开口"的处事作风，被很多读者认为是一种"无情"，而这一特点刚好和"雪"的冰冷性极其相似，又联系着"薛"和"雪"的谐音，所以薛海燕指出："宝钗被誉为'冷美人'和'任是无情也动人'，足见'雪'在性情上喻其冷静、理性乃至'无情'。"③ 这一象征性被绝大多数的研究者所认可。因为支撑这一观点的例证在《红楼梦》文本中非常多，例如薛宝钗所居之处像"雪洞一般"，吃的药物叫"冷香丸"，等等。所以俞晓红先生说："'冷'是其'无情'的基本色调，'冰'、'雪'的'冷'与'洁'，正象征着宝钗的情感世界的'冷'与'洁'。"④

其次，姓名象征着薛宝钗的道德品行。同样是一枚"宝钗"，有的学者看到的是世俗的珠光宝气，而有的学者看到的却是高贵的道德品行。徐景洲先生认为，薛宝钗的命名非常符合她的思想、性格、品行。因为薛宝

---

① 翟胜健：《薛宝钗姓名新解》，《红楼梦学刊》1998年第2辑。
② 同上。
③ 薛海燕：《红楼梦：一个诗性的文本》，中国社会科学出版社，2003年版，第183页。
④ 俞晓红：《任是无情也动人——试探曹雪芹笔下薛宝钗情感世界的发展》，《红楼梦学刊》1983年第4辑。

钗具有封建社会贤妻良母所有的才德，"所以作者以古代妇女的代称'钗裙'之首字'钗'来命名之，而这'钗'字，又是妇女插于头顶之饰物，更可见其独占鳌头之意，这显然又意指薛宝钗为最符合封建礼教的妇女典型。又因为她所具有的才德，大则可以安邦定国，小则可以相夫教子，在贾府的女性中，能力不让最为出众的凤姐，而才华则远高于其之上，故而以'宝'冠之，意指德才压群芳，是钗（妇女）中的最为出类拔萃者"①。

三、姓名的预示性

很多学者认为，薛宝钗这个名字预示着薛宝钗未来的命运。雪虽然是纯洁、冰冷的代表，然而它还有一个特性就是遇热即化，一旦春暖花开就会消失无踪，所以宋淇先生说："这也暗示宝钗乃'薄命司'中人物，虽然得嫁宝玉，可是宝玉有了娇妻美婢，却仍'悬崖撒手'出家，到头来还是一场空。"②

薛宝钗的命运是和贾宝玉与林黛玉密切相关的，所以吴竞存先生认为"宝玉是合钗黛之名……钗黛是分取宝玉之名"③。吴世昌先生根据中国古典文学中有关"宝钗"的典故推测，"宝钗"象征着生离死别。"宝钗"二字最早见于东汉秦嘉《赠妇诗》，诗人们常用"钗"作为分离的象征，吴世昌先生以陆罩的《闺怨》、白居易的《长恨歌》为例证，最后得出结论："说明在作者全书计划中，她是注定要与书中的男主角先结婚而后离异的。"④

第二节 外貌研究

《红楼梦》中关于薛宝钗的外貌描写最集中的两处在第八回与第二十八回，都以贾宝玉的视角加以描写。两处分别写道："（薛宝钗）唇不点而红，眉不画而翠，脸若银盆，眼如水杏。""雪白一般酥臂……忽然想起金玉一事来，再看看宝钗形容，只见脸若银盆，眼似水杏，唇不点而红，眉

---

① 徐景洲：《贾宝玉、薛宝钗、林黛玉命名之寓意》，《阅读与写作》1998年第3期。
② 宋淇：《〈红楼梦〉识要——宋淇红学论集》，中国书店，2000年版，第358页。
③ 吴竞存：《〈红楼梦〉的语言》，北京语言学院出版社，1996年版，第21页。
④ 吴世昌：《红楼梦探源外编》，上海古籍出版社，1980年版，第379页。

不画而翠。"对于这两处外貌描写,不难发现,文字几乎是相同的,为什么会出现这样的情况?朱淡文先生说:"大概宝钗的容貌的确难以令人产生浪漫的想象,只能令贾宝玉有这种最实际的感觉吧!"①

然而对于大多数读者而言,薛宝钗是美丽大方的。所以徐子余先生认为,薛宝钗的这种美:"不论是先天带来的还是后天造就的,所受阶级和时代的局限都较小,具有长远的审美价值。"② 换言之,徐先生认为宝钗的美是一种绝对的美,而非相对的美。如果不以时代道德的价值标准来衡量的话,薛宝钗的容貌确实属于美女行列,然而就在曹雪芹的这种描写方式下,朱淡文先生却读出了另外一番意蕴。通过比对,朱先生认为曹雪芹描写薛宝钗的手法直接源于《金瓶梅词话》对潘金莲和吴月娘容貌的描写,所以《红楼梦》中渲染的薛宝钗不过就是一个世俗的美女罢了,作者借鉴潘金莲和吴月娘的容貌来塑造薛宝钗,其中还暗含贬义,所以朱淡文先生说:"曹雪芹用写市井世俗妇人容貌的词句写宝钗之容姿,不能不说是隐含贬意。"③

薛宝钗的外貌在书中有两大特点,丰满和素白。白不仅仅指薛宝钗的肤色,同时也指她喜欢的色调。她住的房间像雪洞一般,吃的药也全部以白色的花为原料,最出色的诗词是咏白海棠与柳絮,所以刘万里先生说,在姹紫嫣红的大观园里,姑娘丫鬟们都是穿红戴绿,唯有宝钗与众不同,"以素为主,以白为本是宝钗的当行本色"④。

薛宝钗喜欢素白的原因,研究者的分析主要集中在三点。

第一,表现朴素的艺术品位。薛宝钗在《红楼梦》中自始至终都彰显出清新淡雅的格调,无论是从她的住所、穿戴,还是喜欢的花卉等都能证实这一点。所以曹立波先生认为,薛宝钗偏爱白色是作者有意的安排,用来烘托薛宝钗"朴素的艺术品位"⑤。

第二,崇尚简朴的品质。薛家虽然贵为皇商,但是到薛蟠这一代已经

---

① 朱淡文:《薛宝钗形象探源》,《红楼梦学刊》1997年第3辑。
② 徐子余:《美的毁灭和封建文明的衰落——论作为审美对象的薛宝钗》,《红楼梦学刊》1986年第2辑。
③ 朱淡文:《薛宝钗形象探源》,《红楼梦学刊》1997年第3辑。
④ 刘万里:《万红丛中一片雪——薛宝钗对红的排拒与隐藏及其心理透视》,《红楼梦学刊》2002年第2辑。
⑤ 曹立波:《红楼十二钗评传》,清华大学出版社,2007年版,第28页。

逐渐衰退，大不如以前的光景。整个薛家只剩下孤儿寡母三人，薛宝钗心里自然有一本账。所以胡子先生指出：宝钗生活简朴，有花不戴，当然不是她性情古怪，而是她懂事，会做人。①

第三，命运的暗示。研究者认为，薛宝钗喜欢素白，很有可能与她的命运相联系，因为按照探佚学家的推测，薛宝钗最后守寡，如同李纨一样，虽然生活在富贵场中，却没有一点绚丽色调。

薛宝钗和白色相对应是绝大多数红学研究者的共识，然而苏鸿昌先生认为象征宝钗的色彩是金色，这一观点的主要依据是薛宝钗有一把金锁。苏先生认为，自从宝钗听说"金锁是一个和尚给的，等日后有玉的方可结为婚姻"等语之后，就有意识地接近贾宝玉，并且在饰品的用色方案上颇费心机，薛宝钗把红、黑、金、黄定为正色，其余都是杂色，还强调装饰贾宝玉的通灵宝玉"杂色断然使不得"，要"把那金线拿来配"才好看。苏鸿昌先生由此推测，薛宝钗的这些言行是企图通过以金色来排斥黛色，以应和尚的关于"金玉良缘"的谶语②。苏鸿昌先生的观点是基于薛宝钗的心机来展开推断的，也正因为有一个先行的主观意见才有这样的论断，所以苏先生说："从色彩学的观点看，尽管宝钗所作的这种颜色搭配，无疑也是美的。但是，任何人只要识破了宝钗的这种丑恶的用心，看到了在这样的色彩搭配后面竟然藏着个丑恶的灵魂，就会对此感到厌恶。"③

第三节　象征物研究

在《红楼梦》中，和薛宝钗相关的事物比较多，例如牡丹花、冰雪等，其中最具有典型性的象征物有三样——冷香丸、金锁、蘅芜苑，历来的评论者对这三种事物与薛宝钗的关系总是见仁见智。

一、众学者对冷香丸的解析

冷香丸是薛宝钗吃的一味药，最早出现在《红楼梦》第七回，书中这样写道：

---

① 胡子：《红楼梦写真》，实学社出版股份有限公司，2003年版，第157页。
② 苏鸿昌：《论曹雪芹的美学思想》，重庆出版社，1984年版，第163页。
③ 同上。

周瑞家的道："正是呢，姑娘到底有什么病根儿，也该趁早儿请个大夫来，好生开个方子，认真吃几剂，一势儿除了根才是。小小的年纪倒作下个病根儿，也不是顽的。"宝钗听了便笑道："再不要提吃药。为这病请大夫吃药，也不知白花了多少银子钱呢。凭你什么名医仙药，从不见一点儿效。后来还亏了一个秃头和尚，说专治无名之症，因请他看了。他说我这是从胎里带来的一股热毒，幸而先天壮，还不相干，若吃寻常药，是不中用的。他就说了一个海上方，又给了一包药末子作引子，异香异气的。不知是那里弄了来的。他说发了时吃一丸就好。倒也奇怪，吃他的药倒效验些。"

周瑞家的因问："不知是个什么海上方儿？姑娘说了，我们也记着，说与人知道，倘遇见这样病，也是行好的事。"宝钗见问，乃笑道："不用这方儿还好，若用了这方儿，真真把人琐碎死。东西药料一概都有限，只难得'可巧'二字：要春天开的白牡丹花蕊十二两，夏天开的白荷花蕊十二两，秋天的白芙蓉蕊十二两，冬天的白梅花蕊十二两。将这四样花蕊，于次年春分这日晒干，和在药末子一处，一齐研好。又要雨水这日的雨水十二钱……"周瑞家的忙道："嗳哟！这么说来，这就得三年的工夫。倘或雨水这日竟不下雨，这却怎处呢？"宝钗笑道："所以说那里有这样可巧的雨，便没雨也只好再等罢了。白露这日的露水十二钱，霜降这日的霜十二钱，小雪这日的雪十二钱。把这四样水调匀，和了药，再加十二钱蜂蜜，十二钱白糖，丸了龙眼大的丸子，盛在旧磁坛内，埋在花根底下。若发了病时，拿出来吃一丸，用十二分黄柏煎汤送下。"

纵观研究者对冷香丸的解析，其论点主要集中在四个方面。

第一，冷香丸的药理性。具有中医学背景的红学家们认为，冷香丸无论是从原始配料上看，还是从药引子、药末子上分析，都具有清热解毒的功效。针对薛宝钗的热毒咳嗽可谓对症下药，没有丝毫的错乱。用黄柏煎汤服下，汪佩琴先生认为这是因为黄柏是治肾的要药，清下焦之热，且有滋阴之功。中医认为'肾为先天之本'。胎里带来的热毒与肾有关，所以用黄柏汤送服，大有引药下达肾府之意。"[①]

[①] 汪佩琴：《〈红楼〉医话》，学林出版社，1987年版，第19页。

冷香丸的主要原料是分别开放在春、夏、秋、冬的四种花蕊，这四种花都必须要白色，这里面包含着什么医学原理呢？段振离先生认为这要从中医的五行学说来说明。五行即木、火、土、金、水，与五脏肝、心、脾、肺、肾相配，分别为肝木、心火、脾土、肺金、肾水；与五色相配，则青属木，入肝；赤属火，入心；黄属土，入脾；白属金，入肺；黑属水，入肾。薛宝钗的病是"喘嗽"，属于肺经，故用白色的花蕊，能够入肺经。①

学者们指出，就以四种花蕊的药性而言，白梅花蕊，性寒，味酸涩。《百草镜》说它能解先天胎毒、开胃散郁、止渴生津。白牡丹花蕊，性平，味苦淡，具有调经活血的作用。白荷花蕊，苦甘温，能够活血止血，去湿消风，也能清心凉血，解热毒。白芙蓉花蕊，味辛平，也能清肺凉血，散热解毒。稍加留意我们不难发现，这四种花蕊有一共性："清热、解毒、凉血"，刚好对应治疗薛宝钗"从胎里带来一股热毒"之症。

所以冷香丸虽然是曹雪芹笔下的一种"艺术性药物"，但是药理与病情的搭配并没有错乱，宋淇先生就说："这一长段文字虽然牵涉到癞头和尚，看上去神妙，却含有丰富的具体资料，而且很多地方可以和现代西方医学相印证。"②

冷香丸除了实实在在的中医药功效以外，还有一项作用，那就是心理暗示，也可以称为心理治疗。冷香丸的配制要求十分苛刻，从里到外散发出一种难得与精巧的意蕴，所以笔者曾指出这味药就是强调一个"巧"字，从"巧"中感受"难得"，从"难得"中体会"珍贵"，从"珍贵"中享受"奇效"，从而达到心理治疗的目的③。

第二，冷香丸的真伪性。冷香丸是真是假？这原本就是一个伪命题，因为现实社会中并没有这样一种药，它原本就是曹雪芹笔下的艺术化产物，但是红学家们所探析的真与伪其实是从小说的文本中来辨别的。

《红楼梦》中的冷香丸是薛宝钗口中描述出来的药物，这种药专门治疗她的病症，那么冷香丸到底是真是假，只要弄清楚薛宝钗是否真的有病就可以迎刃而解了！换句话说，薛宝钗如果没有这种所谓的热毒，冷香丸

---

① 段振离：《医说红楼》，新世界出版社，2004年版，第7页。
② 宋淇：《〈红楼梦〉识要——宋淇红学论集》，中国书店，2000年版，第207页。
③ 马经义：《中国红学概论》，四川大学出版社，2008年版，第151页。

也就根本不存在了。祝秉权、梅玫二位先生就认为，薛宝钗在第七回自述的"小恙"全是假装出来的，理由是根据薛宝钗叙述的病症"从胎里带来的热毒"和她的临床表现"也不觉着什么，只不过喘嗽些"是根本对应不起来的。祝、梅二位先生查阅传统中医学书籍，认为薛宝钗所说的病以及临床表现完全不符合中医典籍的记载，所以得出结论"从薛宝钗的神色、言谈、举止看，完全不像个病人"①。病都不存在又何来冷香丸这种药呢！"薛宝钗所说的治她这种病的所谓冷香丸，一听便知道是海外奇谈。冷香丸中的那些配方，不但根本不能按期、按量、按质配足，而且，配方中那些药料，既不能治疗如宝钗所云的那种'喘嗽'，更不能治疗真正的胎毒病。"②

胡文彬先生对冷香丸真伪的看法也倾向于伪。胡文彬先生指出："我们倘若真的相信薛宝钗的话，去'研究'它的医理，甚至试制几丸，那就会是脂批所说的'被作者瞒过'，真的成了'呆雁'了。"③ 然而胡先生认为的伪和祝、梅二位先生认为的伪有着本质性的区别。胡先生所谓的伪是指这种药方在现实社会中不存在，是作者假借癞头和尚杜撰出来的。祝、梅二位先生所谓的伪是指书中薛宝钗自己的伪造。

第三，冷香丸的美学性。正如汪佩琴先生所说，曹雪芹笔下的冷香丸就是"艺术药品"，既然是艺术品，它的艺术价值在何处呢？胡菊人先生认为，冷香丸就是一种暗喻，它就如同贾宝玉在梦中见的"群芳髓"一样，万艳同悲，最后指向的都是红颜薄命。冷香丸的美学性就是从不同的侧面演绎着人生的悲剧，"它的喻义不是治生理上的病，也不是什么实际的某某花蕊可医治，而是一种人生的哲学课题。它所指的是人生的欲望、需求、情思是与生俱来，只有和尚指示的药可解脱。病常犯，药常吃，直至死，只有死才能彻底脱灾"④。

第四，冷香丸的象征性。冷香丸的象征性是历来评论者解析最多的，其观点也见仁见智。冷香丸象征着什么？主要有四种观点。

---

① 祝秉权、梅玫：《从"互看通灵金锁"看薛家母女的为人术——〈红楼梦〉第八回探味》，载贵州省红学会主编：《红楼梦人物论》，贵州人民出版社，1988年版，第241页。
② 同上。
③ 胡文彬：《魂牵梦萦红楼情》，中国书店，2000年版，第95页。
④ 胡菊人：《冷香丸新解》，载罗宗阳编：《红楼梦轶事》，江西人民出版社，1989年版，第117页。

首先，象征着薛宝钗的性情。宝钗在《红楼梦》中的表现是温柔端庄，随分从时，这种品质属于儒家观念中的"平和"理念。刘晓林先生认为，冷香丸的配方正好体现的就是"平和"。立足于封建时代，薛宝钗是一个十全十美的女性形象，德才兼备，忠孝节贞，这扣合了中国古代审美的理想境界。所以"从'冷香丸'成方结构及配伍原理来看，其性之不偏不倚，其量之尽善尽美，恰也是最为符合'中和'之德。曹雪芹为什么要给薛宝钗杜撰一个这样的药方，其意恐怕就在这里。作者把'冷香丸'作为一个完整的审美意象，作为一个代表某种深层意义的象征物，而指属这种深层意义的审美主体就是服其方者的薛宝钗"①。冷香丸的制作突出了一个"时"字，在功效上突出了一个"冷"字，所以朱淡文先生说："（这）正是薛宝钗'随时俯仰'性格的象征。""显示了薛宝钗性格中'冷'（或称'无情'）的特征。"②

其次，象征着薛宝钗的品行。冷香丸制作所用的四种白花，都有着高雅的品质，牡丹的稳重，荷花的纯洁，芙蓉花的清逸，梅花的坚贞，再加以白色为底，将四种花组合起来更突出了四个字——淡雅素净，所以杨罗生先生说："'冷香丸'是诗意的象征、高洁的象征。"③ 对冷香丸品质的肯定无疑也是对薛宝钗品行的肯定。然而在红学评论中，有肯定就必定有否定。就冷香丸所象征的品行而言，持有否定态度的学者不在少数。例如朱眉叔先生认为，冷香丸的清冷是用来掩饰热毒的，而薛宝钗身上所谓的热毒实际象征的是强烈的封建意识，这种意识与生俱来，所以"弄清冷香掩饰下的热毒，是作者提示读者正确理解薛宝钗的重要方法。他希望读者能透过陶醉人的冷香，清醒地看到薛宝钗的庐山真面目"④。

再次，冷香丸象征着薛宝钗的命运。红楼人物的最终命运，往往会用一些物品的特性暗示出来。冷香丸就是其中的一个代表。王希廉在《红楼梦》回评中就指出："薛宝钗冷香丸经历春夏秋冬，雨露霜雪，临服用黄柏煎汤，备尝盛衰滋味，终于一苦，俱以十二为数，真是香固香到十二

---

① 刘晓林：《"冷香丸"的象征意义与薛宝钗的形象》，《衡阳师专学报（社会科学版）》1995年第2期。
② 朱淡文：《薛宝钗形象探源》，《红楼梦学刊》1997年第3辑。
③ 杨罗生：《漫说薛宝钗的"冷"》，《红楼梦学刊》2004年第2辑。
④ 朱眉叔：《红楼梦的背景与人物》，辽宁大学出版社，1986年版，第271页。

分,冷亦冷到十二分也;又埋在梨花树下,不免于先合终离矣。"①

最后,除了以上三种主要的评议以外,杨罗生先生认为,冷香丸还象征着理性精神对现实世界的救治作用。"胎里带来的热毒"其实就是一种私欲,私欲属于人的本性,然而一旦超出生存的正常需要就会变成现实世界中的"热毒","则需要用'冷香丸'的理性精神去冷却、去治疗"②。面对人世间的酸甜苦辣、风波迭起,也需要冷香丸去镇定、平静心态,这可能就是冷香丸最大的现实意义了。

第五,冷香丸配方的灵感来源。冷香丸的配制方法是很奇特的,这需要作者敏锐而智慧的头脑。冷香丸的整个制作过程最讲究时序、数量、地利,作者创作冷香丸的灵感来源有文化基因的支撑。例如冷香丸的配方无一不是以"十二"为数,在中国文化中,"十二"这个数字是非常神圣的,所以"文化基因"③是导致曹雪芹产生灵感的一个重要原因。还有学者认为,《红楼梦》借鉴于《金瓶梅》,所以冷香丸的灵感也源于《金瓶梅》。例如阚铎说:"冷香丸方,四种花名亦非偶然。荷即莲也,芙蓉即是瓶儿,梅即春梅。"④当然这种解释乃一家之言耳。

二、众学者对金锁的解析

在《红楼梦》中,"木石前盟"对应的就是"金玉良缘",二者之间似乎永远处于对立面。贾宝玉出生之后口中含有一块石头,关于石头的来历,书中介绍得非常清晰,然而象征金玉良缘的金锁的来历却让很多学者费解。

金锁的第一次出现是在第八回,按照薛家人的说辞,这是一个癞头和尚给的,上面有八个字:"不离不弃,芳龄永继。"薛宝钗的母亲薛姨妈曾说,要等有玉的方可配婚。正因为一切传言都出于薛家,所以读者对于金

---

① 王希廉:《红楼梦回评》,载朱一玄编:《红楼梦资料汇编》,南开大学出版社,1985年版,第550页。
② 杨罗生:《漫说薛宝钗的"冷"》,《红楼梦学刊》2004年第2辑。
③ 文化基因是一个民族所秉承的世界观、价值观、人生观以及各种品质,在族人身上幻化成的举动、认识与思维;而这种举动、认识与思维会在不同的意识状态下自然流露,从而形成一个民族的生存样态,进而历经承袭、演化、优胜劣汰并代代相传。参见马经义:《红楼文化基因探秘》,四川大学出版社,2022年版。
④ 阚铎:《红楼梦抉微》,载人民中国出版社第二编辑部编:《红楼梦考评六种》,人民中国出版社,1992年版,第86~87页。

锁的真实性就产生了怀疑，而且持"金锁伪造说"观点的学者还不在少数！

是谁伪造了金锁？陈其泰先生认为是薛宝钗。陈先生说："若金玉姻缘之说，信而有征。何以总冒处叙通灵缘起，绝无一字提及金锁耶？宝钗伪造金锁，倡金玉之说以惑人，显然可见。"① 曾扬华先生也持有这种观点。曾先生说："所谓'奇缘'和'巧合'，其实都是薛宝钗在早有预谋的情况下一手导演而成的。"② 然而在红学界，绝大多数的研究者认为，金锁的伪造者是薛姨妈。这样做的原因至少有三点：第一，为自己的女儿寻找一个好的归宿；第二，看着家道逐渐衰落，希望通过与豪门联姻而起死回生；第三，亲上加亲，知根知底，郎才女貌，天设地造。

研究者除了辨析金锁的真伪性以外，还在挖掘它的象征与内涵，例如崔耀华先生根据中国文化以及传统风俗判断，认为"这里'锁'的含意，是将宝玉和宝钗紧密地联结在一起的意思"③。其实无论金锁真伪，有一点是可以肯定的，那就是"人为"。《红楼梦》的金玉良缘之说，完全是薛姨妈一人自编、自导、自演的游戏，所以"二宝"之间本就是人为的撮合。

笔者认为金锁的人为性还藏着另外一个涵义："贾宝玉与薛宝钗，真真实实地活在当下，在前世，他们没有瓜葛，虽然有金玉良缘的世俗约定，那也是掩人耳目，不外乎想寻找一份华丽的说辞，为人为的事件披上一件天然的因由而已。"④

三、众学者对蘅芜苑的解析

《红楼梦》中对蘅芜苑的描写主要集中在第十七回和第四十回，两回分别这样写道：

> 只见许多异草：或有牵藤的，或有引蔓的，或垂山巅，或穿石隙，甚至垂檐绕柱，萦砌盘阶，或如翠带飘，或如金绳盘屈，或实若

---

① 陈其泰：《红楼梦回评》，载朱一玄编：《红楼梦资料汇编》，南开大学出版社，1985年版，第701页。
② 曾扬华：《红楼梦新探》，广东人民出版社，1987年版，第108页。
③ 崔耀华：《红楼探幽》，北京出版社，1993年，第56页。
④ 马经义：《〈红楼梦〉中"二玉"与"二宝"的文化内涵》，《北方文学》2010年第11期。

丹砂，或花如金桂，味芬气馥，非花香之可比。（第十七回）

　　进了蘅芜苑，只觉异香扑鼻。那些奇草仙藤愈冷愈苍翠，都结了实，似珊瑚豆子一般，累垂可爱。及进了房屋，雪洞一般，一色玩器全无，案上只有一个土定瓶中供着数枝菊花，并两部书，茶奁茶杯而已。（第四十回）

　　从书中原文来看，蘅芜应该是一种植物，然而在现实中似乎很难找到与之相对应的实体。朱淡文先生考证，"蘅芜"典出晋代王嘉《拾遗记》卷五所录的关于汉武帝与李夫人的故事。《拾遗记》上面说："（汉武）帝息于延凉室，卧梦李夫人授帝蘅芜之香。帝惊起，而香气犹著衣枕，历月不歇。"根据这个典故，朱淡文先生得出"'蘅芜'系香草杜蘅和蘪芜的合称"①的结论。朱先生还通过蘅芜苑的对联"蘅芷满净苑，萝薜助芬芳"，得出蘅芜苑中主要有四种植物，分别是藤萝、薜荔、杜衡（蘅）、蘪芜。

　　书中第十七回，以贾政视察大观园的建筑工程为立足点展开对蘅芜苑的描述，体现出蘅芜苑的设置之美及布局之巧。它符合中国式审美的特点——渐入佳境。黄葆芳先生就曾说："全用藤萝异草来作'蘅芜院'的布置材料，又是别具一格。迎面插天的玲珑大石，把前后分开，很有诗的意境。一片翠绿茂叶，其中仅有一些朱实及金桂般的米状花蕊，香浓色淡，摒弃了艳卉繁花，以杜若蘅芜的香味取胜。"②第四十回以贾母的视角展示蘅芜苑的室内陈设，有学者认为"雪洞"一般的色调暗含着薛宝钗的"冷"性情，以及暗示其将来守寡的人生结局。

　　从现有的评论文章来看，对蘅芜苑的解析重点主要集中在它所包含的意义之上。有学者认为，从蘅芜这种植物的特性上就能看出薛宝钗的心机。蘅芜是一种攀缘植物，其特点就是柔软蔓生，依附他物。在生长的过程中顺着山石、墙壁或者树枝绵亘而上。正因为如此，历来很多诗人都以它们比作依赖男性而上升的女子。所以朱淡文先生认为曹雪芹以蘅芜暗喻薛宝钗，想突出的就是她"性格之稳重和平、坚韧不拔，意图通过婚姻劝导夫君'立身扬名'以实现自己'好风频借力，送我上青云'的欲望，就

---

①　朱淡文：《薛宝钗形象探源》，《红楼梦学刊》1997年第3辑。
②　黄葆芳：《大观园的布置》，载胡文彬、周雷编：《海外红学论集》，上海古籍出版社，1982年版，第476页。

是她这一性格特征的显露"①。朱眉叔先生也持有这样的观点:"这些牵藤引蔓植物垂檐绕柱象征着薛宝钗向上爬;穿绕山石象征着她控制着贾宝玉。"②

除了蘅芜的象征性以外,研究者还指出,蘅芜苑中的这些植物可能还隐藏着薛宝钗未来命运的走向。白艳玲先生根据屈原《九歌·少司命》中的一句诗"秋兰兮蘼芜,罗生兮堂下",解释说蘼芜经常出现在诗歌中,多象征弃妇形象。同时,他又列举了唐代鱼玄机的《闺怨》诗证明这一点,再比对薛宝钗的《忆菊》,最后指出蘅芜苑中的蘼芜所隐含的秘密也就显露出来,金玉良缘的失败,贾宝玉最后离家出走,薛宝钗就成了孤苦伶仃的思妇,她的命运最终定格在弃妇之上,所以"宝钗不幸的命运,金玉良缘的失败结局通过蘼芜这一文化符号做了预言"③。

第四节 性情研究

薛宝钗的性情是红学界讨论得最多的话题之一,就众位学者所持有的观点而论,呈现出三层现象——正、反、合。而且在这三层现象中两极分化尤为突出,从古至今的红楼人物评论皆是如此。下面将此逐一梳理。

一、对性情的正面评析

所谓正面评析,其立足点在于认可薛宝钗的真善美。持这一观点的学者最爱用的词汇就是品格端方、性情稳重、行为豁达、随分从时。例如牟宗三先生就说:"(薛宝钗)有涵养,通人情,道中庸而极高明。这种人最易被了解被同情,所以上上下下无不爱她。她活脱是一个女中的圣人,站在治家处世的立场上,如何不令人喜欢?"④ 在早期的脂砚斋评语中也有相同理念的话:"薛家女子何贞侠,总因富贵不须夸。发言行事何其嘉,居心用意不狂奢。世人若肯平心度,便解云钗两不暇。"⑤ 如此看来,其

---

① 朱淡文:《薛宝钗形象探源》,《红楼梦学刊》1997年第3辑。
② 朱眉叔:《红楼梦的背景与人物》,辽宁大学出版社,1986年版,第273页。
③ 白艳玲:《试析"蘅芜苑"的文化意蕴》,《语文学刊》2004年第3期。
④ 牟宗三:《红楼梦悲剧之演成》,载吕启祥、林东海主编:《红楼梦研究稀见资料汇编》,人民文学出版社,2001年版,第611页。
⑤ 〔法〕陈广浩:《新编石头记脂砚斋评语辑校》,中国友谊出版公司,1987年版,第559页。

对薛宝钗的肯定是不言而喻的。在薛宝钗身上，处处散发着一种安详之美。这种安详被许许多多的读者所赞扬和欣赏。在现实社会中，一个人要想具有如此境界，就必须活得踏实、活得自在、活得潇洒，并且安于自己的责任和义务。一个满怀心机、胸藏奸诈的人是做不到的，因为安详的前提是要有独立的人格，淳美的个性，并且自尊、自重、自爱、自觉、自我。刘敬圻先生说，薛宝钗的性情中就包含着这种安详的美。"薛宝钗的出现，从另一个侧面展示了智力结构、意志结构、审美结构相对健全的人比平庸脆弱紊乱无奈妒嫉专横之辈的卓异卓绝之处。"①

二、对性情的反面评析

在浩瀚的评论文章中，对薛宝钗反面评析的数量远远超过了正面评析。所谓反面评析，其立足点在于否定薛宝钗的现实表现并深究她背后的假、恶、丑。持这一观点的学者最爱使用的词汇是虚伪、奸险、市侩、无情。

民国时期的评论家闻天先生就指出，薛宝钗的宽大和善都是假装出来的，虚荣心和名利心深藏心底，"伊受了伊底假自我的支配，失了伊底真情，失了人性。就是偶然有些流露，伊就拼命地压制下去，伊终究变了机械人了"②。

对薛宝钗做反面评析最有代表性的是张锦池和俞晓红二位先生的文章。张锦池先生说薛宝钗的性格："貌似温柔，内实虚伪；看来敦厚，实很奸险；随时而不安分。或者说：封建淑女其表，市侩主义其里。"③ 在张先生的眼里，薛宝钗的一切举动和表现都暗含心机。例如对通灵宝玉上面的"莫失莫忘，仙寿恒昌"八个字的反复咏读，就是有意提醒丫鬟莺儿，企图借她的口说出自己的心里话。佩戴红麝串的行为就是想说明"日后有玉的方可结为婚姻"。张锦池先生认为薛宝钗的市侩"并不只由于她满口'三从四德'，却暗中追求宝玉，有违封建'妇道'，还由于从她身上

---

① 刘敬圻：《薛宝钗一面观及五种困惑》，《红楼梦学刊》1991年第1辑。
② 闻天：《读〈红楼梦〉后的一点感想》，载吕启祥、林东海主编：《红楼梦研究稀见资料汇编》，人民文学出版社，2001年版，第68页。
③ 张锦池：《论薛宝钗的性格及其时代烙印》，《哈尔滨师范学院学报》1964年第1期。

不仅令人闻到一股道学先生的腐酸气,同时也令人嗅到一股强烈的铜臭味"①。

如果说张锦池先生对薛宝钗的揭露重点在于"伪淑女,真市侩"这个方面的话,那么俞晓红先生的评析就主要落在了"无情"二字上面。俞先生认为无情是薛宝钗的情感特点,也是薛宝钗"冷"的基本色调。薛宝钗身上的无情分为两个时期。第一个时期是少女时期。这一时期她的无情表现得十分复杂而隐曲。用俞晓红先生的话来说:"温情渗透于浓重的冷漠,冷漠主宰着淡淡的温情。"②在薛宝钗的情感世界里,似乎温情与冷漠总是交叉并行的,相互渗透,又相互矛盾。"这种矛盾具体表现在她对爱情的要求和封建礼教的理性内容之间产生的冲突上。"③第二个时期是婚后时期。俞先生认为这一时期的薛宝钗又陷入了情与理的矛盾交织中。

在反面评析中,对于薛宝钗所表现出来的冷漠和无情是很多学者评析的重点,大家都不可思议于如此稳重美丽的大家闺秀竟然绝情如此,通过薛宝钗对柳湘莲出家的态度以及尤三姐拔剑自刎、金钏之死等情节看,吴颖先生说她"已经没有'恻隐之心'"④。

对薛宝钗的反面评析,虽然表面是在指责薛宝钗的种种无情与冷漠、市侩与伪装,但是从众多评论文章的最终落脚点来看,都是想挖掘造成薛宝钗如此这般性情的根源。例如张锦池先生认为形成薛宝钗这种性情的原因有三点:一是深厚的阶级性。出身于皇商之家的薛宝钗耳濡目染种种封建劣习,失去了个性与天真,滋生出了种种欲念。二是深远的社会根源。商品经济的发展,刺激着封建统治者对金钱、权势的追求,促使封建地主阶级自上而下的日趋市侩化,薛宝钗生于其中无法避免。三是一定的政治气候。封建统治阶级是残酷的,它需要一些比较能够克己的"笑面虎"来为自己服务,以便笼络人心缓和阶级矛盾,而薛宝钗正是这样的典型。

张锦池先生的三点分析是非常具有代表性的,换言之,立足于揭露薛宝钗假、恶、丑的学者,最后挖掘导致这种假、恶、丑的根源都会聚集在

---

① 张锦池:《论薛宝钗的性格及其时代烙印》,《哈尔滨师范学院学报》1964年第1期。
② 俞晓红:《任是无情也动人——试探曹雪芹笔下薛宝钗情感世界的发展》,《红楼梦学刊》1983年第4辑。
③ 同上。
④ 吴颖:《论薛宝钗性格》,载中国社会科学院文学研究所红楼梦研究集刊编委会编:《红楼梦研究集刊·第十辑》,上海古籍出版社,1983年版,第35页。

这三个方面，不同的不外乎是表达方式而已。

对于薛宝钗的无情，贺信民先生运用了西方心理学家马斯洛的理论来剖析。贺先生说："纵观薛宝钗的心理结构，'超我'的理性原则窒息了'本我'的美好天性，从而使'本我'成为'非我'；同时，'超我'又指导、规范着'自我'的一切利害计较，使之染上浓重的功利色彩。而这种重复交错的矛盾运动的总结果，便逐渐形成她'以不变应万变'的超稳心态，造就了'无情'的薛宝钗。"①

三、对性情的合面评析

所谓"合"是众多因素的综合体现，也即把薛宝钗放在一定的社会背景下，基于人性本身展开剖析，放下道德标签还原成一个真实的人。

其实在这个层面上的人物评析也是评论家自我转变的结果。摒弃主观意见，淡化时代政治色彩，站在一个公正而人性化的立场上来点评，这也是红学评论走向成熟的一个标志。早期的评论者羽白先生就用了一个非常有意思的笔调来抗议高鹗后四十回对薛宝钗的塑造。羽白先生说："您（高鹗）把宝钗写得卑劣，太不堪了。虽说宝姐姐是一个比较冷静而具有深心的人，但她有尊贵的品格，和高度的理智。在大观园诸姐妹之中，除了林妹妹以外，就算她最可爱敬。"②潘知常先生针对反面评析中所指的薛宝钗的冷、无情等观点表达了自己的意见，潘先生认为不能因为薛宝钗的冷而认定她坏。其实这也是在呼吁评论家，千万不要把对某一个时代的愤恨转嫁到某一个人物的身上。所以吕启祥先生说："所谓现象和本质的矛盾当然是存在的，但并非她的每一个'极明智极贤淑'的外部表现都包藏着'最奸最诈'阴险狠毒的内在本质。因为薛宝钗并不是某种邪恶本质经过伪装了的化身或是封建道统名教的形象图解，这是一个活生生的人、一个丰满完全的艺术形象。"③对于薛宝钗性情的合面评析，曹立波先生

---

① 贺信民：《略论薛宝钗的超稳心态及其美学意义》，《汉中师院学报（哲学社会科学版）》1987年第2期。

② 羽白：《贾宝玉致高鹗的抗议书》，载吕启祥、林东海主编：《红楼梦研究稀见资料汇编》，人民文学出版社，2001年版，第1372页。

③ 吕启祥：《形象的丰满和批评的贫困——关于薛宝钗这一典型及其评价》，载中国社会科学院文学研究所红楼梦研究集刊编委会编：《红楼梦研究集刊·第八辑》，上海古籍出版社，1982年版，第25页。

的一句话说得非常到位："她的情感世界是发乎情而止乎礼的。"①

第五节　学识研究

就金陵十二钗而言，其学识才能各有不同，有善于管理的，有工于绘画的，有精于书法的，有专于诗词的。虽然曹雪芹开篇明义他笔下的这几个异样女子属于"小才微善"，但是整部《红楼梦》却在大书特书其能，大展特展其才。薛宝钗的学识在十二钗中若论单项比拼未必样样第一，然而综合全能定能夺冠。正如李景光先生所说，曹雪芹在力图显示十二钗的聪明灵秀，而在薛宝钗身上又是一个集大成的展示。"薛宝钗更是无事不知，对文学、历史、艺术、医学以至佛学等都有发言权。"②梳理对薛宝钗的评论文章，研究者对她的学识评析主要集中在三个方面。

一、文艺才能

文艺才能是金陵十二钗才能中的重要组成部分，所占据的比重也最大。

首先看薛宝钗的诗词才能。

薛宝钗在《红楼梦》中所作的诗文并不是最多的，但是质量都属于一流。根据周思源先生统计："宝钗写了七律、五（言）排（句）、七绝和词4种体裁，9首诗词，共计67句（行），444个字。"③薛宝钗的诗词风格迥异于林黛玉，她以冷和无情为基调，所以俞晓红先生说："在她的诗词创作中表现为一种含蓄浑厚的风格，淡雅高洁的情调。"④曹立波先生也持相似的理念，曹先生认为薛宝钗的才，很多时候是通过冷表现出来的，这是一份冷静的思考，更是稳重成熟的表现。

薛宝钗的《临江仙》算是她的代表作了，其中的"好风频借力，送我上青云"的句子更是被学者们津津乐道。陈诏先生认为，薛宝钗的《临江

---

①　曹立波：《红楼十二钗评传》，清华大学出版社，2007年版，第28页。
②　李景光：《关于薛宝钗的评价问题——兼论曹雪芹笔下的薛宝钗》，《沈阳师范学院社会科学学报》1985年第3期。
③　周思源：《周思源看红楼》，长江文艺出版社，2013年版，第102页。
④　俞晓红：《任是无情也动人——试探曹雪芹笔下薛宝钗情感世界的发展》，《红楼梦学刊》1983年第4辑。

仙》并非她首创，而是模仿了宋代侯蒙的《临江仙》，"思想内容及语言均极相似，而尤以'好风凭借力，送我上青云'与'当风轻借力，一举入高空'，'几人平地上，看我碧霄中'最为明显"①。如果按照这样的思路寻找下去，《红楼梦》中所有的诗文都是有文化基因的，因为作者曹雪芹的诗词修养原本就源于华夏的诗词文化，所以在古人的诗句中查找红楼诗词的影子一点都不稀奇。罗漫和马建华二位先生曾设想"也许正是曹雪芹在寻找有关风筝资料的时候，偶然见到了侯蒙的《临江仙》，于是就有了宝钗的'柳絮词'和一场热闹的放风筝游戏"②。

对于薛宝钗诗词的风格，评论者也说法不一。周寅宾先生曾经撰文指出，薛宝钗的诗词风格和台阁体大诗人杨士奇极其相似，这种相似不仅仅在于对诗歌的认识方面，在诗歌创作风格上也相似，"特别是她对诗歌功能的看法，就与台阁体的代表人物杨士奇不谋而合"③。

分析薛宝钗诗词的风格，有一个非常重要的前提，就是要把握住薛宝钗对诗词创作的态度，有什么样的态度决定什么样的风格。薛宝钗对诗词的态度与林黛玉完全相反，诗词对于黛玉而言是生命，对于薛宝钗而言是"玩意儿"。所以宋淇先生说："宝钗并不认为诗写得好是一种了不起的成就，诗词只不过是小技，最重要的是不可'移了性情'。"④可以说，这就是薛宝钗对待诗词的态度。早期评论者脂砚斋也指出了这一点。批语道："宝钗诗全是自写身分，讽刺时事，只以品行为先，才技为末。纤巧流荡之词，绮靡浓艳之语，一洗皆尽，非不能也，屑而不为也。"⑤

《红楼梦》第三十七回，薛宝钗有一段关于如何作诗的言论，历来的红学家都喜欢从这一段言论中寻找薛宝钗作诗的理念，其中有这样几点是评论者比较认可的：一是薛宝钗主张诗词创作要立意清新，反对运用险韵；二是诗词创作需要"寄兴写情"；三是主张诗词创作要勇于"翻古出新"。

其次看薛宝钗的绘画才能。

---

① 陈诏：《红楼梦小考》，上海古籍出版社，1985年版，第194页。
② 罗漫：《薛宝钗的〈临江仙〉与宋词》，《红楼梦学刊》2000年第2辑。
③ 周寅宾：《论黛玉宝钗的诗学观点与明清诗歌流派的关系》，《红楼梦学刊》1986年第1辑。
④ 宋淇：《论"冷月葬花魂"》，载胡文彬、周雷编：《香港红学论文选》，百花文艺出版社，1982年版，第181页。
⑤〔法〕陈广浩：《新编石头记脂砚斋评语辑校》，中国友谊出版公司，1987年版，第554页。

薛宝钗并没有在《红楼梦》中真正地展示过她的画技，评论者乐于言道的是她那一份关于绘画的理论陈述。这一段文字出自《红楼梦》第四十二回，书中写道：

> 宝钗道："我有一句公道话，你们听听。藕丫头虽会画，不过是几笔写意。如今画这园子，非离了肚子里头有几幅丘壑的才能成画。这园子却是像画儿一般，山石树木，楼阁房屋，远近疏密，也不多，也不少，恰恰的是这样。你就照样儿往纸上一画，是必不能讨好的。这要看纸的地步远近，该多该少，分主分宾，该添的要添，该减的要减，该藏的要藏，该露的要露。这一起了稿子，再端详斟酌，方成一幅图样。第二件，这些楼台房舍，是必要用界划的。一点不留神，栏杆也歪了，柱子也塌了，门窗也倒竖过来，阶矶也离了缝，甚至于桌子挤到墙里去，花盆放在帘子上来，岂不倒成了一张笑'话'儿了。第三，要插人物，也要有疏密，有高低。衣折裙带，手指足步，最是要紧，一笔不细，不是肿了手就是跐了腿，染脸撕发倒是小事。……今儿替你开个单子，照着单子和老太太要去。你们也未必知道的全，我说着，宝兄弟写。"宝玉早已预备下笔砚了，原怕记不清白，要写了记着，听宝钗如此说，喜的提起笔来静听。宝钗说道："头号排笔四支，二号排笔四支，三号排笔四支，大染四支，中染四支，小染四支，大南蟹爪十支，小蟹爪十支，须眉十支，大著色二十支，小著色二十支，开面十支，柳条二十支，箭头朱四两，南赭四两，石黄四两，石青四两，石绿四两，管黄四两，广花八两，蛤粉四匣，胭脂十片，大赤飞金二百帖，青金二百帖，广匀胶四两，净矾四两。……再要顶细绢箩四个，粗绢箩四个，担笔四支，大小乳钵四个，大粗碗二十个，五寸粗碟十个，三寸粗白碟二十个，风炉两个，沙锅大小四个，新瓷罐二口，新水桶四只，一尺长白布口袋四条，浮炭二十斤，柳木炭一斤，三屉木箱一个，实地纱一丈，生姜二两，酱半斤。"

关于这一段文字，评论者读出了薛宝钗是懂画的，而且造诣颇深。张庆善先生等认为："薛宝钗这种认识其实是对中国古代绘画理论的继承和发展，也是对古代一些绘画经典言论的形象阐释。"①

此外，薛宝钗的其他学问也极为丰富。例如第八回论酒性，第二十二回和贾宝玉谈论《寄生草》的戏文，第二十三回谈论佛学，第四十二回论画，第四十五回和林黛玉谈论病情及食疗方法，等等。这都表现了薛宝钗是一个百科全书式的人物，所以在评论者的文章中赞扬她使用得最多的两个成语就是"博闻强记"和"博古通今"。

关于薛宝钗为什么能在书中表现出如此丰富的学识，舒芜先生有一段阐释能为我们解开迷雾："在那样的时代，那样的家庭，那样的教养之下，一个聪明好学的姑娘，具备这些学识，不是不可能的。从艺术上来说，作者写宝钗这些学识，第一并无夸张，如上所述的宝钗各方面的学识，都没有什么真正高深专门的东西；第二服从于人物形象塑造的需要，宝钗这些学识都是她那'世事洞明皆学问，人情练达即文章'的形象的组成部份。"②

二、管理才能

薛宝钗的管理才能在书中并没有被曹雪芹放大特写，只是在第五十六回中，贾府因为种种事务繁杂，于是王夫人委派了薛宝钗协助料理家政，因此才有了一段关于她的管理才能的展示。从书中的回目上看是"时宝钗小惠全大体"，所以很多学者对薛宝钗的管理理念分析也从这个回目中来。例如曹立波先生认为，薛宝钗的管理突出了一个"时"字，延续着她行为豁达、随分从时的一贯作风。这里的"时"不仅体现了薛宝钗善于审时度势，还展示了她与时俱进的精神。薛海燕指出，薛宝钗和贾探春同时管理家政，探春的改革重在一个"利"字，而薛宝钗的辅助措施却重在一个"体"字。薛宝钗所坚持的原则是公私兼顾、利益均沾、和平过渡。所以在这场家政改革中，如果说"探春表现出敏锐果敢的改革家风度，那么宝钗则显示了深谋远虑的政治家气质"③。

对于薛宝钗在第五十六回展示的管理才能，绝大多数的评论者都是持肯定态度的。例如姜戈先生就说："宝钗虽然强调学问，重视务虚，但她

---

① 张庆善、刘永良：《漫说红楼》，人民文学出版社，2000年版，第48页。
② 舒芜：《说梦录》，上海古籍出版社，1982年版，第155页。
③ 薛海燕：《红楼梦：一个诗性的文本》，中国社会科学出版社，2003年版，第167页。

不是空头理论家,她很务实,很有经济眼光,注重理论联系实际。她不搞花架子,也不在枝节问题上纠缠,而是直奔主题,抓住要害,在大观园承包中,着重解决好用人、分配和管理三个关键问题,尽可能减少承包的弊病。"①

薛宝钗管理的理念源于何处,评论者主要有两种看法,一是源于儒家思想。例如王春瑜先生认为,"小惠全大体"的改革方案,看似照顾到了所有的人,但是细细分析是很荒谬的,"谬就谬在:煮了一锅大锅饭,不管三七二十一,每人一勺!当然,这种主张,并非薛宝钗的独创,本质上不过是传统儒学唱了几千年的'不患寡而患不均'的老调子的翻版而已"②。还有学者认为,薛宝钗的管理方法是源于道家的。例如徐子余先生就认为薛宝钗的社会政治理想是"无为而治"。

薛宝钗理家这一段,研究者除了能读出薛宝钗的管理才能与治家理念,还能读出她的命运来。曾扬华先生就说,王夫人让薛宝钗管理家政,这是一个严峻的信号:"它预示了在贾府内部的激烈争斗中,一个新的重要人物将登场了,它同时也就宣告了宝、黛的爱情必将以悲剧告终。"③万萍先生在《红楼梦趣谈》中也谈到了这一点,并幽默地指出,王夫人让薛宝钗管理贾府是"宝二奶奶的试用期"④,当然这里的试用期是指薛宝钗和贾府的关系,并非和贾宝玉的关系。

三、思想与哲学

薛宝钗的管理之才与文艺之才有一个共同的根基,那就是薛宝钗所具有的思想与哲学之道。思想与哲学之道展开来说就是薛宝钗所承袭的思想和处世的哲学,可以说这是她一切才能的出发点。白盾先生把薛宝钗的思想和哲学综合称为"薛宝钗的精神"。白先生说:"在这个未出闺阁的青年姑娘的身上,如聚光镜中的焦点一样地集中了如此鲜明又如此复杂的所谓'薛宝钗精神'的典型形象,在中外文学画廊中是并不太多的,令人惊异

---

① 姜戈:《宝钗说理的境界》,《公关世界》2002年第6期。
② 王春瑜:《"土地庙"随笔》,光明日报出版社,1988年版,第83页。
③ 曾扬华:《末世悲歌红楼梦》,汕头大学出版社,1997年版,第128页。
④ 万萍:《红楼梦趣谈》,江西人民出版社,1989年版,第71页。

的。"① 那么对于薛宝钗所承袭的思想和处世哲学，评论者是如何评析的呢？

其一，看薛宝钗承袭的思想。

对于薛宝钗承袭的思想，学者们说得最多的一句话就是"她是封建社会大家闺秀的典范"。例如早期的评论者张天翼先生就说："她有最正统的妇女观。"② 刘大杰先生也认为，薛宝钗类似于《列女传》中的人物，在她身上"体现了几千年来封建社会所要求于妇女的封建伦理封建教养的精髓"③。正是典范成就了薛宝钗"封建社会完美少女"的形象，聂绀弩先生就说，撇开阶级观念，"薛宝钗岂止不是坏人，而且是个十全十美的人"④。

然而评价薛宝钗是"封建社会女性的典范"，这是褒义还是贬义呢？从现有的文献资料和评论文章来看，几乎都是贬义。于是往往在一篇文章中，"封建社会女性典范"的言语之后，紧接着就是"封建的卫道士"。这种评论模式在20世纪五六十年代的中国非常普遍，几乎成了红楼人物评论的范本。例如蒋和森先生就说："封建主义的道德礼法，始终是薛宝钗思想行动的准则。她不仅是一个自觉的封建主义的恪守者，而且还是一个不惜殉之以身的卫道者。"⑤ 再例如企明、学智二位先生说，薛宝钗"是一个穿着红装的'假道学'，面目可憎的'巧伪人'，反动顽固的封建礼教的卫道士，是曹雪芹在《红楼梦》中着力抨击的反动统治阶级的代表人物之一。"⑥ 当下这种评论模式已经渐渐远离了我们，评论者也更加理智且非政治化地评价着薛宝钗。

其二，看薛宝钗的处世哲学。

对于薛宝钗所承袭的思想，无论我们是持褒还是贬，有一点是可以肯定的，就是封建伦理与道德在她身上发生了巨大的作用，导致了薛宝钗的

---

① 白盾：《红楼梦新评》，上海文艺出版社，1986年版，第251页。
② 张天翼：《贾宝玉出家》，载吕启祥、林东海编：《红楼梦研究稀见资料汇编》，人民文学出版社，2001年版，第824页。
③ 刘大杰：《红楼梦的思想与人物》，古典文学出版社，1956年版，第43页。
④ 聂绀弩：《略谈〈红楼梦〉的几个人物》，载红楼梦研究集刊编委会编：《红楼梦研究集刊·第一辑》，上海古籍出版社，1979年版，第53页。
⑤ 蒋和森：《红楼梦概说》，上海古籍出版社，1979年版，第55页。
⑥ 企明、学智：《大观园里的阴谋家——薛宝钗》，《江苏师院学报》1974年第2期。

言行举止，成就了她的处世哲学。

如果站在褒义立场上看薛宝钗的处世哲学，会认为她有四种特质：孝顺、忠厚、温柔、学识渊博。李辰冬先生就说："曹雪芹要描写她的，想从她的性格里找到中国女性一切的美德，那就是说当代大家都承认的女性美德。"① 然而站在贬义立场上看薛宝钗的处世哲学，她的这四种特质就会变味，成了虚伪、现实主义和实用主义的代名词。例如李长之先生说薛宝钗："不是实用的东西，在她决看不到眼里。她有远虑，她有处事待人的方法，她决不讨别人的厌憎，她总是取消了自己的意见，使别人喜欢。……真是澈头澈尾的实用主义者。"②

薛宝钗是一个接受儒学处世观念很深的人，所以在她的处世哲学中，"克己复礼"是最为明显的一点。高明阁先生说："薛宝钗的生活目标，就是妄图恢复已经腐朽透顶的封建伦理纲常，以支撑行将倒塌的封建地主阶级统治的大厦，而这一切又是披着'温柔敦厚'的'克己'的画皮进行的。所以她实在是《红楼梦》所成功描绘的'克己复礼'的一个活标本。"③

对于薛宝钗如此种种的处世方式，评论者认为她在思想上有一个接受认可的前提条件。她认可什么呢？认可的是封建伦理与道德，她会自觉地以儒家伦理原则协调人际关系，处理人际事务。所以朱伟明先生就说："（薛宝钗）这一形象最本质的特征，则是对现实社会中伦理原则的自觉认同。对于传统的伦理原则、现实社会的秩序，以及现存的人际关系，薛宝钗都不是一个被动的接受者，而是一个积极主动的认同者。"④ 王蒙先生也持这样的观点。他说薛宝钗体现的是一种认同精神：认同于已有的价值标准体系，认同于孔夫子谆谆教导的"礼"，即秩序、服从、仁爱的原则，

---

① 李辰冬：《红楼梦重要人物的分析》，载吕启祥、林东海编：《红楼梦研究稀见资料汇编》，人民文学出版社，2001年版，第561页。
② 李长之：《红楼梦批判》，载吕启祥、林东海编：《红楼梦研究稀见资料汇编》，人民文学出版社，2001年版，第450～452页。
③ 高明阁：《"克己复礼"的活标本——薛宝钗（我对这一形象的再认识）》，《辽宁大学学报（哲学社会科学版）》1974年第2期。
④ 朱伟明：《两种生命的存在方式——林黛玉、薛宝钗形象及其文化意义》，《红楼梦学刊》1994年第1期。

认同于人际关系的平衡与实利原则。①

对于这种认同精神,其实并不能用简单的是非标准去判定它,因为评判的前提就是立足于一种认同精神之上的,认同精神和评论者所持有的理念一致,评论者就会给出正面积极的评价,相反就会给出反面消极的评价。

第六节 为人与处世研究

薛宝钗在《红楼梦》中的为人与处世得到读者的广泛认可,然而从评论的角度看又呈现出"正邪二论"。文章一开始笔者就说过,红学界对薛宝钗的评析中,正邪两极分化极为突出,可以说这种评论模式渗透到了每一个层面。

对于薛宝钗的为人,有评论者认为她热情大方,真诚友好。例如吴戈先生就说:"她暗中每每'体贴救济'那寄人篱下的邢岫烟;照应那父母双亡,依哥嫂度日,'做活做到三更天'的史湘云;庇护那'平生遭际实堪伤'的香菱,带她进园子,学会了做诗,参加了诗社。连那人人践踏、个个歧视的赵姨娘、贾环,她也一视同仁,赠土仪时给予同样的一份。"②然而与此针锋相对的观点却认为薛宝钗的这一切做法都具有不可告人的意图,都是虚伪的表现。哈斯宝就曾评点说:"(薛宝钗)上对贾母、王夫人诣谀备至,下对仆妇丫环笼络讨好……淋漓尽致地揭出了她是何等奸狡。"③早期的《红楼梦》点评者如此解析的并非哈斯宝一人,像陈其泰、话石主人等都有类似言论。这对后来的红楼人物评论产生了很大影响,加之时代政治环境的需要,在很长一段时间,薛宝钗几乎成了一个"奸佞"与"虚伪"的代名词了。在1954年的"红学大潮"中,这种观点几乎被推向了极致,李希凡与蓝翎二位先生曾经撰文说:"在她(薛宝钗)那'容貌美丽'、'端庄贤淑'的外衣下,掩盖着一颗封建主义信奉者的极为

---

① 王蒙:《钗黛合一新论》,载王蒙:《中国当代名人随笔·王蒙卷》,陕西人民出版社,1993年版,第244页。

② 吴戈:《评薛宝钗》,《江淮论坛》1980年第4期。

③ 哈斯宝:《新译红楼梦回批》,载朱一玄编:《红楼梦资料汇编》,南开大学出版社,1985年版,第778页。

虚伪的灵魂。她很善于奉承、迎合，而又做得自然，懂得在什么场合说什么话。"①

对于薛宝钗为人虚伪的评定，似乎不能完全说服大众读者，反而会让人觉得偏执，于是乎，红学界评论薛宝钗的构架又出现了一种新型的模式——就是把这种虚伪、奸佞的祸根归结于封建主义思想，这一评论方式被大多数评论者所采用。例如王昆仑先生就说："我们从薛宝钗这一典型形象中所看到的，则是封建主义虚伪做作的本来面目，同时在它的上面又蒙盖着一层典丽大方、色泽悦目的外衣。"② 这种评论方式似乎也为薛宝钗找到了开脱虚伪、奸佞的最好理由。于是在指责、唾骂薛宝钗的种种言行之后，评论者又开始同情这位姑娘。单世联先生就说："我们与其责备宝钗，倒更应当把锋芒指向传统的'礼'，它才是本源的伪。强调'礼'的必要性的荀子，也同时指出它是'伪'——对自然人性的改造、陶铸。若不是礼，宝钗也依然是个可爱的姑娘，而当她因袭传统接受'礼'（理）的规范以后，无论怎样委曲求全，补苴罅漏，也丝毫掩盖不了'礼'（理）的反人性本质。宝钗虚伪的深刻意义也就在于此。"③

在评论者的笔下，薛宝钗和王熙凤有一个共同点，那就是会做人。学者们认为这源于她们的世故和虚伪，然而两者之间又有着本质性的区别。王熙凤的虚伪和奸诈会让人发指，简直是可恨。但是薛宝钗的虚伪却让人有不同的反应，可恨的不是这个人物而是那个封建社会。蓝田玉先生就说："薛宝钗式的虚伪，在某些场合，客观上还能起到一定的积极作用。人际交往中，我们不是允许甚至欢迎'美丽的谎言'吗？"④ 所以薛宝钗到底虚不虚伪，红学界的争论直到现在也没有停止过。一言以蔽之，站在什么样的立足点上就会有什么样的结论。你如果"拥林"就可能"贬薛"，你如果想借薛宝钗的行为控诉封建主义思想，就可能痛骂了薛宝钗之后又同情这个无辜的女孩子。

---

① 李希凡、蓝翎：《〈红楼梦〉中两个对立的典型——林黛玉和薛宝钗》，《新观察》1954年第23期。
② 王昆仑：《薛宝钗论》，载俞平伯等：《名家图说薛宝钗》，文化艺术出版社，2006年版，第89~90页。
③ 单世联：《理想的冲突：在崩溃面前——金陵八钗的人生态度》，《红楼梦学刊》1990年第1辑。
④ 蓝田玉：《宁可多几个薛宝钗》，《交际与口才》1995年第1期。

评价薛宝钗的为人，其焦点主要集中在她是否虚伪上，那么分析薛宝钗处世的评论者又持什么态度和观点呢？

关于薛宝钗的处世态度，评论者的表达方式虽然不尽相同，但是所指的实质内容几乎一样，主要集中在两句话上：一是装愚守拙，二是不干己事不开口。对于这两种处世方式，评论者的态度也有两种：第一种认为这就是薛宝钗在书中表现出来的行为豁达和随分从时，这是一个大家闺秀所具有的修养，这是为人处世的一种境界。第二种认为，在装愚守拙和不干己事不开口的行为背后暗藏着心机。例如艾斐就说："在薛宝钗的身上，一个'愚'字掩盖着'诡'字，一个'拙'字苦遮着'狠'字。她就是这样一'诡'二'狠'结束了林黛玉的生命，爬上了宝二奶奶的宝座的。其实，她的这个'诡'和'狠'虽然是被'愚'和'拙'掩饰着的，但是只要'细按'则'趣味'全出。"① 在评论中持这种态度的学者还不在少数。

除了站在道德层面来评价薛宝钗以外，还有学者站在传统文化的哲学层面来审视薛宝钗的处世哲学。王蒙先生就曾说："无论人们从浪漫的、性情的乃至'路线斗争'的观点出发对宝钗如何贬抑，宝钗的清醒与明哲保身之高人一筹仍是常常令人叹服。"② 薛宝钗这种所谓的明哲保身到底使用的是什么哲学理念呢？何力柱先生认为她遵循的就是中庸之道。这是儒学对待整个世界的一种看法以及儒生们处理事物的基本原则。在中国几千年的传统文化中，人们都在追求着中庸之道，它已经成为我们奉行的伦理与境界。"在中国封建社会里，许多人却在自觉地追求着这种理想，薛宝钗就是其中的一个。"③

从传统文化的哲学层面上来分析红楼人物是当下红学评论的一大趋势。就薛宝钗而论，除了何力柱先生所说的儒家处世哲学以外，葛鑫先生认为其中还包含着道家的处世哲学。

葛鑫先生曾经在《薛宝钗的处世哲学》一文的摘要中这样写道：

> 《红楼梦》中的薛宝钗善于交往、长于处世，她采取的是一种儒道互补的处世哲学。对待亲人，薛宝钗采取的是儒家的孝悌之礼、忠

---

① 艾斐：《且说薛宝钗——钗凤论之一》，《山西师大学报（社会科学版）》1981年第1期。
② 王蒙：《红楼启示录》，生活·读书·新知三联书店，2005年版，第155页。
③ 何力柱："现实的历史的人"的深刻显现——薛宝钗心理探美，《红楼梦学刊》1988年第2辑。

孝思想；对待其他人，薛宝钗体现的是儒家的"仁爱"思想，但这种"仁爱"绝非"兼爱"，其本质是"爱有差等，推己及人"。从道家角度看，薛宝钗在与他人交往过程中，善于回避矛盾，钝化矛盾；对己则做到修心养性，独善其身。薛宝钗用这种儒道互补的严正的生活态度来处身涉世，将自己塑造成符合当时社会需要的、近似完美的封建淑女形象，但社会回报给她的是一生的悲剧，宝钗的悲剧正是这种处世哲学的悲剧，是时代的悲剧。[①]

第七节 与宝黛关系研究

薛宝钗与宝黛的关系，原本属于她为人处世的评论范畴，但是评论者往往会把她与宝黛的关系与纠葛单独罗列分析。薛宝钗与宝黛的关系，并不是指血缘上的关系，而是指三者之间的情感纠葛。这主要集中在两点上。

一、薛宝钗对待贾宝玉到底属于哪种情感

牟宗三先生曾经说过，贾宝玉与薛宝钗之间的关系是单一的、一元的。换句话说，贾宝玉对薛宝钗就是一种敬重之情、朋友之情。但是薛宝钗对待贾宝玉是什么情感呢，说法不一，总结起来主要有三种观点。

首先是"薛宝钗爱着贾宝玉"。研究者依据的是书中的相关情节，例如贾宝玉挨打之后薛宝钗的表现以及言语；贾宝玉睡午觉的时候，薛宝钗在旁边守候，等等。所以周志诚先生说："宝钗自从住进贾府，就对宝玉有深深的爱，她默默地但却是整个地把自己的心交给了宝玉。"[②] 林黛玉爱着贾宝玉，这是毋庸置疑的，而且方式是直白的，但是薛宝钗爱贾宝玉却是隐晦的，其方式完全不同。李道显先生说："宝钗也是真心爱宝玉的，只是她的性情比较平和，开朗，不象黛玉那样狭窄善妒。黛玉与宝钗所争取的目标都是宝玉，所不同的是，黛玉是明争，宝钗是暗斗，黛玉以刚，

[①] 葛鑫：《薛宝钗的处世哲学》，《内蒙古民族大学学报（社会科学版）》2001年第1期。
[②] 周志诚：《闲话红楼》，漓江出版社，2001年版，第135页。

宝钗以柔；黛玉是单刀直入，宝钗是迂回包围。"①

其次是"薛宝钗对贾宝玉的爱情是以婚姻为目的的"。这一观点的意思是，薛宝钗对贾宝玉的爱不像林黛玉的爱那么纯洁，而是以婚姻或者权势为目的的结合。朱眉叔先生就指出："结合作品实际看，薛宝钗对贾宝玉还是有爱情，问题是什么样的爱情。……宝钗除爱宝玉的财势以外，几乎认为宝玉一无可取之处。"② 当然这样的言论有些言过其实了。

最后是"薛宝钗对贾宝玉的情感是复杂矛盾的"。这种观点是一种"折中处理法"。因为若说薛宝钗对贾宝玉一点情感都没有似乎不够合理，说薛宝钗对贾宝玉的爱轰轰烈烈又不太真实。所以许山河先生说："宝钗对宝玉的爱，不象黛玉那样热烈执着，而是一种欲露还藏，若即若离的复杂、微妙的感情。"③ 这种表现也非常符合封建闺秀的身份。如果单纯地指责薛宝钗处心积虑，一心只想坐上宝二奶奶的位置是不可取的。

为什么薛宝钗对贾宝玉的情感是复杂矛盾的，学者们认为这和薛宝钗所受的礼教观念息息相关，难得的是这一点几乎成了评论者的共识。陆玉才先生就指出，薛宝钗牢固的封建礼教观念，使她拉开了同宝玉的思想距离；她那冷寂的少女之心也难唤起其对宝玉的爱情。"宝钗对宝玉的复杂矛盾的爱情，这是封建礼教思想同反封建礼教生活要求互相冲突而又勉强统一起来的爱情。在宝钗看来，她既不愿意随便放弃这种爱情（因为她还寄希望于宝玉回心转意），但也并不积极完成这种爱情。"④

二、薛宝钗对待林黛玉是真友谊还是假友谊

薛宝钗与林黛玉的关系最难让人准确把握，其中的原因非常复杂。首先，在读者心中早已有了一个"木石前盟"与"金玉良缘"的情感偏向。有偏向就会造成失衡，失衡就会出现观念上的对立，观念上的对立往往就会引起读者的错觉，认为钗黛二人在生活中始终是敌对的。其次，在早期的评论者中出现了"拥林派"和"拥薛派"。两派的争斗对后来的红楼人

---

① 李道显：《〈红楼梦〉之写作技巧与艺术世界》，载胡文彬、周雷主编：《红学世界》，北京出版社，1984年版，第151页。
② 朱眉叔：《红楼梦的背景与人物》，辽宁大学出版社，1986年版，第274～277页。
③ 许山河：《牡丹芙蓉俱风流——论薛宝钗、林黛玉的艺术形象》，《衡阳师专学报（社会科学版）》1991年第2期。
④ 陆玉才：《〈红楼梦〉诠释与解读》，中国少年儿童出版社，2003年版，第53页。

物评论产生了极大的影响,似乎"拥林"就必须"贬薛","拥薛"就必须"伐林"。这原本是评论家们的笔墨官司、口角是非,却慢慢地演化成了林黛玉与薛宝钗之间的争斗。那么薛宝钗对林黛玉到底是什么态度呢?两人之间的关系究竟如何呢?梳理评论家们的观点,主要是三类。

一是死敌论。所谓死敌论是指薛宝钗把林黛玉当成最大的敌人,时时处处都机关算尽,心怀鬼胎,最终以扳倒林黛玉为目的。持这一观点的人古来有之,例如解盦居士就说:"薛宝钗者,林黛玉之大敌也。"① 再如陈其泰评点薛宝钗的相关情节时说:"宝钗用心,实为深险,正与窃听小红私语,推在黛玉身上,一样机械,初不必实与宝钗如何倾轧黛玉也。"② 但凡持有死敌论的评论者,无论薛宝钗有什么样的举动,在他们眼里都是暗藏凶险的。例如薛宝钗给林黛玉送了一些姑苏的风土特产,在哈斯宝眼里这也是有算计的。哈斯宝评点说:"薛宝钗害潇湘,已胜过杨玉环讥梅妃。她送土物,是爱还是害?她是否知道黛玉脾气?'人离乡轻,物离乡贵',三尺童子都通晓这话,岂不刺透潇湘骨髓?鹃姐姐劝她姑娘:'这不是宝姑娘送东西来,倒叫姑娘烦恼不成?'这是聪明还是傻?"③ 从这些早期的评语中可见一些评论者已经到了草木皆兵的程度了。

二是知己论。所谓知己论是指薛宝钗对待林黛玉是真友谊,不含虚情假意。这一观点刚好和死敌论相对立,而且持知己论的学者也不在少数,同样是古来有之。就以上面哈斯宝点评的情节为例,刘履芬就给出了完全相反的评点。刘先生说:"宝钗给各人送东西,'只有黛玉的比别人不同,且又加厚一倍'一句上墨笔眉批曰:钗、黛两人亲爱逾常,随地皆见敦厚,独于蓝桥路上,不能稍为宽解,情之累人如是。"④ 早期的《红楼梦》评点家王希廉、姚燮都在自己的评点中指出薛宝钗和林黛玉是真知己。王希廉评点道:"宝钗与黛玉原是宝玉境中意中人,且宝钗亦独与黛玉最为

---

① 解盦居士:《石头臆说》,载一粟编:《古典文学研究资料汇编·红楼梦卷》,中华书局,1963年版,第190页。
② 陈其泰:《红楼梦回评》,载朱一玄编:《红楼梦资料汇编》,南开大学出版社,1985年版,第719页。
③ 哈斯宝:《新译红楼梦回批》,载朱一玄编:《红楼梦资料汇编》,南开大学出版社,1985年版,第805页。
④ (清)刘履芬批,王卫民辑:《〈红楼梦〉刘履芬批语辑录》,书目文献出版社,1987年版,第56页。

亲厚，实是闺阁知音。"①

三是无矛盾论。所谓无矛盾论主要是针对死敌论展开辩驳的。持无矛盾论的学者认为，薛宝钗和林黛玉之间的关系是普通朋友和亲戚之间的关系，并没有关乎生死存亡的利害冲突。死敌论的核心观念认为，薛宝钗的终极目的是当上贾府的宝二奶奶，在这条路上，林黛玉是最大的拦路石，所以陷害、扳倒林黛玉就成了薛宝钗的第一要务。持无矛盾论的学者要辩驳这一观点，首先就要弄清薛宝钗是不是真的喜欢贾宝玉，或者说是不是真的一心一意要当宝二奶奶。梁归智先生认为，把薛宝钗和林黛玉当成是一对千古情敌，实在是一大冤案，"按雪芹原作，宝钗根本未和黛玉争宝玉，她绝不是一个'一心想登上宝二奶奶的宝座'的阴谋家和伪君子，而是封建制度下另一类型的牺牲品"②。梁先生认为，薛宝钗是一个深受封建礼教洗礼的大家闺秀，而根深蒂固的封建道德观念不允许她主动地去恋爱一个异性，更不可能为了贾宝玉和林黛玉针锋相对了。

除了上面的三点外，评论者还把焦点对准在一件公案上，那就是书中有名的"滴翠亭风波"。很多红学家认为，在这件事情上最能真实地反映薛宝钗对待林黛玉的态度。

《红楼梦》第二十七回，因为薛宝钗捕捉蝴蝶来到了大观园的滴翠亭旁，此时亭子里面的小红和坠儿正在谈论隐私，被薛宝钗无意之间听见了。对于这段故事，书中这样写道：

> 又听（小红）说道："嗳呀！咱们只顾说话，看有人来悄悄在外头听见。不如把这格子都推开了，便是有人见咱们在这里，他们只当我们说顽话呢。若走到跟前，咱们也看的见，就别说了。"

> 宝钗在外面听见这话，心中吃惊，想道："怪道从古至今那些奸淫狗盗的人，心机都不错。这一开了，见我在这里，他们岂不臊了。况才说话的语音，大似宝玉房里的红儿的言语。他素昔眼空心大，是个头等刁钻古怪东西。今儿我听了他的短儿，一时人急造反，狗急跳墙，不但生事，而且我还没趣。如今便赶着躲了，料也躲不及，少不

---

① 王希廉：《红楼梦回评》，载朱一玄编：《红楼梦资料汇编》，南开大学出版社，1985年版，第609页。
② 梁归智：《石头记探佚》，山西人民出版社，1983年，第100～104页。

得要使个'金蝉脱壳'的法子。"犹未想完,只听"咯吱"一声,宝钗便故意放重了脚步,笑着叫道:"颦儿,我看你往那里藏!"一面说,一面故意往前赶。那亭内的红玉坠儿刚一推窗,只听宝钗如此说着往前赶,两个人都唬怔了。宝钗反向他二人笑道:"你们把林姑娘藏在那里了?"坠儿道:"何曾见林姑娘了。"宝钗道:"我才在河那边看着林姑娘在这里蹲着弄水儿的。我要悄悄的唬他一跳,还没有走到跟前,他倒看见我了,朝东一绕就不见了。别是藏在这里头了。"一面说一面故意进去寻了一寻,抽身就走,口内说道:"一定是又钻在山子洞里去了。遇见蛇,咬一口也罢了。"一面说一面走,心中又好笑:这件事算遮过去了。

关于薛宝钗使用的金蝉脱壳,虽然评论者的评析方式各不相同,但是无一例外地围绕着一个中心展开论述——薛宝钗是不是在陷害林黛玉。总结起来其中主要有两种说法。

一是避嫌说。所谓避嫌说是指薛宝钗在紧急关头急中生智,只是想避开这件事情,没有嫁祸林黛玉的心思。薛宝钗接受的是正统儒家思想,非礼勿听是她认为女孩子应该遵循的本分,然而无意之间听见了,又不能落一个品行不端的名声,加之她原本就是过来找林黛玉的,所以才脱口喊出了"颦儿"。

二是嫁祸说。嫁祸说和避嫌说刚好相反,认为薛宝钗在情急之中喊出林黛玉的名字以达到金蝉脱壳的本质就是一种嫁祸。然而嫁祸说这一论点又分为两种——无意嫁祸和有意嫁祸。所谓无意嫁祸是指薛宝钗并非主观想去陷害林黛玉,但是实质上已经构成陷害了;所谓有意嫁祸的意思更为明确,可以说薛宝钗从主观到客观都是实实在在的嫁祸。

对于"滴翠亭风波"的评价,无论是持嫁祸说还是避嫌说,最终的焦点都指向了薛宝钗的道德层面。王昆仑先生说这压根儿就是一种不道德的事情。邸瑞平先生说:"'金蝉脱壳'的办法,本身就不道德,它必然把有利的留给自己,把不利的推给别人,在'扑蝶'这一细节里,宝钗表现得城府深严,心机细密,手段圆滑,表演逼真,这一切都源于一个罪恶的渊薮——那就是'私心'。"[①] 蒋和森先生也曾指出,从书中情节看,的确无

---

① 邸瑞平:《红楼独步》,上海古籍出版社,2010年版,第354页。

法判断薛宝钗是有意还是无意，但是"薛宝钗的这个'金蝉脱壳'，根本就是一种不道德的行为，因为即使她喊的是'凤姐'或其他任何一个人，也不能改变她这一行为的损人利己的实质"[1]。

第八节 结局研究

金陵十二钗中任何一个人物的结局都是悲剧，虽然曹雪芹并没有把《红楼梦》写完，更准确地说，我们没有看到曹雪芹笔下众钗的结局，但是"悲凉之雾，遍布华林"的观念似乎在每个评论者心中都根深蒂固，在评论与探佚时自觉与不自觉间都要把十二钗的命运涂上一层悲凉的底色，薛宝钗当然不会例外。

关于薛宝钗的悲剧是什么性质的悲剧，主要有两种观点。

第一，个性的悲剧。薛宝钗的性情是典型的封建大家闺秀型，是传统的贤妻良母型。她对那个时代价值观念的认同，成就了她"三从四德"的典范，然而正是这种"三从四德"的个性导致了她人生悲剧的演绎。

第二，时代与社会的悲剧。绝大多数的评论者都会在分析薛宝钗命运的过程中把个性的悲剧最终归结在时代与社会的悲剧之上。例如周中明先生说："如果说贾宝玉、林黛玉是叛逆者的悲剧，那么薛宝钗便是顺从者的悲剧。在某种意义上，可以说后者是更深刻地反映那个时代的社会的、历史的悲剧。因为是时代雕塑了她，又是时代毁灭了她；她以扼杀自己情欲的'冷'，适应那个时代的需要，可是那个时代却更加冷酷地使她的美貌、才华、爱情、婚姻和其他一切幸福皆归于毁灭。"[2] 陈克勤先生认为，宝钗的悲剧，是"旧制度本身还相信而且也应当相信自己的合理性"[3] 的悲剧。换句话说，这是薛宝钗认同她所处时代的价值观并且按照这种价值观为人处世的悲剧。

薛宝钗的结局在十二钗中属于比较明朗清晰的，虽然评论者之间仍有求同存异的地方，但是主线是明了的。这条主线即薛宝钗与贾宝玉的结

---

[1] 蒋和森：《红楼梦论稿》，人民文学出版社，2006年版，第140页。
[2] 周中明：《化丑为美——论薛宝钗形象的塑造》，载贵州省红学会编：《红楼梦人物论》，贵州人民出版社，1988年版，第230页。
[3] 陈克勤：《论薛宝钗性格》，《中国文学研究》1987年第1期。

合，这是大家公认的事实。

《红楼梦》的主线历来被认为是宝黛的爱情，而薛宝钗又是导致宝黛爱情悲剧的罪魁祸首，所以她的悲剧命运主要体现在她的婚姻上。对于薛宝钗的婚姻，看似明了，争论却依然很多。评论者的论点主要集中在四个方面。

第一方面，薛宝钗主观上有没有和林黛玉争夺过贾宝玉。其实，红学的争论在每一个论点层面都有正反双方。就薛宝钗主观上有没有争夺过贾宝玉而言，正方说有，因为这一方的基点是立在薛宝钗想当宝二奶奶的观念上论述的；反方说没有，因为这一方的基点是立在薛宝钗性情上论述的。作为封建闺秀，主观上去和另一个女孩子抢爱人，这是极其不道德的，所以梁归智先生说薛宝钗绝不可能如此行事。

第二方面，是谁促成了薛宝钗与贾宝玉的婚姻。无论薛宝钗在主观上有没有和林黛玉争夺过贾宝玉，但是两人的婚姻已经构成了事实。那么是谁促成了这段婚姻呢？高鹗在后四十回的情节设计中明确地指出是王熙凤使用调包计促成了宝钗与宝玉的结合。

王熙凤会不会使用调包计来促成"金玉良缘"，评论者的观点不一。有赞同的观点，例如朱眉叔先生就说："王熙凤所以破坏宝玉、黛玉的婚姻，促成宝玉、宝钗的结合，固然和她重视和薛宝钗的血缘关系，意图在贾府扩大王氏家族势力，讨好王夫人有关，也必然和她厌恶黛玉的性格，想在难以收服的宝玉身旁安排一个自己人分不开。"[①] 也有不赞同的观点，其认为调包计并非曹雪芹的构思，只是高鹗的一厢情愿而已。例如周思源先生就指出："荣府的命根子贾宝玉将来如果娶了只会作诗不会理家的林黛玉为妻，对王熙凤继续掌握荣府大权十分有利；若宝钗成了宝二奶奶，那她就得退出荣府权力核心。"[②] 李景光先生从成书研究的角度出发，也认为调包计在曹雪芹的原稿中根本不存在。李先生说："曹雪芹原是用黛玉先死、宝钗后嫁的方法来解决宝钗、黛玉之间的爱情纠葛的，根本不存在什么'掉包计'的问题。"[③]

[①] 朱眉叔：《红楼梦的背景与人物》，辽宁大学出版社，1986年版，第314页。
[②] 周思源：《红楼梦创作方法论》，文化艺术出版社，1998年版，第147页。
[③] 李景光：《关于薛宝钗的评价问题——兼论曹雪芹笔下的薛宝钗》，《沈阳师范学院社会科学学报》1985年第3期。

大多数评论者否定了调包计的说法，然而到底是谁促成了宝钗和宝玉的婚姻呢？综合众多评论家的意见，主要有三点。

首先是因财联姻。有评论者认为，此时的贾府因为坐吃山空已经到了经济崩溃的边缘，贾家让贾宝玉娶薛宝钗的原因是想借助薛家的经济实力缓解贾府的经济危机。早期的评论家周春在随笔中就写道："须看种种世态炎凉。世俗嫁娶，未有不重财者。黛玉父母早丧，孑然一身，宝钗母兄俱存，家资尚厚，贾政之取宝而舍黛也宜矣。"[①]

其次是政治联姻。评论者认为贾史王薛四大家族有联姻的传统，主要的目的是一荣俱荣。佟雪曾指出："对于贵族地主阶级来说，婚姻是一种政治行为，是一种借新的联姻来扩大自己势力的机会。四大家族根据这个原则，强制决定了贾宝玉和薛宝钗的婚事。"[②]

最后是奉旨成婚。贾府地位最高的是贾母，然而能让贾母改变主意，或者说能左右贾母决定的只有元妃一人。王夫人喜爱宝钗胜于黛玉，这一点毋庸置疑，所以有学者推测促成宝钗和宝玉结合的主要原因是元春的懿旨。

第三方面，薛宝钗与贾宝玉的婚姻是在林黛玉仙逝之前还是在其仙逝之后。这看似是一个无关痛痒的问题，但是之前之后对于薛宝钗而言却有着完全不同的意义。如果结婚在林黛玉死亡之前，薛宝钗就很难洗刷清争夺宝玉的嫌疑，这无形之间就将薛宝钗打入了不道德的深渊。如果结婚在林黛玉死亡之后，一切都有可能变化，对于薛宝钗的道德评价也会重新定位。

按照高鹗的设计，二宝成婚之夜就是林黛玉回归离恨天之时，然而这样的安排招来了很多探佚学家的质疑和否定。例如梁归智先生认为，《终身误》中"都道是金玉良缘，俺只念木石前盟"说得非常明白，木石前盟在前，金玉之姻在后，"宝钗是在黛玉死后才嫁给宝玉的。宝玉在前一年秋天离开贾府，黛玉在宝玉走后日夜思念悲啼，又受赵姨娘一党的陷害打击，于第二年春末泪尽夭亡……秋天宝玉回到贾府，只能在'落叶萧萧，寒烟漠漠'的潇湘馆'对景悼颦儿'。略前，元春从爱护宝玉和维护家族

[①] 周春：《红楼梦约评》，载朱一玄编：《红楼梦资料汇编》，南开大学出版社，1985年版，第529页。

[②] 佟雪：《红楼梦人物论》，江西人民出版社，1978年版，第115~116页。

利益出发,下旨宝玉和宝钗结成'金玉姻缘'"①。

第四方面,贾宝玉出家之后,薛宝钗有无再嫁。关于薛宝钗有无再嫁的讨论,曾使红学界热闹异常,其争论的焦点就在这一点上。高鹗在后四十回的情节中并没有设计宝钗再嫁这一出戏,而是写宝玉出家后,宝钗幸有一子,最后母凭子贵。然而吴世昌先生在20世纪80年代初期提出了一个石破天惊的探佚观点——薛宝钗最后嫁给了贾雨村。

吴世昌先生根据贾雨村在第一回亮相时作的对子,"玉在椟中求善价,钗于奁内待时飞"作出推测,"时飞"是贾雨村的表字,"钗"是指薛宝钗,"钗于奁内待时飞"中暗含的就是薛宝钗期待的正是像贾雨村一样的达官贵人,这也是薛宝钗最后的婚姻归宿。吴先生再根据薛宝钗的性格以及贾雨村在书中的行动轨迹最后判定:"从全书故事的完整性来看,宝钗最后嫁给雨村,不但极有可能,而且几乎断不可少。再从全书结构和故事组织的严密性来看,香菱的结局必然要与她父亲甄士隐的故友贾雨村有关。而雨村之所以能最后见到香菱,也只有通过他与宝钗结合的关系,才有可能。"②

对于吴世昌先生的观点,有赞同者,但是反对之声远远高于认同之声。例如胡文彬先生说:"如果以吴世老的解释,那么前一句中的'玉'又指何人?是'贾宝玉'之玉,还是'林黛玉'之玉?'待时飞'是'待'贾雨村,那么'求善价'又是'求'的何人?'善价'无论怎样'谐音'也难于'谐'出个人名来。倘若硬是要谐出个'单'假(贾),在《红楼梦》中也找不出的,因为小说中只写了一个'单骗人'!"③

卓守忠先生曾在《红楼梦学刊》上发文,从文化、考证等方面系统解构薛宝钗嫁贾雨村的不可能性。卓先生认为贾雨村的楹联,抒发的不过是自己的抱负,偶吟前人之句,这种手法在中国传统诗词中比比皆是。卓先生指出,如果薛宝钗真的嫁给了贾雨村,那么很多问题就无法解释。例如脂砚斋等人对《红楼梦》后半部是有了解的,为何在前面的批语中只字未提,而且从现有的脂批来看,对薛宝钗的批语多是溢美之词,而往往把贾雨村评为下流之人、阴险小人,等等。"如果后半部确实写到宝钗再嫁雨

---

① 梁归智:《石头记探佚》,山西人民出版社,1983年版,第62页。
② 吴世昌:《红楼梦探源外编》,上海古籍出版社,1980年版,第382页。
③ 胡文彬:《魂牵梦萦红楼情》,中国书店,2000年版,第14页。

村，在脂砚斋等人看来，不啻于爆炸性新闻，即使不愤怒，也会大失所望，那么，在前八十回的诸多批语中断不会有如此之多的褒美之词（于薛宝钗）。"①

当然吴世昌先生的这一观点也并不孤立，虽然反对之声大于支持之声，毕竟还是有后来者。例如田同旭先生依据"影子说"的观念，认为《红楼梦》中的人物都是相互陪衬的，晴雯是林黛玉的影子，袭人是薛宝钗的影子，"作为薛宝钗影子的花袭人改嫁了他人，其性格与人生追求和薛宝钗又极相类"②，按照这种构思推测下去，薛宝钗改嫁贾雨村是极有可能的。

第九节　作者的态度与写法研究

对于薛宝钗这个人物，作者曹雪芹持什么态度呢？这也是评论者所关注的。这其实是一个伪命题，因为标准答案永远也找不到，然而这似乎又是一个极其容易回答的问题，因为答案就在评论者笔下。

有学者说曹雪芹对薛宝钗是赞许的，例如李景光先生根据判词《终身误》中"山中高士""停机德"等指代，判定作者曹雪芹对薛宝钗是肯定的。也有学者说曹雪芹对薛宝钗是持否定态度的，哈斯宝就是持这一观点的代表人物。也有学者说曹雪芹在塑造这一人物时是充满矛盾的，例如吕启祥先生说："作者对薛宝钗的态度不能只用'贬斥'或'否定'一言以概之，实际上要复杂得多，有贬也有褒，褒中又带贬，而且不论是贬还是褒，都不是抽象的孤立的，总是在同各种人物的对照中显现出来，具有不同的性质和含义。"③ 所以，这与其说是在探究曹雪芹对待薛宝钗的态度，还不如说是评论者在表达自己对薛宝钗的态度。

关于曹雪芹是如何塑造薛宝钗的，换句话说塑造薛宝钗使用的是什么手法，虽然评论者给这种手法命名不一，但是在观念上是基本相通的。许

---

① 卓守忠：《"虽离别亦能自安"——也谈宝钗的结局》，《红楼梦学刊》1987年第4辑。
② 田同旭：《薛宝钗另有情缘》，《山西大学学报（哲学社会科学版）》2001年第4期。
③ 吕启祥：《形象的丰满和批评的贫困——关于薛宝钗这一典型及其评价》，载中国社会科学院文学研究所红楼梦研究集刊编委会编：《红楼梦研究集刊·第八辑》，上海古籍出版社，1982年版，第29页。

多学者认为曹雪芹在整部《红楼梦》中使用得最多的一种创作技法就是对比法。所谓的"袭为钗副"就是这一技法的别称。早期的评点家张新之就说,曹雪芹写林黛玉"极不善处世,不善提防,以致堕入术中者示警,与宝钗作大对照也"①。汪文科先生总结得最清楚:"曹雪芹常常采取多种多样手法来对比,有时让他们二人都把对方放在眼里、心里相互比较,有时把他们放在宝玉的心里进行比较;有时把他们放在同一事件上,让他们各自表示自己的态度和对待的方法,展现各自的个性特征;有时在同一件事情上,通过别人的议论,说出他们各自不同的态度;有时当然也就是作者自己站出来发表评论,或作不同的描写。"②

---

① 张新之:《张新之评》,载郭豫适编:《红楼梦研究文选》,华东师范大学出版社,1988年版,第85页。

② 汪文科:《〈红楼梦〉里的艺术对比》,载中国作家协会贵州分会《红楼梦》研究组编:《红楼梦论集》,贵州人民出版社,1983年版,第175页。

第三章　贾元春

贾元春是金陵十二钗中地位最尊贵的一位，贾府也因为她而跃居皇亲国戚的行列。然而贵为皇妃的贾元春，在《红楼梦》中一直处于朦胧状态，她的一切似乎都待辨、待考。在《红楼梦》前八十回中，贾元春只正式出场过一次，然而这一次却是轰轰烈烈的。后面的章回虽然看不见元春的身影，但是她的存在却成了大观园里所有故事能得以展现铺陈的唯一理由。

在曹雪芹的笔下，几乎就没有正面描写过贾元春。胡文彬先生曾说："她像深夜长空中飞过的一道流星，虽然一闪即逝，可那耀眼的光辉却长留在人们的记忆之中。"[①] 所以迷雾再多，也并不妨碍和减弱研究者对这一艺术形象的解析。他们的讨论主要集中在贾元春的年龄、相貌、才情、命运、影射，以及曹雪芹的创作角度和人物的现实意义等七个方面。

第一节　年龄与相貌研究

对于红楼人物的年龄，曹雪芹采用的是一种避实就虚的手法，所以《红楼梦》中人物的真实年龄都不清晰，贾元春亦是如此。红楼人物的年龄，看似是一个无关痛痒的小问题，然而，如果要系统研究文本结构以及成书过程，又将成为一个回避不了的关键问题。所以探讨人物的年龄便成了一些红学研究的前提条件。

在《红楼梦》文本中，绝大多数人物的年纪虽然没有被直接

[①] 胡文彬：《魂牵梦萦红楼情》，中国书店，2000年版，第16页。

点明，但如果细细推敲文本也能大致猜出，然而这种方法用于贾元春身上就不大灵验了，因为关于元春的年龄，在前后文本之间有矛盾之处。例如《红楼梦》第二回，冷子兴说：

> 夫人王氏……第二胎生了一位小姐，生在大年初一，这就奇了；不想次年又生了一位公子，说来更奇，一落胎胞，嘴里便衔下一块五彩晶莹的玉来，上面还有许多字迹，就取名叫作宝玉。

冷子兴口中的小姐就是贾元春，公子是指贾宝玉，次年就是第二年。如果按照这样的表述推断，贾元春只比贾宝玉大一岁。但是在第十八回元春回家省亲时又有这样一段文字：

> 当日这贾妃未入宫时，自幼亦系贾母教养。后来添了宝玉，贾妃乃长姊，宝玉为弱弟，贾妃之心上念母年将迈，始得此弟，是以怜爱宝玉，与诸弟待之不同。且同随祖母，刻未暂离。那宝玉未入学堂之先，三四岁时，已得贾妃手引口传，教授了几本书、数千字在腹内了。其名分虽系姊弟，其情状有如母子。

从这段原文来看，似乎元春的年龄要大宝玉十岁以上，否则很难"情状有如母子"，如此一来，前后文本就出现矛盾了。为什么会出现这样的矛盾？冯其庸先生认为，两段文字虽系原文，但是并非同一个人所说，"前面的话是冷子兴的'演说'，是冷子兴的胡吹乱说……所以他说的'隔了一年'，也是这种性质，算不得真的。而后面说元春对宝玉'手引口传'一大段文字，却是作者的正面叙述，是认真的介绍，是说真的"[①]。

关于贾元春的年龄，说法很难统一，除了上述文本之间的矛盾以外，在推导的过程中也会产生新的矛盾。例如有些研究者根据《红楼梦》第八十六回的文本介绍，说贾元春生于甲申年，如果按照这个年份推回去，省亲是在壬子年，姚燮说此年贾元春"实系二十九岁，宝玉是年十五岁。当宝玉三四岁时，元妃已十七八岁，故能教幼弟之书，想此时尚未入选为女史也。后元妃于甲寅年薨，系年三十一岁，今书中作元妃死时四十四岁，

[①] 冯其庸：《冯其庸点评红楼梦》，团结出版社，2004年版，第56~58页。

殊不合"①。由此可见，在矛盾中推导，又在推导中产生矛盾，所以在这种情况下，元春的年龄就只能成为一个谜，永久保存了。

关于贾元春的相貌，在《红楼梦》的文本中仍然没有丝毫的正面刻画，所以李希凡先生说："曹雪芹对贾元春形象的塑造，几乎没有写其'形'，只是专攻其'神'与'情'。所以，元春的容貌，从小说的文本中难以得到太具体的印象。"②然而许多学者通过另外的途径窥探了一把贾元春的容颜。例如潘知常先生认为，贾元春是绝对的美女，原因有三点：第一，根据贾府挑选媳妇的标准，王夫人的容貌应该是漂亮的，由于基因遗传，贾元春的容貌不会差；第二，通过亲姐弟的比较，贾宝玉神采飞扬，那么姐姐也不可能丑；第三，能进入宫廷当女史，后来被皇帝看重，整个过程是一个海选的结果，能在成百上千的秀女中脱颖而出，容貌自然是第一要素，所以"元春应该是个拔尖儿的美女"③。

虽然元春的外貌可以推测，但是毕竟曹雪芹没有直接描写，这异于《红楼梦》中的其他人物，虽然红楼人物的外貌多是大写意式的描绘，但毕竟是有的。然而贾元春为何如此特殊呢？曹立波先生认为，这和贾元春的高贵身份有关。在那样一个等级森严的社会里，贾元春晋封了贤德妃，她的归家省亲，展示的不仅仅是亲情，还有繁杂的皇家礼仪，"在如此隆重的仪式下，对贵妃的容颜也不敢多看"④，这导致了贾元春的相貌很模糊，在众人眼中，唯有此时的黄袍最为闪耀夺目。

第二节　才情研究

贾府的四位小姐，在才情方面各有所长。惜春善于绘画，探春精于书法，迎春意在围棋，而元春的才情呢？从她的贴身丫鬟的名字"抱琴"来推测，贾元春似乎攻于"情"，然而这个"情"字如何理解？曹雪芹仍然是避而不谈。曹立波先生认为："元春的情，集中体现为'宫怨'二字，

---

① 姚燮：《读红楼梦纲领》，载一粟编：《古典文学研究资料汇编·红楼梦卷》，中华书局，1963年版，第174页。
② 李希凡、李萌：《传神文笔足千秋——〈红楼梦〉人物论》，文化艺术出版社，2006年版，第236页。
③ 潘知常：《说〈红楼〉人物》，上海文化出版社，2008年版，第219页。
④ 曹立波：《红楼十二钗评传》，清华大学出版社，2007年版，第48页。

除了传统意义上帝王和妃子之间的矛盾，也包含了贾府中封建家长和女儿之间的矛盾。"① 如果从曹立波先生分析的角度看，就不难理解元春省亲时为什么会声泪俱下、哽咽难言了。

贾元春在《红楼梦》中只出场过一次，在有限的笔墨中把控她的情感是比较困难的，加之这一次是仅有的出场，她的身份和地位使得她不得不掩盖许多真性情。所以在诸多评论文章中，直接剖析元春情感的文字是比较少的。张锦池先生说，从省亲的文字上看，元春给人的印象有五点——才华平平、戒惧审慎、平和老练、心性凄寂、政治头脑灵敏。

张锦池先生说，元春"虽曰'贤孝才德'具备，'才'却平平，这是由于地主阶级对女子的要求不强调于此。她政治头脑灵敏、处理问题平和老练，这是由于她当女史期间的锻炼。她戒惧审慎、心性凄寂，这是由于宫廷内部政治风云和幽闭生活的影响。明知自己是丝笼里的小雀，时时有被虐杀的危险，面对提笼者却又得欢快跳跃，嘤嘤鸣啼，甚至还希望笼丝能坚实些：这就是她的悲剧之所在"②。然而对于张先生说元春才华平平这一点，潘知常先生则不同意，他认为才华不仅仅是指作诗填词，贾元春虽然创作不及钗黛，但是仍然有"两把刷子"。"元春的文艺鉴赏能力很强。元春的文学修养的才能不表现在创作上，而表现在评论上。"③ 所以贾元春的才华和李纨的才华类似，走的是文艺评论家路线，能把文艺作品品评到位，这也是一种才能。

要想更好地品评艺术就得先懂得欣赏艺术。在元春归省当晚，贾府的戏班子演戏，元春说龄官演得极好，再演两出，但是不拘哪两出，让龄官自己选择。游默先生注意到了这个细节，并指出："（这）说明她（元春）很懂艺术规律。想看好戏，就不能勉强演员，应由演员自定其拿手的剧目。难能可贵的是懂艺术又能实行民主，尊重艺术，尊重演员，尊重人。"④

其实在众多的评论之中，无论是否肯定元春的才，有一点是可以达成共识的，那就是元春的贤德和孝，也正是因为这两点，她才最终跃居妃

---

① 曹立波：《红楼十二钗评传》，清华大学出版社，2007年版，第50页。
② 张锦池：《红楼十二论》，百花文艺出版社，1982年版，第286~287页。
③ 潘知常：《说〈红楼〉人物》，上海文化出版社，2008年版，第221页。
④ 游默：《龄官的勇气和元春的民主》，《红楼》2003年第1期。

位。这种传统理念在元春的意识中已经根深蒂固,所以她愿意为家族的利益而牺牲自己的一切。邸瑞平先生就曾说:"她的一生,就是背着'忠'、'孝'两个十字架走到了生命的终点的。"① 因此元春的所言所行都会围绕着这个标准展开,始终不可能超出这个范围。

第三节　命运研究

贾元春的命运不仅仅是自己的,还是整个家族的,脂砚斋批语中所指出的四个"大过节大关键",元春之死是其中最为重要的一环。那么元春是如何死的?享年多少岁?死于宫中还是死于荒野?这一系列问题便成了研究者讨论的焦点。

对于贾元春的最终命运,研究者的精力主要集中在对第五回判画、判词、判曲的解析上。贾宝玉在梦游太虚幻境时,看到的关于元春的判画、判词、判曲是:

只见画着一张弓,弓上挂着香橼。也有一首歌词云:
二十年来辨是非,榴花开处照宫闱。
三春争及初春景,虎兕相逢大梦归。
……
〔恨无常〕喜荣华正好,恨无常又到。眼睁睁,把万事全抛。荡悠悠,把芳魂消耗。望家乡,路远山高。故向爹娘梦里相寻告:儿命已入黄泉,天伦呵,须要退步抽身早!

上面的文字,分为三个部分,首先描绘了一幅画——画着一张弓,弓上挂着香橼。弓是一种武器,香橼是一种植物。然而此时的弓与香橼却没有这么简单。

"弓"是"宫"的谐音,"橼"可以理解为"元"的谐音,这分别代表贾元春本人和她所处的皇宫环境,这也是红学界最普遍的理解。当然谐音法是可以根据研究者的思路任意选取的,例如曹立波先生认为,"弓"与"橼"组合起来就是"宫怨"。从这个谐音上"可以看到作者塑造元春形

---

① 邸瑞平:《红楼撷英》,华东师范大学出版社,1997年版,第79~80页。

象，在众金钗中设置一位后宫女子，在千红一哭的悲剧旋律中增添了宫怨音符"①。

对于这幅画，它传递的信息除了明意指贾元春，还暗含着元春死于宫中。因为香橼是挂在弓上的。然而对于这样的理解，梁归智先生有着不同的看法。梁先生认为这比喻的是"元春像杨贵妃死于兵祸，弓正象征着战争和武事。而香橼不仅谐元春的'元'音，恐怕也谐冤枉的'冤'音，喻元春的冤死。'香'常指与女子有关之事，那么'香橼'（香冤）挂于弓用来比喻类似杨玉环之死的元妃之死不是十分恰当而巧妙吗？《长生殿》第三十七出，杨玉环鬼魂解下胸前香囊一个，命马嵬土地放在冢内，香橼可能正从此香囊稍加变化而来（为了橼谐元音）"②。

如果说对于元春命运的探讨，此幅画仅是一个开头的话，那么后面的判词才是争辩最为激烈的地方。判词的第一句"二十年来辨是非"中的"二十年"指什么？有四种看法。

第一，"二十年"是指元春进宫前的年龄。张永鑫先生说："'二十年来'是指元春'由启蒙至出道以来'；换言之，即是指她进宫之前的二十年，而非指她进宫后的'二十年'。"③ 这种说法略显得牵强。因为在古代，二十岁的女孩子已经远远超出了婚嫁的年龄，此时还待嫁家中，对于贾府的小姐而言不大可能。

第二，"二十年"是指元春封妃的年龄。曹立波先生以《红楼梦》第二回冷子兴说贾宝玉如今七八岁，到入住大观园时贾宝玉十二三岁为时间脉络；再根据清代八旗秀女选秀的年龄应该是十四至十六岁为依据，推算出元春晋封应该是二十岁。

第三，"二十年"是指元春入宫后的时间。这种说法也存在着无法解释的矛盾。如果说元春入宫已经二十年了，那么按照选秀女的基本年龄十五岁为准，元春归家省亲时的年龄至少是在三十五岁，但是书中第三十三回贾政毒打贾宝玉时，王夫人说"我如今已将五十岁的人"。在元春之前王夫人还生了贾珠，那么王夫人不可能有这么大的女儿，所以这种说法也

---

① 曹立波：《红楼十二钗评传》，清华大学出版社，2007年版，第45页。
② 梁归智：《石头记探佚》，山西人民出版社，1983年版，第76~78页。
③ 张永鑫：《何谓"是非""榴花""三春""虎兔"？——〈红楼梦〉元春判词臆解》，《明清小说研究》2004年第3期。

显得牵强。

第四,"二十年"是虚指。这种看法虽然圆滑了一些,但是非常巧妙地避开了很多矛盾。所以周思源先生说:"'二十'是虚指,并非刚刚20岁。"① 现在看来,似乎只有如此解释才能说得通。

第一句判词中的"辨是非"如何解释呢?普遍的理解为"通达人情世事"。蔡义江先生在《红楼梦诗词曲赋全解》上就持这种观点。其实是与非是一个笼统的概念,大到人伦秩序,小到一言一行都可以用是非来判定,所以这样的字句非常空泛。正是如此,持有不同红学观念的研究者就可以根据自己的需求而定解释。例如张永鑫先生认为,元春辨的是非是"君王所肯定的和君王所反对的"②。落实到《红楼梦》中,所谓的"非"就是皇帝反对的贪酷、狡猾、擅篡礼仪、恃才侮上;所谓的"是"就是体恤先臣、"至孝纯仁,体天格物"。这样的分析是有道理的,但是又无法判定它的对错,这可能就是所有判词的共同特性吧。

判词中的第二句是"榴花开处照宫闱"。研究者对这句话的分歧较小,石榴花是红色的,象征着红红火火,所以"以石榴花所开之处使宫闱生色,喻元春被选入凤藻宫封为贤德妃"③ 就成了大家的共识。因为在中国古代文学中,用石榴象征多子多福的典故,以及用石榴花象征美好的愿望常常见于诗文,所以红学研究者联想于此就不足为怪了。

判词中的第三句是"三春争及初春景"。对"三春"的解释大致有三种说法:第一,"三春"是指春天的三个阶段——孟春、仲春、季春。第二,"三春"是指三年的时间。第三,"三春"是指贾府的三姐妹——迎春、探春、惜春。在这三种解释中,第一种和第三种可以合二为一,不存在矛盾。因为元春排行老大,生在大年初一,所以取名元春,后来出生的小姐皆按照"春"来取名。一些研究者推测,迎春生于立春,探春生于三月初三,惜春生于暮春。所以两种说法就可以重合理解了。关于"争及"二字,甲辰本和程甲本上是"怎及"。对于这一点,曹立波先生认为"争"与"怎"是相通的,都可以理解为"怎么赶得上"。

---

① 周思源:《周思源看红楼》,长江文艺出版社,2013年版,第156页。
② 张永鑫:《何谓"是非""榴花""三春""虎兔"?——〈红楼梦〉元春判词臆解》,《明清小说研究》2004年第3期。
③ 蔡义江:《红楼梦诗词曲赋全解》,复旦大学出版社,2007年版,第29页。

判词的第四句"虎兕相逢大梦归"是争论最多的一句。从《红楼梦》版本的角度来看，这句话有两个版本，分别是"虎兕相逢大梦归"和"虎兔相逢大梦归"。持不同版本就有不同的看法，首先我们来梳理一下关于"虎兕"与"虎兔"在各种版本中的分布情况。在众多的抄本中，"虎兕"只出现在两个本子里，己卯本和梦稿本。而甲戌本、庚辰本、蒙府本、戚序本、舒序本、甲辰本，包括程甲本都是"虎兔"。

从"虎兔"出现在版本中的数量来看，占据了绝大多数，应该说它的真实性更大。然而林冠夫先生在对各种版本进行辨析后认为，"虎兔相逢"是"虎兕相逢"的传抄之误。林先生给出了这样的理由："'兔'字是常用字，粗识几个字的人都能认识。而'兕'字则较为冷僻，文化修养差的抄手，就不一定都能辨认。按照一般的规律，不认识的字容易被误抄为常用字，而常用字就不大可能被误抄成本来不认识的冷僻字。……所以说，冷僻的'兕'字，有可能被误抄成习见的'兔'字，而不大可能把常用的'兔'字误抄为根本不认识的'兕'字。"① 除此之外，林先生还通过"虎兔"与"虎兕"连用的典故数量分析，最终确定曹雪芹的原文应该是"虎兕相逢大梦归"。

然而在红学界，主张"虎兔"的学者远远多于主张"虎兕"的。例如曹立波先生认为，从元春的这四句判词上来看，第一句是写年份的，第二句写了季节，第三句写了月份，第四句应该是指时辰。而这个时辰是指元春归家省亲结束，准备回宫的时间"应是寅时和卯时相交，即虎兔相逢的5点钟了"②。

无论是"虎兕"还是"虎兔"，都是在版本中实实在在存有的文字。当争辩一时无法得出最终结果时，弄清这两个词所表达的意思才是研究者最关心的问题。

对于持"虎兕"观点的学者认为，"虎"和"兕"是两股政治势力。那么它们分别代表以谁为中心的势力呢？丁淦先生认为，"虎"是指以西

---

① 林冠夫：《辨"虎兔相逢"》，载中国社会科学院文学研究所红楼梦研究集刊编委会编：《红楼梦研究集刊·第十辑》，上海古籍出版社，1983年版，第410页。
② 曹立波：《红楼十二钗评传》，清华大学出版社，2007年版，第47页。

宁郡王为中心的政治势力，"兕"是指以忠顺亲王为中心的政治势力。①之后他结合《红楼梦》产生的时代背景和曹雪芹的家世状况，最后指出，"虎兕相逢"是促成"大梦归"的客观原因。

　　对于持"虎兔"观点的学者，他们的分析总结起来大致有五种说法。

　　第一种观点认为"虎"是指皇帝，"兔"是指元春。元春在皇帝身边伴君如伴虎。

　　第二种观点认为"虎"和"兔"仍然是两大政治势力的交锋。只不过这两种政治势力是真实历史中存在的。张锦池先生在康雍二朝皇室内部风云迭起的政治硝烟中看出了端倪。张先生认为："曹雪芹情不自禁地对康熙末年这一王室内部的政治风云作艺术上的反映……如果说，前者又是借元春省亲事写康熙南巡，那么，后者当是借元春夭亡事写雍正夺位。"②王玉林先生也持有这样的观点，并且还进一步指出，"虎兔相逢"是一个曹家败落的时间段。王先生说："康熙卒于1722（壬寅）年，雍正元年为1723（癸卯）年；壬寅为虎年，癸卯为兔年——这即是'虎兔相逢'的由来！也就是说，作者意在告诉读者：曹家是在'虎兔相逢'改朝换代的政治事变中败落的。康、雍两朝交替的政治事变，是导致曹家败落的根本原因。"③正是因为持有这样的观点，王玉林先生还解决了"虎兔"与"虎兕"的变化问题。因为在"己卯本"中是"虎兕"，而己卯本和雍正皇帝的十三弟怡亲王有着密切的关系，正是因为怡亲王看破了"虎兔"的内涵，才将"虎兔"改为"虎兕"。所以"'虎兕'的出现，发生于怡（亲）王府的删改，它把这一特征遗传给了己卯本，再遗传到了全抄本——这是'虎兕相逢大梦归'的由来"④。在红学界，将曹家的历史对照《红楼梦》中的故事情节来研究的，不在少数。所以用清朝真实的历史来解释《红楼梦》中的判词也就习以为常了。

　　第三种观点认为"虎""兔"是指元春死亡的时间。在天干地支中，虎属寅，兔属卯，"虎兔相逢"就是指一个实实在在的年月或者时辰。这

---

　　① 丁淦：《元春之死》，载张锦池、邹进先编：《中外学者论红楼——哈尔滨国际〈红楼梦〉研讨会论文选》，北方文艺出版社，1989年版，第777页。
　　② 张锦池：《红楼十二论》，百花文艺出版社，1982年版，第300~301页。
　　③ 王玉林：《〈红楼梦〉系隐秘曹家历史小说考——元春判词考释（上）》，《红楼梦学刊》2003年第3辑。
　　④ 同上。

种理解被高鹗用于后四十回续书的创作中。所以在高续的第九十五回就写道："是甲寅年十二月十八日立春，元春薨日是十二月十九日，已交卯年寅月。"

第四种观点认为"虎兔"是指《红楼梦》中的理国公柳彪。最早提出这一观点的是梁归智先生。梁先生所持的这种观点是受脂批的暗示，脂批有云："牛丑也，清属水，子也。柳拆卯字，彪拆虎字，寅之寓焉。"两相结合刚好就是"虎兔相逢"。所以梁归智先生认为在未来的"马嵬事件"中，柳彪将会扮演《长生殿》中直接导致杨玉环之死的陈玄礼的角色，与贾元春之死有直接关系，这就是"虎兔相逢大梦归"的本事。① 对于脂批的理解，往往见仁见智，就以这条批语为例，梁先生在其中看到的是柳彪，然而杨光汉先生看到的却是柳湘莲，所以杨先生最后推测元春之死与柳湘莲有密切的关系。

第五种观点认为"虎""兔"分别指《红楼梦》中的两个人物。张永鑫先生说，"虎"指贾元春，"兔"指秦可卿。虽然这种观点值得商榷，但是张先生使用的推测手法却极具综合性。张先生用来作论据的一点是："元春生于农历正月初一，而正月建寅；故'寅'为'虎'，'寅月'（正月）为'虎月'（我国古代从十二斗建命十二个月份之称；十二辰称十二月建）。而若以秦可卿之'卿'是其名字中的关键字立论，那么据《说文》与朱骏声《说文通训定声》可知，此字属'卩'部，字又'从卯'，'卿'主要以'卯'取义；故'卯'为'兔'；而以十二月建言，则二月建卯，'二月'为'卯月'，即'兔月'。此其一。其二，该谶诗四句中，一曰'二十年来'，再曰'榴花开处'（暑月），再曰'三春'（春月），岂不均具时序特征吗？因此再定末句'虎兔相逢'的'虎''兔'为正月、二月，便使全诗在艺术上达到了完美的统一；故采'寅''卯'月之称的'虎''兔'以分属元春、可卿，正切中其情理。"②

从以上五种观点来看，且不论谁对谁错，就以研究的方法论，他们之间都是相通的。换言之，研究的手法不外乎四种——曹家互证历史法、天干地支时间法、拆字组装推演法、自圆其说随心法。在实际操作过程中，

---

① 梁归智：《石头记探佚》，山西人民出版社，1983年版，第76~78页。
② 张永鑫：《何谓"是非""榴花""三春""虎兔"?——〈红楼梦〉元春判词臆解》，《明清小说研究》2004年第3期。

这四法往往混合使用，只要能达到研究者所设定的目标就算成功了。上面引述张永鑫先生的文字就是四法混合使用的最好例子。

在贾元春的判词中，"大梦归"是她的最终结局。无论怎么去解释这三个字，最终的"底色"都是统一的，所有人都认为贾元春最终死得很惨，惨到什么状况，那就众说纷纭了。从现在的研究资料来看，探寻贾元春的死因，主要落在《恨无常》这首判曲上。

> 喜荣华正好，恨无常又到。眼睁睁，把万事全抛。荡悠悠，把芳魂消耗。望家乡，路远山高。故向爹娘梦里相寻告：儿命已入黄泉，天伦呵，须要退步抽身早！

从这首判曲上分析，此时的元春已经命入黄泉。她是如何死的，杨光汉先生认为："贾元妃的命运将比唐代的杨贵妃更惨，贾元春就是在更高意义上再现的杨玉环。"① 对于贾元春的死红学界主要有三种看法。

第一，贾元春的死类似于唐代的杨贵妃。这种说法占据着主流的地位，其中的原因是元春在省亲时点了四出戏文，其中有一出戏叫《乞巧》，脂砚斋在此批语说"长生殿中伏元妃之死"。正是因为这样的提醒，许多研究者受到暗示，纷纷认同元妃之死就是杨贵妃之死的再现。

历史中的杨贵妃死于马嵬坡，而在贾元春的判曲中有"望家乡，路远山高"的句子，所以梁归智先生说："这分明是说元春并没有死在皇宫内院，而是像杨贵妃一样死在道路途中。"②

对于元春的这种死法，虽然类似于杨贵妃，但是仍然有它自己的背景渊源。周汝昌先生认为这和乾隆四年（1739）的政治事件有关。"乾隆四年（1739），皇族内四家老亲王（康熙之子）的本人或子侄，许多人联合密谋，另立了自己的'朝廷'机构，准备推翻乾隆（旧恩怨还是在报复雍正的残杀骨肉），至此暴露，获罪者不计其数。到次年，乾隆又举行'秋狝'，在围场又遇到庄亲王王子的密计，险遭不测，幸被发现，将主犯囚禁后，假装无事，照样行围，以安人心。这种历史事态，曲折地反映入于小说之内。元春的死，正是在她随驾到口外围场期间，事变猝起，她乱中

---

① 杨光汉：《论贾元春之死——〈雪芹胸中有共工〉第七章》，《社会科学辑刊》1980 年第 3 期。
② 梁归智：《红楼梦探佚》，北京师范大学出版社，2010 年版，第 81 页。

被敌对势力的人员乘机杀害了。这就是'望家乡、路远山高'的真情和痛语。"①

第二，正常病死。这一说是高鹗续书中的设计。贾元春自从晋封了贤德妃，圣眷隆重，不幸受了风寒，一病不起，后来不治身亡了。对于高鹗的这一设计，历来被当成靶子批斗。因为在研究者的意识中，红楼人物的结局绝对不会如此平庸，不一定都是轰轰烈烈，但是绝对会出其不意，每个人物不是有真实的历史背景，就是有高度哲学化或理想化的死亡。这种研究心态一直贯穿于红楼人物研究中。

第三，政治牵连，被幽禁而死。贾元春和贾府的政治命运是紧相连属的，贾元春能让贾府更为荣耀显贵，反过来，贾府也能让贾元春受到政治牵连。丁淦先生就认为"喜荣华正好，恨无常又到"，前者是指贾府从事发到被抄家的过程，而后者是指元春从失宠，后来被监禁，再到薨逝的三个阶段。丁先生认为："无论是主观的、客观的，归根到底都是'朕躬禁锢'——'圣上'造成的!……元春在'金陵十二钗'中，是唯一一个由'大伤天和'的'圣上'直接造成的悲剧性女性形象!"②

第四节　原型与影射研究

在对红楼人物的评析中，探寻其背后的生活原型，是很多研究者乐此不疲的事。对于贾元春的生活原型，红学界有一个比较统一的看法，那就是"曹寅的长女"。根据史料得知，曹雪芹的姑姑福金在康熙四十五年（1706）十一月奉旨嫁给平郡王纳尔苏为王妃。从曹寅的《奏王子迎娶情形折》等史料可以得知相关的情况。所以很多学者认为，曹寅的长女便是贾元春的生活原型。

在《红楼梦》中元妃省亲时，与其父贾政有一段对话，其间有一批语说"此语犹在耳"，朱淡文先生认为，这批语是畸笏叟所写，而畸笏叟就是曹頫。"曹寅长女出嫁时，他至少已经十岁左右，且已为曹寅所抚养，有可能亲闻曹寅对女儿说过这句话。"③由此可知，元春的原型应是福

---

① 周汝昌：《红楼小讲》，北京出版社，2002年版，第203页。
② 丁淦：《元妃之死——"红楼探佚"之一》，《红楼梦学刊》1989年第2辑。
③ 朱淡文：《红楼梦论源》，江苏古籍出版社，1992年版，第183页。

金了。

关于贾元春的影射,索隐派的观点可谓花样百出,有认为是影射崇祯皇帝的,也有认为是影射废太子允礽的,还有认为是影射陈圆圆的。在众多影射观点中,有一种观点影响较大,即认为元春省亲就是写康熙南巡。这一说法是蔡元培先生最早提出的。蔡先生说:"元妃省亲,似影圣祖之南巡,盖南巡之役,本为省觐世祖而起也。……宫妃省亲与皇帝南巡事绝不同,而凤姐及赵嬷嬷乃缕述太祖皇帝南巡故事,且缕述某家接驾一次,某家接驾四次,是明指康熙朝之南巡。不过因本书既以贾妃省亲事代表之,不得不假记南巡为已往之事云尔。"①

第五节 曹雪芹的创作角度与贾元春的意义研究

贾元春在《红楼梦》中只出场一次,曹雪芹对她的描写重点落在了一个字——哭上。据统计,元春省亲的当晚,一共哭了六次。可以说,她哭的频率远远超过了林黛玉。周思源先生认为,从这个角度设计并刻画仅出场一次的贾元春,是曹雪芹的匠心独具。

李传龙先生认为,贾元春的六次哭泣完全展示了她的真情。第一次哭是因为见到亲人悲喜交加;第二次哭是想到这次相聚后又会长时间的分离,又会回到那不得见人的去处;第三次哭是见到内亲女眷而感动;第四次哭是因为和父亲的对话,想到富贵已极,可是骨肉分离;第五次哭是见到自己最疼爱的亲弟弟;第六次哭是不得不离家回宫。"以上,作者从六个不同层次描写了元春的哭,不但不使人感到重复,而且显得各有特色。但这六次哭,也有一个共同之点,那就是写出了元春在省亲过程中的真情。"②

对于曹雪芹塑造元春所使用的方法,陶剑平先生为之取名叫"皴染"。陶先生说曹雪芹"主要地是运用画家皴染的笔法,间以少量的细腻的细节描写而刻划元春的。其皴染则淡墨点苔,渲染烘托,描写则大处着眼,细入豪芒,浓淡相间,疏密有致,圆满地完成了元春这一特定形象的塑造任务"③。

---

① 王国维、蔡元培:《红楼梦评论·石头记索隐》,上海古籍出版社,2011年版,第61~62页。
② 李传龙:《曹雪芹美学思想》,陕西人民教育出版社,1987年版,第306~307页。
③ 陶剑平:《元春论》,《红楼梦学刊》1986年第2辑。

关于贾元春的意义，研究者的观点主要有这样两种。

第一，对宫廷生活的否定和对妃嫔制度扼杀人性的批判。张锦池先生认为《红楼梦》从总体上否定了元春的生活道路和政治态度，而这种否定包含着曹雪芹对皇权的十分不敬。① 周思源先生也认为，作为皇妃的元春，她是以牺牲人的本性需求为代价来保全家族，这是一种对封建皇权的讥讽。"元春将大观园赐予众弟妹享用，正体现了作者'享受'为上，蔑视礼法的进步思想，为元春形象又添上了浓重的一笔。"②

第二，贾元春在《红楼梦》中充当着保护伞的作用。这种保护不仅仅是针对贾府，而且还是大观园中那些鲜活生命的实际保护者。贾元春也是唯一一个向贾府的当权派提出奉劝和忠告的女性。她既是贾府中地位最高的一位，同时还是贾宝玉的启蒙教师，她和这个亲弟弟形同母子。李劼先生说，这种形象颇为类似西方世界中的教母。"贾元春形象的这一切特征表明，她的来历不同寻常，从某种意义上说，她几乎就是女娲这一女神在尘世的现身形象。她以贵妃的身份一方面给顽石投胎的家族带来世俗的荣耀，一方面给投胎后的顽石提供特殊的教养、提供使之完成情爱历险的女儿世界大观园。"③

---

① 张锦池：《红楼十二论》，百花文艺出版社，1982年版，第287页。
② 周思源：《红楼梦创作方法论》，文化艺术出版社，1998年版，第182页。
③ 李劼：《历史文化的全息图像——论〈红楼梦〉》，知识出版社，1995年版，第165页。

第四章　贾探春

　　贾探春在金陵十二钗正册中排行第四，算是名列前茅。在贾府的四位小姐中，探春的戏份最多，性情最明朗，形象最立体。曹雪芹给予她的笔墨虽算不上浓墨重彩，但所写之处往往妙笔生花。评论她的文章，其数量远远超出了贾府其他几位小姐。历来的研究者对贾探春的评析主要集中在姓名与外貌、性情、才学、命运等方面。

第一节　姓名与外貌研究

　　在红楼人物的评析中，普遍的切入点都是从姓名与外貌入手的。就贾探春而言，对其姓名的诠释，往往是和贾府的其他几位小姐一起解读的，通常的表述是"原应叹息"。这四个字源于脂批，因为脂批对《红楼梦》研究的重要性，所以广为流传。

　　早在清代，洪秋蕃先生就指出，曹雪芹对贾探春的命名重在一个"探"字上，"有春则赏之，无春则探之，不肯虚掷春光，故其为人果敢有为，长得春气，非葳蕤自守者比，且明于事理，腹有阳秋，皆探讨之功也，故曰探春"①。洪先生的解读不仅仅在字面上，从命名就能窥见探春的为人和性格。也有学者认为，贾府的四位小姐的名字都和自己的生日有关，贾元春生于大年初一，故曰"元春"，于是姊妹们就跟着大姐从"春"字。贾探春的生日是三月初三，是传统的上巳节，所以取名"探春"。根据

---

①　洪秋蕃：《红楼梦抉隐》，载一粟编：《古典文学研究资料汇编·红楼梦卷》，中华书局，1963年版，第240页。

曹立波先生的考证,"探春"一词出自王仁裕《开元天宝遗事·探春》,其中记载:"都人士女,每至正月半后,各乘车跨马,供帐于园圃或郊野中,为探春之宴。"

贾探春在《红楼梦》第三回正式登场,曹雪芹通过林黛玉的眼睛为读者勾画出了探春的外貌:"削肩细腰,长挑身材,鸭蛋脸面,俊眼修眉,顾盼神飞,文采精华,见之忘俗。"对于贾府的四位小姐,作者对其外貌的写意侧重点各不相同。元春的外貌模糊,几乎没有涉及,这种不写之写的手笔透露出的是贵妃的庄重威仪和不容正视;迎春的"温柔沉默,观之可亲"突出的是性情之美;惜春年龄尚小,所以作者对其也没有直接的面容刻画;而对于探春,潘知常先生说,曹雪芹展示的是她的神采之美。曹立波先生认为,曹雪芹对探春的外貌描写用了古代美女王昭君做模子。但是无论怎么评说,有一点可以达成共识,探春在贾府四位小姐中是最漂亮的。

第二节 性情研究

从相关的评论文章来看,对贾探春性情的解读有一个特点,那就是从外围层层深入。对大多数的研究者而言,似乎他们都并不急于直接分析展示探春性情的情节和故事,而是从探春的居所、陈设、名号以及众人对她的议论等方面切入分析。运用这种分析方式最具代表性的就是蒋和森先生的文章。

第三回贾探春出场之后,有一天她向贾宝玉央求,希望贾宝玉出门给她带一些"柳枝儿编的小篮子""整竹子根雕的香盒儿"等玩物,并攒了钱给他。这样的片段虽说是细枝末节,但蒋和森先生认为这正是深闺小姐生活所带来的不自由,正激发着这个少女对外间事物的渴求。① 这种渴求的描写单单只有探春有,这也正是她向往外边的广阔天地的内心反映。《红楼梦》第四十回,对探春居住的秋爽斋有这样一段描写:

> 探春素喜阔朗,这三间屋子并不曾隔断。当地放着一张花梨大理石大案,案上磊着各种名人法帖,并数十方宝砚,各色笔筒,笔海内

---

① 蒋和森:《红楼梦论稿》,人民文学出版社,2006年版,第165页。

插的笔如树林一般。那一边设着斗大的一个汝窑花囊，插着满满的一囊水晶球儿的白菊。西墙上当中挂着一大幅米襄阳《烟雨图》，左右挂着一副对联，乃是颜鲁公墨迹，其词云："烟霞闲骨格，泉石野生涯。"案上设着大鼎。左边紫檀架上放着一个大观窑的大盘，盘内盛着数十个娇黄玲珑大佛手。右边洋漆架上悬着一个白玉比目磬，旁边挂着小锤。

在这段对房屋格局与陈设的描写中，研究者都注意到了一个特点，那就是"大"，大案子、大花瓶、大挂图、大鼎、大盘、大佛手。屋子因为没有被隔断，所以空间也显得比较大。蒋和森先生认为这正表现出贾探春所具有的那种高朗开阔的性情与风格。对于这样的陈设与布局，于学彬先生认为不见一丝矫揉造作，全然是一派男子汉的"阔朗"大气。①

然而研究者除了在这段描写中看出探春性格中积极的一面外，同时也体会到了探春性情的另一面。例如胡文彬先生就说过，花梨大理石书案虽然气派，但从中散发出的是冷硬的线条美，这也许是探春理性人格的真实写照。颜鲁公的书法，端庄雄伟，劲道郁勃，所具扛鼎之力，这也能象征探春的大丈夫之志。配合这些陈设更能深刻体会到"探春神情态度中也明显地露出一些'跋扈'。她的过于自尊，如果不能自我控制的话，很容易成为一个目空一切的个人英雄主义者"②。对于胡先生的这种感受，二知道人在《红楼梦说梦》中也有相同的表述："探春神情态度，近于跋扈，嫁与将家儿，谚所谓'不是一家人，不进一家门'矣。"③ 二知道人认为探春在高鹗的续书中嫁给镇海总制将军之家，正切合了她这种"跋扈"的性格。

对于贾探春性情的探讨，评论者有一个共同的观点，就是贾探春有一种"期男"意识，希望自己能成为一个男人。"期男"这个名词是周思源先生最早提出的，所以他说："探春的志高在众少女中十分突出，倒有些和王熙凤相似。强烈的期男意识是探春的一个重要特征，也是曹雪芹赞她'志自高'之'志'所在。"④《红楼梦》第五十五回，探春曾亲口表达出

---

① 于学彬：《名著非常读·红楼》，中国友谊出版公司，2009年版，第118页。
② 胡文彬：《红楼梦人物谈——胡文彬论红楼梦》，文化艺术出版社，2005年版，第61页。
③ 二知道人：《红楼梦说梦》，载一粟编：《古典文学研究资料汇编·红楼梦卷》，中华书局，1963年版，第94页。
④ 周思源：《周思源看红楼》，长江文艺出版社，2013年版，第145页。

这样的意向："我但凡是个男人，可以出得去，我必早走了，立一番事业，那时自有一番道理。偏我是女孩儿家，一句多话也没有我乱说的。"当然这种期男意识并非在性别上，而是想表达和展示自己的雄心壮志，也正是这种"期男"意识成就了探春的果断与魄力。

对于探春的性情，曹雪芹给了一个字"敏"。正因为如此，大多数的研究者对探春性情的评析也是围绕这个"敏"字展开的。胡文彬先生认为"敏"主要表现在两个方面，一个是"敏锐"，一个是"敏感"。胡先生说："曹雪芹赐给探春一个'敏'字，这是最恰当最准确的评价。她性灵敏锐，做事敏捷，心地敏慧。……不过，探春之'敏'还有胎带来的'敏'——庶出的敏感。"①

从现有的评论文章来看，针对贾探春敏感的话题谈论最多。探春的敏感主要集中在她庶出的身份上，她对亲生母亲赵姨娘的态度就成了研究者关注的焦点。《红楼梦》第五十五回，因为宫中老太妃薨逝，贾母、王夫人忙着进宫参加悼念仪式，无暇料理家务，又因王熙凤流产无法理事，所以王夫人就临时安排李纨带着贾探春和薛宝钗打理家政。一日赵姨娘的兄弟赵国基死了，赵姨娘原本想趁着自己的亲生女儿管家之际多弄一些丧葬费，谁知道探春按例办事，只给了二十两银子，于是就引出了一段口舌风波：

> 忽见赵姨娘进来，李纨探春忙让座。赵姨娘开口便说道："这屋里的人都踩下我的头去还罢了。姑娘你也想一想，该替我出气才是。"一面说，一面眼泪鼻涕哭起来。探春忙道："姨娘这话说谁，我竟不解。谁踩姨娘的头？说出来我替姨娘出气。"赵姨娘道："姑娘现踩我，我告诉谁！"探春听说，忙站起来，说道："我并不敢。"李纨也站起来劝。赵姨娘道："你们请坐下，听我说。我这屋里熬油似的熬了这么大年纪，又有你和你兄弟，这会子连袭人都不如了，我还有什么脸？连你也没脸面，别说我了！"探春笑道："原来为这个。我说我并不敢犯法违理。"一面便坐了，拿账翻与赵姨娘看，又念与他听，又说道："这是祖宗手里旧规矩，人人都依着，偏我改了不成？也不但袭人，将来环儿收了外头的，自然也是同袭人一样。这原不是什么

---

① 胡文彬：《冷眼看红楼》，中国书店，2001年版，第12~14页。

争大争小的事,讲不到有脸没脸的话上。他是太太的奴才,我是按着旧规矩办。说办的好,领祖宗的恩典、太太的恩典;若说办的不均,那是他糊涂不知福,也只好凭他抱怨去。太太连房子赏了人,我有什么有脸之处;一文不赏,我也没什么没脸之处。依我说,太太不在家,姨娘安静些养神罢了,何苦只要操心。太太满心疼我,因姨娘每每生事,几次寒心。我但凡是个男人,可以出得去,我必早走了,立一番事业,那时自有我一番道理。偏我是女孩儿家,一句多话也没有我乱说的。太太满心里都知道。如今因看重我,才叫我照管家务,还没有做一件好事,姨娘倒先来作践我。倘或太太知道了,怕我为难不叫我管,那才正经没脸,连姨娘也真没脸!"一面说,一面不禁滚下泪来。赵姨娘没了别话答对,便说道:"太太疼你,你越发拉扯拉扯我们。你只顾讨太太的疼,就把我们忘了。"探春道:"我怎么忘了?叫我怎么拉扯?这也问你们各人,那一个主子不疼出力得用的人?那一个好人用人拉扯的?"李纨在旁只管劝说:"姨娘别生气。也怨不得姑娘,他满心里要拉扯,口里怎么说的出来。"探春忙道:"这大嫂子也糊涂了。我拉扯谁?谁家姑娘们拉扯奴才了?他们的好歹,你们该知道,与我什么相干。"赵姨娘气的问道:"谁叫你拉扯别人去了?你不当家我也不来问你。你如今现说一是一,说二是二。如今你舅舅死了,你多给了二三十两银子,难道太太就不依你?分明太太是好太太,都是你们尖酸刻薄,可惜太太有恩无处使。姑娘放心,这也使不着你的银子。明儿等出了阁,我还想你额外照看赵家呢。如今没有长羽毛,就忘了根本,只拣高枝儿飞去了!"探春没听完,已气的脸白气噎,抽抽咽咽的一面哭,一面问道:"谁是我舅舅?我舅舅年下才升了九省检点,那里又跑出一个舅舅来?我倒素习按理尊敬,越发敬出这些亲戚来了。既这么说,环儿出去为什么赵国基又站起来,又跟他上学?为什么不拿出舅舅的款来?何苦来,谁不知道我是姨娘养的,必要过两三个月寻出由头来,彻底来翻腾一阵,生怕人不知道,故意的表白表白。也不知谁给谁没脸?幸亏我还明白,但凡糊涂不知理的,早急了。"李纨急的只管劝,赵姨娘只管还唠叨。

在这段对话中,表现出了贾探春什么样的性格?她为什么会有如此的言论和态度?红学家们所持有的观点各不相同,总结起来主要有如下五类。

第一，宗法制度论。研究者认为，贾探春的言论以及对待生母赵姨娘的态度，完全是因为封建宗法制度的观念所致。持这一观点的学者占据了绝大多数。刘梦溪先生就曾说："探春的这种做法，恰好符合宗法家庭的正统主义理论，是为封建道学家们所极口称道的。"① 探春在这段风波中的所言所行是褒嫡贬庶，完全符合封建礼法，同时也用自己的言行极力维护了封建嫡庶制度。所以王志武先生就指出，贾探春是一个"严格的封建等级论者"②。王先生所持有的这种理解可以说代表了一批研究者的观点。

第二，自卑与自尊论。探春自卑与自尊的前提仍然是封建的宗法制度。她自卑是因为自己庶出的身份，她怕别人说这个，自己也羞于提及这个。因为嫡庶尊卑已经成为一种挥之不去的事实。所以探春唯一能做的就是用一种极度的自尊来掩盖自己极度的自卑。她对赵姨娘的冷漠和不近人情，除了礼教、宗法等外衣，就是她自卑与自尊的心理状态。所以董挽华先生说，从这段风波中，"我们就可以洞悉探春的整个心思——她是深以庶出为憾，也是不甘于庶出这地位的"③。

第三，美丑与善恶论。探春对待赵姨娘的态度，除了上述所总结的宗法制度论、自卑与自尊论以外，还有一种观点，就是认为探春是以美丑与善恶的道德标准来处理事务的。王朝闻先生曾说："探春把'礼'作为判断一个人是'明白'还是'糊涂'的准则。"④ 当然这里的"礼"仍然有宗法制度的成分，但是还包含着道德评判的色彩。在探春心里，赵姨娘的娘家人在道德上是有"亏损"的。探春说："那一个主子不疼出力得用的人？那一个好人用人拉扯的？"她的言外之意是在指责赵国基办事不得力，也暗讽赵姨娘人品有问题。所以白盾先生就指出，探春的表现实际上是个牵涉善恶、美丑、是非之分的问题。"探春果断地舍弃赵姨娘贾环这样的生母和胞弟，而坚决地站在王夫人——宝玉的一边，这既是合乎封建宗法之'理'，同时又合于舍恶就善、舍非就是、舍丑就美的这个'理'。"⑤

---

① 刘梦溪：《红楼梦新论》，中国社会科学出版社，1982 年版，第 125~126 页。
② 王志武：《红楼梦人物冲突论》，陕西人民出版社，1985 年版，第 159 页。
③ 胡文彬、周雷编：《台湾红学论文选》，百花文艺出版社，1981 年版，第 303 页。
④ 王朝闻：《只可惜她命薄——探春与凤姐性格的同异》，载王朝闻：《论凤姐》，四川人民出版社，1984 年版，第 311 页。
⑤ 白盾：《红楼梦新评》，上海文艺出版社，1986 年版，第 200~201 页。

第四，精神与意志论。贾探春在这次风波中所表现出来的态度，除了从社会背景、心理状态、道德评价的角度分析以外，还有研究者从精神与意志方面得出了不一样的解读。例如徐乃为先生认为，贾探春是曹雪芹笔下肩负治国齐家平天下的人物，所以她对赵姨娘的态度有大义灭亲的意思，从而"进一步渲染她的英气不让须眉的'清官'气概"[①]。闫红也认为探春一直胸怀大志，她对待赵姨娘和赵国基的态度"从另一个方面说，凡成大事者大约必须有这等钢铁般的意志吧，探春的品行与意志都注定了她是一个铁腕人物"[②]。

第五，情感局限论。虽然探春在思想观念上已经和赵姨娘划清了界限，只认王夫人是自己礼法上的母亲，但是王夫人能给她多少真正的母爱呢！王夫人这个母亲对她而言，也不过尽礼而已。所以探春其实没有尝到过真正的母爱，以至于在感情上变得冷淡。这种情感的缺失，影响了她对情感的理解，于是产生了情感的局限性。而这种情感局限又导致她把自己人格的尊严和主子的尊严当作同一个东西来坚持。所以蒋和森先生说："探春虽然自己也处于封建嫡庶制度的压迫底下，但封建尊卑观念又在她的心里投射着一层阴影。这个少女仅能认识到母亲的丑恶，却不能认识到她的嫡亲阶级的丑恶。"[③]

无论我们站在什么样的角度来分析探春的表现，有一点是不能更改的，那就是探春对待生母赵姨娘的态度确实是坚硬的，居高临下的，甚至说是敌对的。当我们梳理完上面的五类观点后，你会发现一个有趣的现象，众多评论者在评论探春和赵姨娘的口舌风波时，不约而同地达成了共识——对探春非常理解，甚至找出种种理由为贾探春开脱，也许这就是对待十二钗的一种悲悯吧。

第三节 才学研究

对于贾探春才学的评论，从现有的文献资料来看，主要包含两个方

---

① 徐乃为：《大旨谈情——〈红楼梦〉的情恋世界》，北京图书馆出版社，2007年版，第181页。
② 闫红：《误读红楼》，天津教育出版社，2007年版，第87页。
③ 蒋和森：《红楼梦论稿》，人民文学出版社，2006年版，第173页。

面，一是文学才能，二是管理才能。两方面相比较而言，评析她管理才能的文章远远多于评析她文学才能的文章。

潘知常先生曾幽默地把大观园中的才女分为两种类型，一类是博古通今的学术型才女，林黛玉和薛宝钗就是其中的代表人物；另一类是管理型才女，王熙凤和平儿就是例子。然而探春却不属于其中的任何一类，她属于综合型才女。"所谓综合型才女就是她两方面的特点都兼而有之。如果单方面地看，她可能不是最优秀的。比如说文化和学术方面，她可能比不过黛玉跟宝钗；管理方面，她可能也不如凤姐，但是一个人兼而有之，既有这个方面的特长，又有那个方面的特长的，那大观园里只有一个美女可以胜任，就是探春。"①

此处先梳理评论者对探春文学造诣的分析。正如潘知常先生所言，探春的诗才不如钗黛，这一点没有异议。然而大观园的诗社如果少了探春，就少了发起和创意人，因为第一届诗社就是探春发起的。在贾府四位小姐中，探春的诗才可谓最高。曹立波先生从一个细节中指出了这一点，"探春是三春中最有诗才的人，生活中以诗书为伴。她的丫鬟一个叫待书（也称侍书），一个叫翠墨，加起来是'书墨'的意思"②。在海棠诗社中探春作了一首《咏白海棠》：

　　斜阳寒草带重门，苔翠盈铺雨后盆。玉是精神难比洁，雪为肌骨易销魂。

　　芳心一点娇无力，倩影三更月有痕。莫谓缟仙能羽化，多情伴我咏黄昏。

《红楼梦》中的诗作往往诗如其人，在每个人的作品中不仅仅能看见其人的思想、情趣、品格，还能看见其未来的命运。所以刘耕路先生说，探春的这首诗同样兼顾这个特点，"玉是精神难比洁"和判词中"才自精明志自高"是同义语。"雪为肌骨易销魂"正是探春美丽容貌的再一次展现。"芳心无力"使人联想到断线的风筝，所以这首诗中"探春把自己的情操赋予了白海棠，实际上是借白海棠咏叹自己"③。

---

① 潘知常：《说〈红楼〉人物》，上海文化出版社，2008年版，第240页。
② 曹立波：《红楼十二钗评传》，清华大学出版社，2007年版，第67页。
③ 刘耕路：《红楼诗梦》，生活·读书·新知三联书店，2010年版，第107页。

相对于宝、黛、钗而言，探春的诗作数量较少。林乃初先生认为，从探春仅有的诗作而言，其意境、格调、命意以及诗词风格都比较清新别致，"由于开朗、豁达和乐观情感的入诗，其作品所取得的生机盎然的艺术效果，就是'红楼诗圣'林黛玉的作品，有时也是相形见绌的"①。

对于探春，研究者评论她的诗词才学的兴趣远不如评论她的管理才能。因为在众多评论者眼中，探春是一个富有改革精神的人，而这种精神在当时的闺阁中简直凤毛麟角。所以王昆仑先生说："大观园中惟一具备政治风度的女性是探春，她是行将没落的侯门闺秀中的一个改革者。"②研究者对于探春管理才能的评析主要围绕以下三点展开讨论。

第一，政治家的头脑与眼光。政治家的特点就是对一件事情看得透并且看得远，正所谓深谋远虑。探春知书识礼，志存高远，所以她一旦开始料理家政就显得与众不同。吕启祥先生就说过："如果说凤姐的才干主要表现在掌权执政、造就威重令行的实绩，那么探春的才干则侧重于识见远虑，因有兴利除弊的善政。"③

对于探春在治理家政时表现出来的政治头脑，杜景华先生认为她善于分析总结：首先是寻找到了贾府衰败的根源——巨大浪费，其次是看到了封建社会普遍存在的恶习——见利忘义，再次是看到了各阶层之间的克扣与剥削的本质现象。④ 杜景华先生总结的这几点也代表着其他研究者对探春政治头脑与眼光的分析和判断。

第二，实干家的气魄与能力。如果说政治家的头脑与眼光是一种分析能力的话，那么实干家的气魄与干练才能使其将政治家的想法落到实处。可喜的是，在许多评论家眼中，探春就是一个实干家。所以梅苑先生说："她一上台，立即就拿贾母的宠儿——宝玉与凤姐，先来开例，用以树立权威，治理得有声有色，实在使人折服她的胆识。"⑤ 研究者对探春的敢作敢为表现出了极大的赞赏之情，所以周玉清先生说，从文学角度看，探春是完美的，"从经济学的观点来看，她又是一个眼光敏锐，才能卓著，

---

① 林乃初：《"不在裙钗中"——谈贾探春的诗风》，《红楼梦学刊》1985年第1辑。
② 王昆仑：《红楼梦人物论》，北京出版社，2004年版，第68页。
③ 吕启祥：《红楼梦寻味录》，山西人民出版社，2001年版，第35页。
④ 杜景华：《关于贾探春的思想性格》，《红楼梦学刊》1980年第3辑。
⑤ 梅苑：《红楼梦的重要女性》，台湾商务印书馆股份有限公司，1993年版，第134~135页。

很有气魄的管理家、改革家"①。

探春的气性是很大的,可能这也是促成她一段天然气魄的本源吧。曹雪芹在刻画探春敢作敢为的治家之才时,还从另一个侧面再次渲染了她的气魄,那就是探春怒打王善保家的。胡文彬先生说,探春之怒并非个人恩怨,而是痛诉那些狗仗人势的下人,家之将亡必出妖孽,痛击是一个领导者所必需的作为。"怒,升华了探春生命的意义!"②

第三,英明的抉择与实施。对于探春的善政,历来评论者的笔墨主要集中在两点上。一是探春主张开源节流,二是实施承包到户。所谓开源节流就是缩减不必要而且重叠的开支,探春首先从主子们的日常用度中开例,这样做让仆人们觉得开源节流并非裁减员工的工资。所谓承包到户就是将大观园的各项生产种植承包给合适的人,再合理分配得利。研究者认为,这两点是探春在实际治家操作中最闪亮的地方。所以有些评论家调侃说,探春是中国实施土地承包责任制的先驱。

研究者分析了探春的管理才能之后,又将探讨的焦点指向了另外一个方向,那就是探春兴利除弊的善政是改革还是革命。这是一个政治性很强的问题,绝大多数的评论者都认为是改革,并非革命。刘大杰先生就说:"她(探春)走的道路,是改良主义者的道路。"③ 周玉清先生也持有同样的观点:"她改革的目的,并不是为了变革这个社会基本制度,而是在维护现有制度和现存的统治秩序的前提下,变革某些力所能及的具体的管理体制。"④ 既然是改革,就又涉及一个问题,探春到底是封建制度的维护者还是叛逆者,就这个问题,红学界主要有三种看法。

第一,探春是封建制度的维护者。许多研究者都指出,探春理家,兴利除弊的目的是希望这个家族能起死回生。她所做的一切都是在维护这个家族的利益,按照当时的宗法、礼教来规范自己的行为。所以佟雪先生说:"贾探春沿着自己的生活道路走下去,不会,也不可能跨出封建主义的门槛,她是一个涂着脂粉而又顽固反动的垂死地主阶级的代表人物。"⑤

---

① 周玉清:《〈红楼梦〉中的改革家——探春》,《红楼梦学刊》1993年第4辑。
② 胡文彬:《红楼梦人物谈——胡文彬论红楼梦》,文化艺术出版社,2005年版,第67页。
③ 刘大杰:《红楼梦的思想与人物》,古典文学出版社,1956年版,第64页。
④ 周玉清:《〈红楼梦〉中的改革家——探春》,《红楼梦学刊》1993年第4辑。
⑤ 佟雪:《红楼梦人物论》,江西人民出版社,1978年版,第138页。

刘梦溪先生也持有这样的观点，刘先生认为体现在探春身上的是正统地位的尊严，别人之所以怕她，是因为她在实际上代表了封建正统主义。① 所以探春的所言所行，包括治理家政时的一切措施，体现了她作为封建制度维护者的形象。

第二，探春是封建制度的叛逆者。其实从现有的文献资料看，单纯地持这种观点的学者比较少，然而当一些研究者指出探春是封建卫道者时，另一些学者又会提出不同的看法。例如毛保安先生就说："作为封建贵族小姐的探春，毫无疑问要把封建主义的一套看作天经地义，把它作为自己一切言行举止的准则。但不能因此称之为'卫道'。"② 其实毛先生的表达也显得模糊不清，他既没有肯定探春的维护者形象，也没有否定其叛逆者的身份，他是站在人性的立场上为当事人辩护的。

第三，探春是封建制度中的开明派。这种观点比较中庸，然而对于探春形象的定位比较准确。对于探春而言，她维护封建秩序的一面是绝对存在的，从本质而论，她还是一个标准的封建小姐形象。但是她身上又有许多不同俗流的地方，所以乔先之先生说探春"是封建正统主义者中的开明派和改良派"。对于贾探春，我们不能一味地否定，也不能一味地肯定，她身上包含着曹雪芹对封建家庭的留恋，于是"把'补天'的希望寄托在探春身上，则把她描绘得有理想、有操守、有抱负、有才干，这样就使贾探春成了一个极为复杂、极为矛盾的人物形象"③。

探春理家，无论是开源节流还是承包到户，最终结果仍然是失败了。为什么会失败，评论者主要有这样两点看法。

第一，改革的失败是历史发展的客观规律。历史的发展总是一个从低到高的过程，此时的封建社会已经处于一个末世的状态，《红楼梦》中的贾府也因此处于风雨飘摇中。贾探春虽然有补天的聪明才智，也难以力挽狂澜，所以罗宪敏先生说："历史发展的规律是任何人都抗拒不了的，她的贵族家庭必将被旧的社会制度带向坟墓。探春理家的失败，正是宣告了陈旧的生活方式已到了无法挽救的地步，等待着它的是彻底失败。"④ 对

---

① 刘梦溪：《红楼梦新论》，中国社会科学出版社，1982年版，第127页。
② 毛保安：《曹雪芹笔下的探春》，《红楼梦学刊》1999年第3辑。
③ 刘梦溪：《红学三十年论文选编（中）》，百花文艺出版社，1984年版，第424页。
④ 罗宪敏：《〈红楼梦〉艺术美》，湖南文艺出版社，1988年版，第210~211页。

于探春的这次改革，很多学者都认为她在"逆历史的潮流而动"，所以她的失败是注定的，这也正是探春的悲剧性所在。

第二，改革的失败是实施过程中的弊端所致。探春的改革效果是有目共睹的，即兴利除弊，但问题是此时的"利弊"是谁的"利"与"弊"？成穷先生认为："无论蠲免重叠的开支，还是把园子承包给下人，尽管贾府与承包人具得其'利'，但有关主子却无利可图。"① 这是改革失败的第一个原因。承包制虽然是探春的创举，但是其中仍然存在着脆弱性。"首先，探春推行的是一种建立在主奴关系上的、以非经济为目的的假承包……其次，探春的'承包制'也缺乏必要的形式与合理的承包关系。"② 更重要的是，探春的承包制从根本上排除了经营者向所有者转化的可能，永远把经营者拒斥在染指产权的大门之外，这也就同时决定了经营者的积极性和改革的程度。综合这些原因，贾探春的改革最终会归于失败。

第四节　命运研究

对贾探春未来命运的探佚分析，研究者的重点落在了《红楼梦》的三处文本中。第一处仍然是第五回的判画、判词、判曲；第二处是第六十三回"寿怡红群芳开夜宴"时，探春抽的签；第三处是第七十回探春放凤凰风筝的情节。另外，再加一首探春所制的风筝灯谜。

首先，我们来看研究者对第五回判画、判词、判曲的分析。贾探春的判画、判词、判曲是：

> 后面又画着两人放风筝，一片大海，一只大船，船中有一女子掩面泣涕之状。也有四句写云：
>
> 才自精明志自高，生于末世运偏消。
> 清明涕送江边望，千里东风一梦遥。
> ……
>
> 〔分骨肉〕一帆风雨路三千，把骨肉家园齐来抛闪。恐哭损残年，告爹娘，休把儿悬念。自古穷通皆有定，离合岂无缘？从今分两地，

---

① 成穷：《从〈红楼梦〉看中国文化》，云南人民出版社，2005年版，第169页。
② 同上，第170~172页。

各自保平安。奴去也,莫牵连。

在曹雪芹描绘的画面中,飘摇的风筝是探春的象征之物,哭泣的女孩子正是远嫁途中的贾府三小姐,出嫁的时间应该是清明节前后。对这些基本信息的解读,研究者能达成共识,没有异议。然而对于这幅画面上的"两人放风筝",这"两人"是谁?现在主要有两种看法。

第一,认为这两个人是赵姨娘和贾环。因为赵姨娘处处和探春作对,探春也因为避讳庶出的身份而羞于提及赵姨娘,所以母女之间的矛盾越来越大,以至于赵姨娘记恨在心,后来挑唆贾环一起对探春的终身大事使坏。对于这种观点,红学界很多探佚学家都不赞同,因为赵姨娘是一个没有社会地位的妾,对于探春的婚嫁,她没有权利做主,所以更谈不上对探春命运的操控了。

第二,认为这两个人是王夫人和贾政。部分研究者认为,在那个父母之命、媒妁之言的时代,儿女的婚姻大事都是由父母做主的。所以张庆善先生等说:"放风筝的两人极可能是指贾政和王夫人。他们不是探春远嫁的设谋者,而是探春婚姻大事的决策者。"① 在贾府中能够决定探春婚姻大事的也只有这两个人。

贾探春最终的命运是远嫁成为王妃,对于这一观点,红学家梁归智先生曾经做了系统而详细的解析论证,影响广泛。这一观点似乎得到了红学界的肯定和赞同,然而其中仍然还有争论点。梁归智先生说:"按曹雪芹原意,探春的结局应该是嫁到中国以外的一个海岛小国去作王妃——这才是名符其实的'远嫁。'"② 远嫁目的是和番,就是为了国家的安定,朝廷指派一位皇室公主嫁到别的国家或地区,以便结为友好之邦,这就是所谓的海外王妃说。

对于梁归智先生的海外王妃说,有些学者认为,远嫁不一定就是海外,如果嫁到国内偏远的地方,十年八年都不能和家人见面,这难道就不是远嫁了吗?赵国栋先生认为探春远嫁海外有一点是说不通的,"'和番'必须是皇族公主,探春不是,就连被皇上收为义女的机会也不多"③。所

---

① 张庆善、刘永良:《漫说红楼》,人民文学出版社,2000年版,第113页。
② 梁归智:《红楼梦探佚》,北京师范大学出版社,2010年版,第3页。
③ 赵国栋:《红楼梦之谜》,中州古籍出版社,1998年版,第380页。

以一些学者对海外王妃说就产生了怀疑。

那么不是海外王妃，又应该是哪里的呢？张庆善先生认为是国内的某个王的妃。通过一番论证，张先生大胆推测，很有可能是《红楼梦》中的南安郡王。但是贾府和南安郡王都住在京都，就算双方嫁娶，又如何理解远嫁这个词呢？张庆善先生等给出了这样的解释："在新婚之际，夫家突遭巨变。这时元春已死，贾家势衰，回天无力，正是'也难绾系也难羁'，在无可奈何的情况下，探春含悲随夫远嫁。他们很可能是发配海疆效力，甚至竟是流放。以后的生活十分不安定，一去不归。"①

从现有的评论文章看，无论是主张海外王妃说还是主张国内王妃说，似乎双方都有不能自圆其说的地方，所以直到今日，两种观点仍然并存。但是有一点可以达成共识，探春的命运是远嫁。对于这种远离家乡的命运而言，探春会是什么样的态度呢？

从现有的判画、判词、判曲上看，一个"哭"字显得最为刺眼，言外之意，探春对于自己远嫁的命运是苦恼的，对远离家庭、远离亲人是悲痛的。然而很多评论家的理解却和判词所表达的意思大相径庭。

丁维忠先生就指出，探春的远嫁其实是一种远走高飞的喜悦。"探春在贾府的日子并不好过；到了佚稿中，贾府的'自杀自灭'和内外矛盾必将继续恶化，探春的处境与心境亦将更加'烦难'。在这种情况下，这位早就想出去'立事业'的才女，碰上远嫁出走的机会，她当然求之不得，便憋着一肚子气地从此远走高飞了。"② 对于探春远嫁的心态，梁归智先生也持这样的理解，梁先生认为，从某种程度上讲，探春的远嫁出于主动，而不是被迫。贾探春早就看到了贾府的衰败气象，"她的头脑既然如此清醒冷静，而又深感无力回天，那么，在有可能的情况下，探春是会当机立断，毅然脱离贾府，另求出路的"③。所以胡成仁先生说探春的远嫁，其实是一种幸福，因为她"没有亲眼看见贾府的没落，没有看见大观园的景色由绯艳走向凄怆的轨痕"④。

---

① 张庆善、刘永良：《漫说红楼》，人民文学出版社，2000年版，第112页。
② 丁维忠：《红楼梦：历史与美学的启思》，黑龙江教育出版社，2007年版，第309页。
③ 梁归智：《石头记探佚》，山西人民出版社，1983年版，第22页。
④ 胡成仁：《论探春——大观园中的女政客》，载吕启祥、林东海主编：《红楼梦研究稀见资料汇编》，人民文学出版社，2001年版，第1147页。

第五章 史湘云

史湘云在金陵十二钗中排行第五，她也是四大家族中史家的代表人物。在金陵十二钗中，史湘云是出场最晚的一位，直到第二十回才正式登场，出场的方式也显得极为突兀，几乎没有前期铺垫。她的亮相也异于众钗，没有外貌描写，曹雪芹只是运用她爱咬舌的生理小缺陷，轻描淡写地勾勒出她可爱、活泼、乐观的天性。对于红楼人物，读者总是褒贬不一，然而从古至今，对于史湘云这个人物，喜爱她的读者的比例远远超过了钗黛。为什么会这样？薛瑞生先生说："她既不象黛玉那样尖酸刻薄，也不象宝钗那样城府极深，妙玉的矫饰、探春的威严、迎春的木讷、惜春的孤介都和她不沾边。"[①] 这个女孩子天生一副乐天性格，别是一番风流妩媚，再加一段"是真名士自风流"的豪爽，使她紧紧抓住了读者的心。

《红楼梦》中关于史湘云的故事情节共有七处，历来的研究者又主要以"拾金麒麟""烧烤鹿肉""醉酒卧石""凹晶馆联句"为评论重点，以此展示她的性情、才学与命运。

第一节 名字涵义研究

史湘云是金陵史侯家的小姐，虽然出身高贵，但是从小没了父母，跟着叔叔婶娘生活。因为姑祖贾母的疼爱，常常接她过来在荣国府中居住，和贾宝玉算是青梅竹马了。关于史湘云名字的涵义，从现有的文献资料来看，评论者主要从四个方面做了解析。

[①] 薛瑞生：《是真名士自风流——史湘云论》，《红楼梦学刊》1996年第3辑。

第一，从字面解析。洪秋蕃先生结合湘云的性情，认为她随遇而安，如同闲云野鹤般自在，所以解释她名字的涵义为"湘上闲云，故湘云以名"①。

第二，从出处解析。在很多研究者看来，红楼人物的名字都暗藏深意，不是暗示命运，就是彰显性情，总之定有出处。寻找到名字的出处，有助于更好地分析人物形象。例如陈邦炎先生就曾指出，他一直认为"'湘云'两字可能是从姜夔《一萼红》词'荡湘云楚水，目极伤心'两句来的"②。陈先生认为，这两句诗和第五回中关于湘云的判词、判画的意境很相似，但是后来，陈邦炎先生又改变了自己的观点。他说："与其说这两字出自姜词，不如说出自史词③，因为这里还点出了湘云的姓，为'史'字也找到了娘家。"④

陈邦炎先生先后寻找到的两处出处，单就文意而言都能解释得通。虽然中国的诗词数量巨大，浩如烟海，但要在诗句中找出包含某个人物名字的字眼，并非难事。所以从陈先生的解析来看，折射出红学研究的一种趋势和弊病，只要能自圆其说、为我所用的文献皆可以成为解释《红楼梦》的资料和工具，于是便可以挥毫成文了。殊不知这样的解析早已经远离了曹雪芹的有意安排，从而得出的结论，满足的不过是自己的一厢情愿罢了。

第三，从谐音解析。谐音法可以说是研究红楼人物的万能钥匙。评论者在这一点上完全可以随心所欲。例如杜世杰先生认为："史湘云谐韵读史上云，代表历史。"⑤ 同是"史湘云"这三个字，蔡元培先生为了达到自己的影射目的，便转了一个弯来谐音。蔡先生说："史湘云，陈其年也。

---

① 洪秋蕃：《红楼梦抉隐》，载一粟编：《古典文学研究资料汇编·红楼梦卷》，中华书局，1963年版，第240页。
② 陈邦炎：《〈梅溪词〉与史湘云》，载中国社会科学院文学研究所红楼梦研究集刊编委会编：《红楼梦研究集刊·第三辑》，上海古籍出版社，1980年版，第276页。
③ 史词：它是指史达祖的《寿楼春·寻春服感念》。全诗为："裁春衫寻芳。记金刀素手，同在晴窗。几度因风残絮，照花斜阳。谁念我，今无裳？自少年、消磨疏狂。但听雨挑灯，敧床病酒，多梦睡时妆。飞花去，良宵长。有丝阑旧曲，金谱新腔。最恨湘云人散，楚兰魂伤。身是客、愁为乡。算玉箫、犹逢韦郎。近寒食人家，相思未忘蘋藻香。"
④ 陈邦炎：《〈梅溪词〉与史湘云》，载中国社会科学院文学研究所红楼梦研究集刊编委会编：《红楼梦研究集刊·第三辑》，上海古籍出版社，1980年版，第276页。
⑤ 杜世杰：《红楼梦考释》，中国文学出版社，1995年版，第266页。

其年又号迦陵,史湘云佩金麒麟,当是'其'字、'陵'字之谐音。氏以史者,其年尝以翰林院检讨纂修《明史》也。"① 如果真的按照这样的思路来解析人物,恐怕很多的历史人物都可以被谐音转化进去。

第四,从文意与典故解析。史湘云在《红楼梦》中还有一个号,叫"枕霞旧友",这是为了大观园的诗社活动而取的雅号。据书中得知,这个号的来历是因为史家曾有个亭子叫"枕霞阁",故而湘云借它一用,便有了自己的号。梁归智先生认为"枕霞旧友"包含着这样的意思:四大家族败落后(如枕霞阁之已成陈迹),湘云是宝玉的"旧友"。②

在红学界,对于湘云名字涵义的解析,说得最多的就是"湘云"二字中的典故。这两个典故中暗含着湘云的未来命运:"湘"是指湘江,这是舜的两个妃子娥皇和女英哭舜的地点;"云"是指楚云,彼此爱慕的楚怀王与巫山女神却只能在梦中相会。所以潘禾婴先生说:"湘云,如此明亮的名字却埋伏了如此黯淡的命运,快乐的湘云在封建家族的覆巢之下注定只能得到一个悲剧的结局。"③

第二节 才学研究

史湘云的才学在大观园中是出类拔萃的,但是相对于她豪爽的性情而言,研究者往往乐于把大量的笔墨用于分析她的性格,所以直接欣赏她的诗词、评析她的才学的文章就相对少得多了。

史湘云的诗才分别散落在《红楼梦》的第三十七回"海棠社"、第七十回"桃花社"、第七十六回"凹晶馆联诗"以及"芦雪庵联句"等章回中。她的代表作有三首:

咏白海棠
其一

神仙昨日降都门,种得蓝田玉一盆。
自是霜娥偏爱冷,非关倩女亦离魂。

---

① 王国维、蔡元培:《红楼梦评论·石头记索隐》,上海古籍出版社,2011年版,第80页。
② 梁归智:《石头记探佚》,山西人民出版社,1983年版,第50页。
③ 潘禾婴:《湘云散论》,《红楼梦学刊》1996年第4辑。

秋阴捧出何方雪，雨渍添来隔宿痕。
却喜诗人吟不倦，岂令寂寞度朝昏。
其二
蘅芷阶通萝薜门，也宜墙角也宜盆。
花因喜洁难寻偶，人为悲秋易断魂。
玉烛滴干风里泪，晶帘隔破月中痕。
幽情欲向嫦娥诉，无奈虚廊夜色昏。

如梦令

岂是绣绒残吐，卷起半帘香雾，纤手自拈来，空使鹃啼燕妒。且住，且住！莫使春光别去。

除开这三首诗词以外，还有散落在联诗中的经典名句"寒塘渡鹤影"。就金陵十二钗的诗才而论，钗黛似乎难分高下，然而她俩的风格迥异：一个是含蓄浑厚，一个是风流别致。就史湘云的这三首诗词而言，曹立波先生认为，除了兼得"风流"与"含蓄"以外，其中还多了一种随和、旷达，"从某种意义上说，是对钗黛诗风的'兼美'"①。

海棠社是贾探春在大观园中发起的第一次诗会，史湘云原本错过了，后来得知后竟然连作两首，并且一气呵成，可见其才思敏捷。对于这样的诗作，蔡义江先生认为，诗词本身的价值并不大，它的主要功能是充当塑造人物思想性格以及暗示人物命运的一种手段。从湘云的诗句"自是霜娥偏爱冷"而言，脂砚斋曾批语道"不脱自己将来形象"，显然此句中就暗示着湘云未来的婚姻归属。

对于史湘云的《柳絮词》，王昆仑先生认为其中包含着湘云对青春的留恋。"湘云这首小词用柳絮自比，所选的词牌是《如梦令》。她痛感这柳絮竟是'空使鹃啼燕妒'一场，但自己仍不舍得让这仅有的暮春美景轻轻逝去。"②对于这首诗作，王昆仑先生还认为，这是史湘云在情感上的一次彻底转变。在这之前，她也恋着宝玉，和林黛玉成了情敌，后来发现自己和林黛玉同样是不能决定自己命运的人，于是转变了态度，和黛玉和好如初了。

---

① 曹立波：《红楼十二钗评传》，清华大学出版社，2007年版，第80页。
② 王昆仑：《红楼梦人物论》，北京出版社，2004年版，第215页。

对于史湘云的诗才,周思源先生认为,大观园中只有林黛玉可以与之匹敌。其中有个最重要的原因,史湘云对待诗词的态度和林黛玉如出一辙,林黛玉把诗词视为生命,史湘云把诗词当成生活中的一大乐事。虽然薛宝钗的诗才也是一流,然而在宝钗心里,作诗填词本不是女孩子的正事,所以心中对于作诗是有偏见的。在大观园的诗社活动中,史湘云总是表现得积极主动。周思源先生认为:"曹雪芹如此刻意突出湘云在联诗时的'抢命'式作风,不仅仅是显示她对作诗的热爱,更重要的是她想要表现一下自己的才干,体现一下自我价值。这种意识和黛玉在元春省亲时想要'压倒众人'是同一类心理,在当时具有极大的进步性。"[①]

第三节 性情研究

史湘云的性情是历来的评论者所关注的重点,这也构成了解析史湘云必不可少的环节。在红楼人物的评论中,一直都存在着褒贬不同的两种声音,针对史湘云的评论也不例外。同一个故事一段情节,在不同的研究者笔下就会出现不同的理解和判定。纵观关于史湘云的评论文章,对其褒的声音远超过对其贬的声音。

首先,我们来梳理对史湘云性情褒奖的观点。在《红楼梦》中,作者曹雪芹给史湘云封了一个"憨"字,这是作者直截了当地表达出对史湘云可爱与活泼的肯定。关于史湘云"憨"的性情,研究者最常用的例证就是第六十二回"憨湘云醉眠芍药裀"。因为宝玉生日,大观园中众小姐丫鬟们喝酒划拳,行酒令取乐,史湘云多喝了几杯,有了醉意,于是卧躺在了一块大石头上,书中这样写道:

> 果见湘云卧于山石僻处一个石凳子上,业经香梦沉酣,四面芍药花飞了一身,满头脸衣襟上皆是红香散乱,手中的扇子在地下,也半被落花埋了,一群蜂蝶闹穰穰的围着他,又用鲛帕包了一包芍药花瓣枕着。众人看了,又是爱,又是笑,忙上来推唤挽扶。湘云口内犹作睡语说酒令,唧唧嘟嘟说:"泉香而酒冽,玉盌盛来琥珀光,直饮到梅梢月上,醉扶归,却为宜会亲友。"众人笑推他,说道:"快醒醒儿

[①] 周思源:《周思源看红楼》,长江文艺出版社,2013年版,第130页。

吃饭去，这潮凳上还睡出病来呢。"湘云慢启秋波，见了众人，低头看了一看自己，方知是醉了。原是来纳凉避静的，不觉的因多罚了两杯酒，娇嫩不胜，便睡着了，心中反觉自愧。

史湘云的这段梦话，用了欧阳修《醉翁亭记》里面的句子，用了李白《客中行》中的诗句，用了"醉扶归"的词牌名，还用了"时宪书"上的话，可见其文采飞扬。胡文彬先生认为，一杯酒成就了史湘云的万种风情，创造出了文学史上最美丽的"梦态"。这一段文字可以说形神具备，"将豪爽的'醉态'同妩媚的'睡态'及'唧唧嘟嘟'的'憨态'，完全融为一体，不仅有美妙的图像、诗的韵味、画的格调，而且突出了湘云的豪爽豁达的性格"①。王志尧先生曾说："纵观史湘云的历史，'憨'字确乎概括出了她的性格特征，'醉卧花丛'仅是其突出的一例。"②

对于史湘云的这种憨，除了胡文彬先生说的憨态可掬以外，凌解放先生还认为，这种憨是一种叛逆。因为在红楼时代，女孩子如此放纵是一种不守妇道的表现，但是史湘云敢这样做，也乐于如此行径。所以凌解放先生说："如果肯用历史的、辩证的、具体分析的眼光去看，她正是一个'水作的骨肉'的女儿，一个天真无邪，没有半点道学气的娇憨的叛逆。"③

"憨"是曹雪芹对史湘云的性格总结，除了这个字，研究者还概括了两个字，一个是"豪"，另一个是"直"。

对于史湘云性情中的豪，张庆善先生曾说："她豪中有秀气，豪得率真，豪得自然，豪得妩媚，豪得令人爱。在《红楼梦》以前，中国历史和文学中，的确有很多'豪'的形象，他们固然很了不起，但是那毕竟是清一色的男性，而在曹雪芹的笔下，却诞生了一位女性之'豪'，这更是难能可贵。"④"豪"可以说是史湘云性情中最突出的色彩。在这一点上，众多评论者都能达成观念上的统一。不仅仅是现代读者与评论者有这样的感受，可以说在《红楼梦》流传的任何一个时期，读者对"豪"的感受都是

---

① 胡文彬：《红楼梦人物谈——胡文彬论红楼梦》，文化艺术出版社，2005年版，第34页。
② 王志尧：《说'憨'论'呆'话人生——史湘云和香菱的遭际警示录》，《闽江学院学报》2002年第1期。
③ 凌解放：《史湘云是"禄蠹"吗?》，《红楼梦学刊》1981年第4辑。
④ 张庆善、刘永良：《漫说红楼》，人民文学出版社，2000年版，第81页。

不谋而合的。例如青山山农就曾说:"湘云英气勃勃,纯乎豪者也。裀药酣眠,何其豪迈;烧鹿大嚼,何其豪爽;拖青丝于枕畔,擦白臂于床沿,又何其豪放。宝玉须眉而巾帼,湘云巾帼而须眉。倘令易男子装,黄崇嘏不得独擅千古矣。至于与袭人诋宝玉、论经济尤觉豪之又豪,不可以压倒裙钗欤?"①

从现有的评论文章来看,研究者用以证明史湘云豪爽的例子,主要从她的穿衣打扮、语言风格、举手投足等方面展开。上文提到的几位评论者也都说到了史湘云的衣着打扮。在《红楼梦》第四十九回,作者这样描写史湘云的穿着:

> 一时史湘云来了,穿着贾母与他的一件貂鼠脑袋面子大毛黑灰鼠里子里外发烧大褂子,头上带着一顶挖云鹅黄片金里大红猩猩毡昭君套,又围着大貂鼠风领。黛玉先笑道:"你们瞧瞧,孙行者来了。他一般的也拿着雪褂子,故意装出个小骚达子来。"湘云笑道:"你们瞧瞧我里头打扮的。"一面说,一面脱了褂子。只见他里头穿着一件半新的靠色三镶领袖秋香色盘金五色绣龙窄褃小袖掩衿银鼠短袄,里面短短的一件水红装缎狐肷褶子,腰里紧紧束着一条蝴蝶结子长穗五色宫绦,脚下也穿着麂皮小靴,越显的蜂腰猿背,鹤势螂形。众人都笑道:"偏他只爱打扮成个小子的样儿,原比他打扮女儿更俏丽了些。"

研究者认为,作者通过对史湘云衣着打扮像男孩子的描写,体现出了她的豪爽性格。除了衣着,胡文彬先生认为,湘云的吃态,更能突出她的"豪中豪"来。史湘云的举手投足,更是随处可见她的豪爽。例如第六十三回"寿怡红群芳开夜宴",写湘云抽签的一些片段:

> 湘云忙一手夺了,掷与宝钗。
>
> 湘云笑着,揎拳掳袖的伸手掣了一根出来。
>
> 湘云笑指那自行船与黛玉看,又说"快坐上那船家去罢,别多话了。"
>
> 湘云拍手笑道:"阿弥陀佛,真真好签!"

---

① 青山山农:《红楼梦广义》,载一粟编:《古典文学研究资料汇编·红楼梦卷》,中华书局,1963年版,第211页。

胡文彬先生说，在这些片段中，曹雪芹连用了七个动词，"夺""掷""揎""掳""伸""指""拍"，把湘云旷达豪爽的个性渲染得淋漓尽致。

对于史湘云的这种豪爽，有文化基因的源头吗？二知道人曾说"史湘云纯是晋人风味"①。此处的"晋人风味"指的就是魏晋风度，类似于陶渊明式的淡定与飘逸，此说对后世研究史湘云产生了巨大的影响。魏晋风度总是以喝酒、不拘于礼法、我行我素而著称。许多学者认为，史湘云在《红楼梦》中"烧鹿大嚼""祸药酣眠"都是魏晋之风最浓郁的表现。对史湘云身上散发出来的魏晋之风，吕启祥先生曾说："首先，都以酒为触媒。晋人渴酒，成为风尚；红楼诸钗中，游宴行令，虽不离酒，但或拘于礼，或为养生，都有节制，能放怀作豪饮者，大约也只有湘云。其次，都有一种不随流俗、不顾物议、我行我素、旁若无人的气度。"②

"豪"这个字，在中国文化中主要用于形容一种气度。其中有随性、率真、不拘泥于小节之感，但是"豪"和"粗鲁""莽撞"是不能画等号的。"豪"是一个人的学识与价值观融合后散发出的个性与修养。正是如此，李少和先生论史湘云时曾说："在史湘云这位名门闺秀身上，不但有须眉的豪爽，而且兼有名士的旷达和诗人的真率。她的豪放不同于张飞、李逵式的带有粗鲁、莽撞的气质，而是嵇康、李白式的才华横溢、具有高度文学修养的精致。如果说张飞、李逵是单纯的粗犷的阳刚之美的话，那么湘云则是阳刚美与阴柔美、才情美与人品美之完美融合。"③

虽然史湘云性情中的"豪"类似于陶渊明、嵇康、李白等人，但是又与之有本质上的区别。如果说陶、嵇、李式的"豪"是感人，那么史湘云的"豪"就是动人。因为她不是一味地"豪"，而是"豪中有秀"。王维胜先生认为，史湘云给读者留下如此深刻的印象绝对不是一味地"豪"来"豪"去，她也有大家闺秀般的细腻。王先生注意到书中第三十一回，湘云给平儿等人带来绛文戒指的情节，王先生说："其用心之细、情意之密，与'纯乎豪者'判若二人，这又是人物自己在性格上的对立统一。是否可

---

① 二知道人：《红楼梦说梦》，载一粟编：《古典文学研究资料汇编·红楼梦卷》，中华书局，1963年版，第95页。
② 吕启祥：《湘云之美与魏晋风度及其它——兼谈文学批评的方法》，《红楼梦学刊》1986年第2辑。
③ 李少和：《也论史湘云》，《红楼梦学刊》1985年第3辑。

以这样说：湘云性格特征可用'豪'字道出，然其丰富的美学内容却是'岂一个"豪"字可以了得'？"① 薛瑞生先生也持同样的观点。薛先生认为史湘云的可爱，正是因为她豪中有秀。《红楼梦》中曾经三次提到史湘云女扮男装的事，在中国历史中，女扮男装古已有之，例如木兰代父从军，而史湘云女扮男装的游戏正是"突出她豪中有秀的气质与风范"②。

除了"憨"与"豪"，研究者对史湘云的性格色彩还总结了一个字，就是"直"。此处常用的例证是《红楼梦》第二十二回"听曲文宝玉悟禅机"。在这一回中，贾母为薛宝钗过生日，于是摆酒席唱戏，热闹非常。其间，一个戏子的扮相酷似林黛玉的模样，因大家知道林妹妹小气，都不愿意直说，谁知道史湘云心直口快说了出来，于是引起了一连串的口舌风波。脂砚斋在此批语道："口直心快，无有不可说之事。"这几个字概括了湘云的"直"。

以上所梳理的是评论者对史湘云性情"褒"的一面。

其次来梳理译论者对史相云性情贬斥的观点。同样是这些情节和语言，一些研究者却看出了史湘云虚假、病态、势利的一面。例如上面所提到的第二十二回，因为史湘云心直口快说出了戏子扮相像林黛玉，从而惹恼了林妹妹，贾宝玉立即给湘云使眼色，让她别说了，书中这样写道：

> 晚间，湘云更衣时，便命翠缕把衣包打开收拾，都包了起来。翠缕道："忙什么，等去的日子再包不迟。"湘云道："明儿一早就走。在这里作么？——看人家的鼻子眼睛，什么意思！"宝玉听了这话，忙赶近前拉他说道："好妹妹，你错怪了我。林妹妹是个多心的人。别人分明知道，不肯说出来，也皆因怕他恼。谁知你不防头就说了出来，他岂不恼你。我是怕你得罪了他，所以才使眼色。你这会子恼我，不但辜负了我，而且反倒委屈了我。若是别人，那怕他得罪了十个人，与我何干呢。"湘云摔手道："你那花言巧语别哄我。我也原不如你林妹妹，别人说他，拿他取笑都使得，只我说了就有不是。我原不配说他。他是小姐主子，我是奴才丫头，得罪了他，使不得！"宝玉急的说道："我倒是为你，反为出不是来了。我要有外心，立刻就

---

① 王维胜：《云姿鹤影意态殊——论史湘云》，《红楼梦学刊》1987年第1辑。
② 薛瑞生：《是真名士自风流——史湘云论》，《红楼梦学刊》1996年第3辑。

化成灰,叫万人践踹!"湘云道:"大正月里,少信嘴胡说。这些没要紧的恶誓、散话、歪话,说给那些小性儿、行动爱恼的人,会辖治你的人听去!别叫我啐你。"说着,一径至贾母里间,忿忿的躺着去了。

同一段情节,有些评论者看到的是史湘云的直爽,有些评论者看到的却是她火爆的脾气。例如佚名氏就说:"真如一块暴炭,不独面叱宝玉,且将无辜之黛玉骂了许多,还说黛玉是'小性儿、行动爱恼人、会辖治人'。真是丈八灯台,照见人家,照不见自己。"①

史湘云第二十回才正式登场,第二十二回就和林黛玉闹矛盾,为什么会这样?陈其泰认为,这是史湘云妒忌林黛玉的缘故,因为此时的湘云也恋着宝玉,但后来察觉到宝黛二人相爱深厚,"湘云则明知宝玉情不可移,故索性直言唐突,以发其心中之不快而已"②。

对于前面评论者所总结的关于史湘云的性情与魏晋风度等,持"贬"态度的学者认为,那都是虚伪作假与性格的病态所致。何以见得是作假了?佟雪先生认为,史湘云在自己家里,因为没有父母疼爱,只有在贾府才能暂时得到关心,"正因为这种满足是暂时的,更使她觉得分外可贵,一旦得到,便表现得欣喜若狂。所谓'今朝有酒今朝醉',那种士大夫阶级的没落感情,在史湘云身上便充分表露出来了。她的放浪诗酒,正是她精神空虚的一种寄托"③。所以佟雪先生断定,史湘云一旦离开贾府,她的狂热与豪爽就会随之消失,这种精神状态正是四大家族世风日下、经济没落的延伸表现。

唐明文先生说,史湘云是不幸的,但她所表现出来的旷达、直爽其实是一种病态心理。她从小得不到关爱,"她用傲世的态度来报复现实,同时又在报复自己。她在表面上越来越旷达、穿异服、吃异食、惊言骇俗、游戏人生,但内心的病态也越来越沉重"④。她最终的命运也就可想而知了。

---

① 佚名氏:《读红楼梦随笔》,载一粟编:《古典文学研究资料汇编·红楼梦卷》,中华书局,1963年版,第159页。

② 陈其泰评,刘操南辑:《桐花凤阁评〈红楼梦〉辑录》,天津人民出版社,1981年版,第129页。

③ 佟雪:《红楼梦人物论》,江西人民出版社,1978年版,第141~143页。

④ 唐明文:《古今茫茫同此恨——读〈红楼梦〉小记》,百花文艺出版社,1992年版,第57页。

对于史湘云的性格色彩，无论持什么样的观点，褒也好，贬也罢，都只是对她的言谈举止作了一种推断而已，史湘云身上为什么会出现所谓的"直""憨""豪"呢？总结起来主要有三种说法。

第一，史湘云属于男性化性格。王意如先生就曾指出，史湘云在书中所表现出来的宽宏大量、豪爽旷达等都是男性化性格的外部信号。所以在评析史湘云时，这种性情"应纳入心理学范畴，是个个性问题；而不应纳入道德学范畴。若从道德的角度夸奖史湘云'大量'，只恐怕未必完全符合事实呢"[①]。

第二，史湘云永远具有一种童心。一些评论者认为，史湘云在《红楼梦》中所表现出来的天真烂漫，归根结底是她有一颗明朗的童心。刘上生先生认为，史湘云的这颗童心与贾宝玉一样，"这里既有曹雪芹欣赏的魏晋风度（个性解放）的投影，又有他所憧憬的理想人性内容"[②]。

对于这种童心说，其实质就是指史湘云对人情世故还处在懂与非懂之间。梅苑先生认为，薛宝钗属于太懂事的一类，林黛玉属于不懂事的一类，而史湘云刚好处于她们二人之间，正因为这样，"她保全纯真的特色，又能不流于世俗的虚套中"[③]，所以相当可爱。持这种观点的研究者还有吴晓南先生。吴先生认为，史湘云的天真活泼，直言快语，以及烧烤、嬉闹都是"她保持了她孩提的天性"[④]的表现。

第三，史湘云有着乐天性。在《红楼梦》中，史湘云和林黛玉的身世很相似，然而两个人的性格却是两个不同的极端——一悲一乐。刘宏彬先生认为，史湘云之所以令人喜爱，就是"她的鲜明性格特点，可用一个'乐'字来概括"[⑤]。当然，史湘云的"乐"仍然有着"悲"的成分，所以范秀萍先生说："曹雪芹题史湘云的曲子名'乐中悲'，讲的是史湘云的结局。就其性格来说，毋宁说是'悲中乐'。"[⑥]

[①] 王意如：《四大名著百话》，汉语大词典出版社，2004年版，第175页。
[②] 刘上生：《走近曹雪芹——红楼梦心理新诠》，湖南师范大学出版社，1997年版，第280~281页。
[③] 梅苑：《红楼梦的重要女性》，台湾商务印书馆股份有限公司，1993年版，第120页。
[④] 吴晓南：《"钗黛合一"新论——〈红楼梦〉主要人物结构关系研究》，广东人民出版社，1985年版，第26页。
[⑤] 刘宏彬：《金陵十二钗中六对人物形象的矛盾组合》，《红楼梦学刊》1990年第4辑。
[⑥] 范秀萍：《"霁月风光耀玉堂"——史湘云形象新探》，载中国社会科学院文学研究所红楼梦研究集刊编委会编：《红楼梦研究集刊·第十一辑》，上海古籍出版社，1983年版，第206页。

第四节　结局研究

　　红学界对史湘云的研究，除了她的性情以外，还有一个重点，就是她未来的命运与结局。很多研究者对高鹗续书中的史湘云都不大满意，认为其形象干瘪、结局粗糙。在高续的后四十回中，史湘云几乎消失了，只是在一百零六、一百零九、一百一十八回中以旁人的话语提到史湘云的情况，说她嫁给了一个为人和平、文采又好的姑爷，可惜好日子不长，这位姑爷暴病身亡了，史湘云便立志守寡，连贾母病危也没有来荣国府探视。许多红楼评论家对这样的安排自然不会满意，于是便纷纷寻找线索，极力勾勒史湘云的最终结局。

　　关于史湘云未来命运的探析，研究者讨论的中心是她嫁给了谁？一切的论证、辨析都指向这个中心议题。从现有的资料来看，史湘云嫁给了谁，主要有三种观点，第一是嫁给了贾宝玉，第二是嫁给了卫若兰，第三是终身不嫁、孤独终老，对于这三种观点，我们将一一梳理。

　　观点一，史湘云嫁给了贾宝玉。

　　这一观点古来有之，早在清代甫塘逸士《续阅微草堂笔记》就记载："《红楼梦》一书，脍炙人口，吾辈尤喜阅之。然自百回以后，脱枝失节，终非一人手笔。戴君诚甫，曾见一旧时真本，八十回之后，皆不与今同。荣、宁籍没后，均极萧条；宝钗亦早卒；宝玉无以作家，至沦于击柝之流；史湘云则为乞丐，后乃与宝玉成夫妇，故书中回目，有'因麒麟伏白首双星'之言也。"[①] 从这段叙文中看，史湘云嫁给贾宝玉是已有的情节。但这也只是资料，到如今谁也没有见过这样的本子，于是很多学者为了论证这样的观点，就在《红楼梦》原文中寻找依据。按照红楼人物探佚的研究规律看，探索人物命运的依据主要集中在第五回的判词中，然而史湘云却是一个例外，研究者把讨论的重点落到了"因麒麟伏白首双星"这句回目上。

　　如果说"史湘云嫁给贾宝玉"曾经还只是一家之言的话，那么真正把

---

① 甫塘逸士：《续阅微草堂笔记》，载一粟编：《古典文学研究资料汇编·红楼梦卷》，中华书局，1963 年版，第 395~396 页。

这一观点推向大众的人是红学大家周汝昌先生。周先生在其代表著作《红楼梦新证》中这样说道：

> 我们可以推测，湘云系因此①而流落入于卫若兰家。当她忽然看见若兰的麒麟，大惊，认准即是宝玉之旧物后，伤心落泪，事为若兰所怪异，追询之下，这才知道她是宝玉的表妹，不禁骇然！于是遂极力访求宝玉的下落。最后，大约是因冯紫英之力，终于寻到，于是二人遂将湘云送到可以与宝玉相见之处，使其兄妹竟得于百状坎坷艰难之后重告会合。这时宝玉只身（因宝钗亦卒），并且经历了空门（并不能真正"空诸"一切）撒手的滋味，重会湘云，彼此无依，遂经卫、冯好意撮合，将他二人结为患难中的夫妻。——这应该就是"因麒麟伏白首双星"一则回目的意义和本事。②

红楼探佚学家梁归智先生，本着周汝昌先生的这一观点，在其《石头记探佚》中又做了新的论据补充，分别从第五回的判词、第三十四回林黛玉的手帕题诗等文字入手，得出"黛玉与湘云先后与宝玉发生过情爱关系，她们两个人是宝玉的娥皇和女英"③。

对于史湘云最后嫁给贾宝玉的这种学术观点，在得以广泛流传的同时又遭到了很多学者的质疑。例如吴世昌、郁永奎、徐乃为、梅节、朱彤等先生都表示此观点有不能自圆其说的死结。其中，朱彤先生反驳的三点最具代表性。朱先生认为，史湘云要嫁给贾宝玉首先要满足的条件是薛宝钗早亡，只有这样，贾宝玉才有续弦的机会，但是曹雪芹在前八十回中并没有透露出任何关于薛宝钗早亡的迹象，反而留有多处贾宝玉悬崖撒手，出家当和尚之后，薛宝钗独守空闺的暗示，所以这是史湘云与贾宝玉不可能结合的第一个原因。第二个原因，从曹雪芹的创作思路来看，贾宝玉最后采取了封建阶级无法理解的决绝行动，出家断绝红尘了。如果后面的稿子出现贾宝玉留恋人间，重回尘世，这已经从根本上违背了曹雪芹的创作思路与逻辑。第三个原因，史湘云的思想性格与价值观仍然受封建濡染很

---

① 因此：指苏州织造李煦家被抄没，家人、奴仆或买或入官。曹雪芹的表妹，就是史湘云的生活原型也就因此流落。
② 周汝昌：《红楼梦新证》，人民文学出版社，1976年版，第921页。
③ 梁归智：《石头记探佚》，山西人民出版社，1983年版，第29页。

深,而贾宝玉却越来越离经叛道。"贾宝玉是叛逆到底的,最终也没有回头,'改邪归正';史湘云的性格在前八十回中也看不出有什么根本转化的端倪。试想,这么两个对世界和人生具有根本对立看法的人,作者怎么可能违背人物性格逻辑的制约,让他们晚年好合,'结为患难中的夫妻'?!"①

观点二,史湘云嫁给了卫若兰。

卫若兰这个人物在《红楼梦》前八十回中,仅仅以人物符号的形式出现在第十四回秦可卿的送殡队伍中,那么持"史湘云嫁给卫若兰"这一观点的学者是根据什么来推断的呢?主要是脂砚斋批语的提示。在庚辰本第三十一回,有这样一条批语:

> 后数十回若兰在射圃所佩之麒麟,正此麒麟也。提纲伏于此回中,所谓草蛇灰线,在千里之外。

在甲戌本第二十六回,又有一条批语:

> 惜若兰射圃文字迷失无稿,叹叹。

根据这些批语,朱彤先生说:"由此可知,第三十一回贾宝玉遗失被史湘云拾到的金麒麟,在曹雪芹已经写出但不幸'迷失'的后面的稿中,不知通过何种具体的周折,落到了一个叫卫若兰(曾出现于第十四回)的贵公子手中,似预示史湘云后来与卫某结为婚姻。"②朱先生还指出,回目中"伏"的内容,大概是史湘云跟她的丈夫结婚后,因为某种变故而离异,一直到老,就像神话传说中的牛郎织女一样,只能隔银河相望,这就是所谓"双星"暗示的情形。

有了"双星"和"麒麟"的故事,又如何解释脂批中"提纲伏于此回中"这句话呢?朱彤先生进一步解释说,那只雄麒麟,原本在贾宝玉手中,后来丢失在了大观园,被史湘云和翠缕拾得,又还给了贾宝玉,于是这一雌一雄的金麒麟在书中就有了一次短暂的聚合,很快又分开。这种情节正是史湘云和卫若兰婚姻聚散的"谶式"。"分—合—分,正象征着后来史湘云与她的丈夫卫若兰的聚散关系。"③

---

① 朱彤:《释"白首双星"——关于史湘云的结局》,《红楼梦学刊》1979年第1辑。
② 同上。
③ 同上。

持"史湘云嫁给卫若兰"这一观点的评论者也不在少数,而且其存在的方式是建立在反驳"史湘云嫁给贾宝玉"的观点之上的。梅节先生就说过,如果史湘云嫁给了贾宝玉,就完全歪曲了《红楼梦》。不管有意无意,这种做法实际上把《红楼梦》的悲剧结局,在一定程度上修改为喜剧的结局。①

反驳"宝湘结合"的观点,双方的争辩主要集中在两点上,一是"双星",二是"麒麟"。坚持"史湘云嫁给贾宝玉"一方的学者认为,"双星"是指夫妻白头偕老,和谐美满。坚持"史湘云嫁给卫若兰"一方的学者认为,"双星"是指牛郎织女的典故,夫妻二人各据天河两岸,难得相聚。

关于"麒麟",周汝昌先生认为,这是"金玉良缘"中"金"的真实指向。我们普通读者认为金玉良缘中的"金"是指薛宝钗的金锁,而周先生为了证明史湘云最后嫁给了贾宝玉,便论证出这个"金"是指"麒麟"。反对"宝湘结合"的一方当然不会同意这种说法。徐乃为先生就曾撰文反驳,说周汝昌先生的这种说法完全站不住脚。徐先生运用了一条脂批作为反驳的依据,在《红楼梦》第三十一回,有脂批写道:

  金玉姻缘已定,又写一金麒麟,是间色法也。何翠儿为其所感?故翠儿谓情情。

在这条脂批中就明确地提到"金玉姻缘"是已定的事实,所以徐乃为先生总结说:"史湘云的婚恋对象只能是卫若兰。"②

对于这条脂批,持"宝湘结合"观点的梁归智先生这样解释:"'间色法'是绘画上的一种技法,在底色上再上一层颜色,这里借用来说明玉钗的金玉姻缘和宝湘的麒麟姻缘交错的写作法。正是由于宝钗和湘云的婚姻对象都是宝玉,'间色法'才比喻得十分恰当。如果是宝玉和宝钗的金玉姻缘与湘云和卫若兰的金麒麟姻缘相对照,那么用'间色法'这个比喻就有点勉强,并不贴切。两件互不发生关系的婚姻,仅仅是由于都是金锁、通灵宝玉、金麒麟这些饰品为媒介,就可以称作'间色法'吗?"③ 所以

---

  ① 梅节:《史湘云结局探索》,载香港《文汇报》1979年6月28日、7月25日、7月31日、8月9日、8月17日。
  ② 徐乃为:《宝玉湘云不结合论——兼论湘云的角色地位》,《海南师院学报》1994年第3期。
  ③ 梁归智:《红楼梦探佚》,北京师范大学出版社,2010年版,第27页。

最后梁先生再次重申，脂批中的"间色法"是说宝钗和湘云由于分别有金锁和金麒麟而和宝玉发生婚姻关系。

观点三，史湘云终身不嫁、孤独终老。

持这一观点的学者，其数量远少于持前两种观点的人，不过在史湘云的结局方案中也算一说。例如沉舟先生考释道："从书中的暗示和湘云的个性分析，我认为湘云未来命运是孤独地生活，既无湘卫结合之事，也没有宝湘结合之说。但她有所爱，而且正是这种爱不能实现，才给她带来了人生中最大的悲剧。"① 赞同这种观点的学者有张良皋、吴少平等先生。

吴少平先生从《红楼梦》第五回的判词，史湘云所做的诗句，以及脂砚斋的批语等三个方面论证了这一观点。吴先生认为曲文《乐中悲》最能准确、直接、集中地体现作者的创作意图。无论是"才貌仙郎"还是"地久天长"都只是史湘云生命中的愿望，它像梦一样始终未能实现。所以吴少平先生最后得出史湘云"从未经历过实际的夫妻生活。三十一、三十二回写湘云议婚、定亲，即表明其婚姻关系正式确定，不料，'大喜'过后，大悲接踵而至，未婚夫（非卫若兰）染病亡故，她以处女之身寡居终老"②。

既然史湘云是孤独终老的结局，那么红学界争论的"因麒麟伏白首双星"又怎么解释呢？张良皋先生认为，"金麒麟"完全是史湘云的婶娘策划的阴谋，她买通了清虚观的张道士，于是才有了送金麒麟的闹剧。史家的二婶娘极力想让史湘云嫁给贾宝玉，于是在其中暗箱设计撮合，谁知道"史鼐迁委了外省大员"，史家的二婶娘被带到任上，于是"湘云的婚事就这么搁下来了，或者用小说家的语言：'伏'下来了。二婶不再过问下文，小说却还有下文。这就是仿佛神秘的'因麒麟伏白首双星'的源源本本"③。

探析金陵十二钗的结局，原本属于探佚学的范畴，然而红楼人物评论往往会涉及此项，久而久之，推断红楼人物的最终归属便构成了红楼人物

---

① 沉舟：《试论湘云结局》，《红楼梦学刊》1985年第3辑。
② 吴少平：《"因麒麟伏白首双星"解——兼论史湘云的结局及其他》，《红楼梦学刊》1994年第1辑。
③ 张良皋：《论史湘云之终身不嫁（上）》，载中国社会科学院文学研究所红楼梦研究集刊编委会编：《红楼梦研究集刊·第十三辑》，上海古籍出版社，1986年版，第151页。

评论的重要一环。无论是金陵十二钗还是《红楼梦》中的其他人物，命运和归属虽然千差万别，但是有一种背景氛围却是一样的，那就是悲剧。正如吕启祥先生说：“《红楼梦》中，不论贵为皇妃，还是贱为奴隶；无论愤世嫉俗，还是恪守礼教；无论蹈身槛外，还是顺天认命；无论温和静淑，还是旷达不羁，最终都逃不脱悲剧的结局。"① 正因为如此，在不同之中又趋于大同，才能让整个错综复杂的情节和谐统一。

无论史湘云最后嫁给谁，她的悲剧命运都是注定的。然而有评论者注意到，史湘云的这种人生悲剧和十二钗中的其他人似乎不大一样。在十二钗的命运中，多数都是由自己的性格注定的，而史湘云的悲剧不是性格造成的，而是真正的命运悲剧，换句话说即上天注定的宿命悲剧。薛瑞生先生认为：“史湘云的悲剧是命运的悲剧，而不是性格的悲剧，甚至也和封建礼教无关。"② 因为史湘云既不是封建礼教的坚守者，也不是传统道德的叛逆者，所以从这个角度看，史湘云的悲剧在十二钗中非常独特。

第五节　文学意义研究

关于曹雪芹笔下的史湘云，其文学意义是什么？评论者的理解主要有三个方面。

第一，表达出作者对美的理解。曹雪芹以率真、自然为创作手法，从而塑造了史湘云这个艺术形象，得到了读者的喜爱与肯定。所以从史湘云这个人物形象上，我们能看到曹雪芹本着中国传统美学的真善美思想，鄙视了修饰与虚伪，肯定了率真与自然。

第二，作者对史湘云的刻画，展现出现代文学的反叛气息。史湘云的命运虽然没有逃脱悲剧的底色，但是其所呈现出的颜色并非悲观主义的色调，因为作者在塑造这个人物的时候，笔触不是指向存在中的虚无。所以孙虹先生说："鲜丽、晶莹、典雅的湘云是作者心目中维纳斯，他以湘云艺术化的完美对世界中流逝和未完成的东西进行反抗，也就是对没有正义

---

① 吕启祥：《豪兴·隽才·厄运——谈谈〈红楼梦〉中的史湘云》，载吕启祥：《红楼梦会心录》，贯雅文化事业有限公司，1992年版，第83页。

② 薛瑞生：《是真名士自风流——史湘云论》，《红楼梦学刊》1996年第3辑。

的世界本质上反人道反诗意的反抗;并试图给世界以另一种形式。"① 这就是史湘云的魅力与可爱,也同时构成了她的文学意义。

  第三,作者借史湘云这个人物形象,从侧面突出主人公贾宝玉的叛逆性。这种理解算是红楼人物评论中的老生常谈了。本着社会历史的方法给人物定调从而解析人物形象,虽然这种评论方法是不可缺少的文学评论的组成部分,但是如果离开了艺术赏析的纯正趣味和对审美对象的整体把握,在分析的过程中就容易走向偏颇。所以吕启祥先生曾经呼吁,文学评论应该由多视角、多途径切入,只有这样才能发现和挖掘《红楼梦》的魅力。

---

① 孙虹:《史湘云形象的反叛荒诞意识》,《红楼梦学刊》1998年第3辑。

第六章　妙　玉

在金陵十二钗中，妙玉的身份最为特殊，特殊之处有三点：第一，她是带发修行的尼姑；第二，她在没有来到大观园栊翠庵之前，和贾府没有一丝瓜葛；第三，这样一位出家之人竟然能位列金陵十二钗正册第六位。在《红楼梦》前八十回里，曹雪芹对她用了一次图解式的"词曲画"描写，两次正面描写，三次侧面描写。从文本来看，虽然曹公惜墨如金，但是古往今来的红楼研究者对妙玉的评析却是长篇大论，焦点主要集中在妙玉的名义、身份、才学、性情、结局、影射及其他等七个方面。

第一节　名字涵义研究

"妙玉"是她的法名，其真实姓名已经失落无考了。从现有的文献资料来看，很少有专门针对"妙玉"之名做系统研究的，偶尔能看到一些解释，大多是望文生义。翟胜健先生曾经说："曹雪芹所拟'妙玉'之名，重在一个'妙'字。在'妙'字的众多释义中，又主要取'玄妙'之义。"[①] 翟先生认为"玄妙"来自妙玉的聪慧、才情、性格、气质以及待人接物的举手投足，这一切都异于常人，所以玄妙。而妙玉的"妙"字源于何处呢？张晓琦先生在《红楼谜话》一书中指出，这个"妙"源于老子的《道德经》，直接选自第一章："道可道，非常道；名可名，非常名。无名，天地之始；有名，万物之母。故常无欲，以观其妙；常有欲，以观其徼。此两者同出而异名，同谓之玄，玄之又玄，

---

① 翟胜健：《〈红楼梦〉人物姓名之谜》，学海出版社，2003年版，第80页。

众妙之门。"

《红楼梦》中的人名大多都有谐音，换言之，人名的意义往往在谐音中体现出来，最典型的例子就是甄士隐，谐音为"真事隐"。那么妙玉有谐音吗？李劼先生认为妙玉的谐音为"藐玉"。李劼先生说："妙玉的意义仅止于其命名的谐音藐玉，亦即对情爱的不屑一顾。"①

"玉"这个字在《红楼梦》中是比较特殊的，作者曹雪芹不会轻易给予。很多学者都注意到了这一点，所以葛鑫先生认为："'玉'在曹雪芹的心目中，无疑是高贵品质的代名词，妙玉以'玉'为名正是人性冰清玉洁的象征。"② 著名作家白先勇先生也曾经撰文加以解释并指出，妙玉和贾宝玉在名字中都有"玉"字，他们之间存在着一种佛缘。

《红楼梦》大观园中有三玉——宝玉、黛玉、妙玉。红学家常常把这三玉放在一起对比、研究。清代学者哈斯宝在《新译红楼梦》的回批中写道："（曹雪芹）写出一个性情怪僻的宝玉，又写出了一个性情怪僻的黛玉，已经是奇，却又慢慢研墨蘸笔，还写出了一个性情绝怪的妙玉。……因为那两玉一个是'宝'，一个是'带'……，又写出一个'妙玉'，使那条'宝带'生辉。"③ 冯子礼先生亦认为："从作者给人物命名的特点看，曹雪芹应当是经过精心考虑的。他们（宝玉、黛玉、妙玉）应属于同一类的典型。"④

第二节　身份研究

妙玉的身份，在《红楼梦》中是通过两次侧面描写介绍出来的。第一次在书中第十八回，为了元春省亲，在大观园设立了寺庙，并且聘买了小尼姑，以供贵妃游兴。经过林之孝家的介绍说：

> "外有一个带发修行的，本是苏州人氏，祖上也是读书仕宦之家。因生了这位姑娘自小多病，买了许多替身儿皆不中用，到底这位姑娘

---

① 李劼：《历史文化的全息图像——论〈红楼梦〉》，知识出版社，1995年版，第111页。
② 葛鑫：《从玉、梅、茶三方面谈妙玉形象塑造》，《湖北民族学院学报（哲学社会科学版）》2005年第6期。
③ 哈斯宝：《〈新译红楼梦〉回批》，内蒙古人民出版社，1979年版，第112页。
④ 冯子礼：《妙玉的环境与妙玉的性格》，《红楼梦学刊》1983年第4辑。

亲自入了空门，方才好了，所以带发修行，今年才十八岁，法名妙玉。如今父母俱已亡故，身边只有两个老嬷嬷，一个小丫头伏侍。文墨也极通，经文也不用学了，模样儿又极好。因听见'长安'都中有观音遗迹并贝叶遗文，去岁随了师父上来，现在西门外牟尼院住着。他师父极精演先天神数，于去冬圆寂了。妙玉本欲扶灵回乡的，他师父临寂遗言，说他'衣食起居不宜回乡。在此静居，后来自然有你的结果'。所以他竟未回乡。"王夫人不等回完，便说："既这样，我们何不接了他来。"林之孝家的回道："请他，他说'侯门公府，必以贵势压人，我再不去的。'"王夫人笑道："他既是官宦小姐，自然骄傲些，就下个帖子请他何妨。"林之孝家的答应了出去，命书启相公写请帖去请妙玉。

对妙玉的第二次介绍是在书中的第六十三回，贾宝玉过生日，妙玉送了一张帖子叩祝寿辰，因为落款是"槛外人"，贾宝玉不知道如何回帖，准备去找林黛玉，在路上碰巧遇见了邢岫烟，作者借邢岫烟之口介绍道：

> 我和他（妙玉）做过十年的邻居，只一墙之隔。他在蟠香寺修炼，我家原寒素，赁的是他庙里的房子，住了十年，无事到他庙里去作伴。我所认的字都是承他所授。我和他又是贫贱之交，又有半师之分。因我们投亲去了，闻得他因不合时宜，权势不容，竟投到这里来。如今又天缘凑合，我们得遇，旧情竟未易。承他青目，更胜当日。

《红楼梦》中除了这两处对妙玉身世的模糊介绍以外再无别的了。曹雪芹如此行文引起了红学家们的兴趣，于是纷纷猜测妙玉的家世背景，以及出家的根由，讨论主要集中在以下四个方面。

一、妙玉为什么要出家

通观《红楼梦》文本，你会发现金陵十二钗中，有两位出家人，一个是已经出家的妙玉，另一个是将会出家的贾惜春。从书中的故事情节来看，二者的出家有着本质性的差别。惜春的出家是自觉自愿，是真正的看破，而妙玉的出家是情非得已，被迫无奈。正因为如此，惜春和妙玉的生活轨迹与性格轨迹完全相反。薛瑞生先生说："妙玉是身在佛门，心向红尘，最后不得不走向红尘；惜春是身在红尘，心向佛门，最后不得不走向佛门。一个勇敢地走了出来，一个忧伤地走了进去，却都是一场哀感顽艳的悲剧。"① 妙玉的出家既然是被迫无奈，那么原因究竟是什么呢？主要有三种说法。

首先是"身体多病"说。持这种观点的研究者主要的依据是《红楼梦》原文，在林之孝家的介绍中就明白无误地说了妙玉"自小多病，买了许多替身儿皆不中用，到底这位姑娘亲自入了空门，方才好了"。所以根据这一点，李希凡先生认为："妙玉出家并非是自己看破红尘，而是因自幼体弱多病，无奈才进入佛门带发修行的。"② 周思源先生也有相同的判断，指出"带发修行"就是最好的证明，并且这也是妙玉古怪脾气的根由。"因此妙玉实际上不是一个真正完整意义上的尼姑，她始终没有将自己的心完全交给佛门。"③

其次是"政治原因"说。宋鸿文先生认为，妙玉因为自幼多病而进入空门是曹雪芹使用的障眼法，因为作者根本就不迷信皈依佛门就能脱离苦海的说法。妙玉出家的真正原因是家族在政治上"犯了罪""坏了事"。邢岫烟的"因不合时宜，权势不容，竟投到这里来"道出了真情。宋鸿文先生为什么会有这样的判断，他是根据康雍乾三朝以及曹雪芹家族的真实历史来分析的。宋先生指出："曹雪芹家遭受了抄没的灾难，他对抄没的印象自然极深，他忍受这种政治暴力凌虐的耻辱与痛苦，如果不在《红楼梦》里千方百计或隐或现地着意留下这一历史印记和惨痛的斑斑血泪，那几乎是不可想象的。"④ 所以妙玉便成了曹雪芹展示自己家族命运的典型形象。

再次是"宗教文化"说。对于妙玉出家的原因，无论持哪种说法，都有一个共同点，那就是"被迫"。妙玉何时出家，已经无法在书中考证出一个确切的日期。然而从邢岫烟的话语中，我们能得知，妙玉在蟠香寺已经住了十多年，她于十七八岁进入长安。这样反推回去，可知妙玉在七八

---

① 薛瑞生：《恼人最是戒珠圆——妙玉论》，《红楼梦学刊》1997年第1辑。
② 李希凡、李萌：《传神文笔足千秋——〈红楼梦〉人物谈》，文化艺术出版社，2006年版，第258页。
③ 周思源：《周思源看红楼》，长江文艺出版社，2013年版，第149页。
④ 宋鸿文：《论妙玉的悲剧》，《红楼梦学刊》1985年第1辑。

岁就出家了，小小年纪就去陪伴青灯古佛，比起半道出家的人更觉悲凉。薛瑞生先生认为："这种悲凉的制造者，却不是狠心的父母，而是封建的宗教文化。在寺庙林立的宗教文化氛围里，因自小多病而入佛门者岂止妙玉一人，妙玉充其量不过是一个典型的代表。"①

持"宗教文化"说观点的还有潘忠荣、李传龙二位先生。潘先生认为曹雪芹通过塑造妙玉这一形象，揭露的是"封建宗教制度对青年男女的戕害，否定了遁入空门的道路"②。在清代，宗教势力主要有两种，一种是佛教势力，一种是道教势力，民间流传着很多封建宗教迷信的思想，例如买一个替身，为你出家修行，所有的修行功德就会转移到你身上。《红楼梦》中的张道士就是贾宝玉爷爷的替身。如果孩子久病不治，有一个办法就是遁入空门以消此灾。李传龙先生认为，妙玉的出家是佛教迷信势力的逼迫，不仅妙玉本人不愿意，连同她的父母也是无可奈何的。李先生说："按照佛教迷信的说法，这就是妙玉命中有灾；必须让她舍身出家为尼，才能消灾。她祖上是仕宦之家，有的是钱，因舍不得让她出家，就买了许多替身。在买了许多替身仍不中用的情况下，她家里人才不得不让她亲自出家。这表明，妙玉出家的根本因素，就是佛教迷信势力所逼。"③

二、妙玉的家世背景

在林之孝家的介绍中，我们得知妙玉"本是苏州人氏，祖上也是读书仕宦之家"。其实这句话已经把妙玉的家世背景说清楚了，妙玉就是一个官宦之家的小姐。然而在红学家眼里，一切都没有那么简单，这是红学界考证派惯用的思维方式。对于妙玉家世背景的讨论主要集中在以下两点。

首先是妙玉的身份高贵。从哪些地方能看出来她的身份高贵呢？曹立波先生认为至少有四点。一是带发修行，这种方式是要给寺院一笔相当高的费用的，而且出家地点是苏州的玄墓山蟠香寺，属于名山宝刹，不是一般人能够随便进出的。二是出家之后，她仍然有老嬷嬷、丫头服侍。投奔的师傅因"精通先天神数"而闻名于世，而且师傅对妙玉另眼相待，体现出她的身份高贵。三是妙玉进入大观园是王夫人下帖子"请"来的。四是

---

① 薛瑞生：《恼人最是戒珠圆——妙玉论》，《红楼梦学刊》1997年第1辑。
② 潘忠荣：《云空未必空——妙玉形象意义浅论》，《红楼梦学刊》1983年第4辑。
③ 李传龙：《曹雪芹美学思想》，陕西人民教育出版社，1987年版，第191页。

生活雅致，日常使用的器皿都是稀世珍宝。所以"显出她身世不凡，骄傲之气不比常人"①。

妙玉的身份到底高贵到什么程度？说法不一。有些学者认为她的家庭背景至少和贾府类似，有些学者认为比贾府还要高。张锦池先生在分析了《红楼梦》第五回妙玉的判词后认为，"可怜金玉质"中的"金玉质"三字非常重要，用此三字来比喻人的身世"在我国封建社会中是一种极尊贵的称谓，一般多用于皇族子孙或宗室成员"②。曹雪芹用以比喻妙玉，其中深意耐人寻味。张先生又用公府小姐贾迎春、贾惜春的判词作对比，并认为像贾府这样的皇亲国戚，其小姐都只能用"金闺花柳质""绣户侯门女"比喻，可见"妙玉的家世即便不是宗室之属，也不会低于四大家族。正因为如此，所以妙玉名分上是栊翠庵中的住持尼，实际上是大观园里的'客卿'，故而谁也不去开罪她"③。

此外是妙玉随身携带的古玩奇珍。《红楼梦》第四十一回，妙玉在请"宝黛钗"三人品茶的时候"秀"了一把自己的古董。书中这样写道：

> 又见妙玉另拿出两只杯来。一个旁边有一耳，杯上镌着"瓠瓟斝"三个隶字，后有一行小真字是"晋王恺珍玩"，又有"宋元丰五年四月眉山苏轼见于秘府"一行小字。妙玉便斟了一斝，递与宝钗。那一只形似钵而小，也有三个垂珠篆字，镌着"点犀盉"。妙玉斟了一盉与黛玉。仍将前番自己常日吃茶的那只绿玉斗来斟与宝玉。

这三样古玩历来最吸引红学研究者的眼球，很多学者也因此认定妙玉出身名门，葛鑫先生就曾经说道："曹雪芹以这三个古玩奇珍以显妙玉出身之高贵，更显妙玉的脱俗的文化品位、艺术修养及生活趣味。"④

对于妙玉的这几样宝贝，有些学者认为是故弄玄虚。沈从文先生就曾经考证过，并指出"瓠瓟斝"谐音是"班包假"，曹雪芹以此杯暗指妙玉的做作、势力、虚伪。在这只杯子上面还有一行小字"宋元丰五年四月眉山苏轼见于秘府"，从字款上得知，元丰五年（1082），这只杯子是在大文

---

① 曹立波：《红楼十二钗评传》，清华大学出版社，2007年版，第88页。
② 张锦池：《红楼十二论》，百花文艺出版社，1982年版，第306页。
③ 同上。
④ **葛鑫**：《从玉、梅、茶三方面谈妙玉形象塑造》，《湖北民族学院学报（哲学社会科学版）》2005年第6期。

豪苏轼的手中把玩着的，但是这和历史上的苏轼能吻合得起来吗？闫红先生在查看了文献后得出了苏轼在这个时候绝对不可能把玩这样一个玩意儿的结论。闫红在书中写道："元丰二年，因为做诗讽刺新法，以'文字毁谤君相'的罪名，苏轼被捕下狱，即有名的'乌台诗案'。出狱以后，苏轼被降职为黄州团练副使（相当于现代民间的自卫队副队长），一干就是五年。这期间苏轼过得非常窘迫……元丰四年，他的积蓄快花完时，在朋友的帮助下，申请到几十亩薄田，苏轼带领家人开垦荒地，种田帮补生计。……这种情况下，苏轼上哪弄一个晋代王恺珍玩过的奇形怪状的茶杯？"①

撇开考证这几样器皿是不是古玩奇珍的思路，徐乃为先生有不同角度的分析，徐先生认为："饮'瓟斝'者宝钗，'班包假'当指宝钗，以合其'藏愚'、'守拙'之个性。而黛玉所饮之'点犀盉'在庚辰本、戚序本作'杏犀盉'，当谐'性蹊跷'，则当喻指黛玉的'怪僻'、'多疑'、'小性'。"②《红楼梦》的研究总是这样，站在不同的角度就会有不同的心得体会。

三、妙玉为什么不适回乡

妙玉是带发修行的尼姑，书上说她是因为身体原因才出家的。如果按照这样的逻辑推理，妙玉身体好以后，是可能要还俗的，带发修行也是为了这一天。然而她师傅的遗言却是"衣食起居不宜回乡。在此静居，后来自然有你的结果"。这句话同样引起了红学研究者的兴趣。妙玉为什么不适回乡？学者们又有一番讨论。

周思源先生推测："她（妙玉）之所以不能回乡，看来主要问题出在她'模样儿又极好'上，也可能由于她脾气大，当地权贵来蟠香寺进香或者要请她们师徒去家中做法事，她得罪了这些人。"③ 周先生的猜测有一定的道理，一个尼姑长得漂亮未必是好事。因为天生丽质极有可能引起纨绔子弟的歹心，所以薛瑞生先生说，妙玉不宜回乡并非什么政治斗争所致，一个出家为尼的小女孩子哪里有那么复杂的政治背景。薛先生解释

---

① 闫红：《误读红楼》，天津教育出版社，2007年版，第31~32页。
② 徐乃为：《大旨谈情——〈红楼梦〉的情恋世界》，北京图书馆出版社，2007年版，第63页。
③ 周思源：《周思源看红楼》，长江文艺出版社，2013年版，第153页。

说:"对一个带发修行且又年轻漂亮的女尼来说,这八个字(衣食起居不宜回乡)涵义的可能性与指向性是十分清楚的,除了王孙公子的猥亵乃至逼婚还能是什么呢!不管是因'权势不容'而导致父母双亡还是父母双亡后为'权势不容',大约都只能是如此。"①

说到这里,我们不妨再回头看看林之孝家的那段介绍,你会发现妙玉的师傅的临终遗言除了"不宜回乡"以外,其他的话都是模棱两可的。换句话说,遗言的中心思想只是"不宜回乡"。这是怎么回事呢,柳正午先生怀疑临终遗言是妙玉自己编出来的。柳先生分析,"在此静居,后来自然有你的结果",这句话中的"此"字非常难懂,是指西门外的牟尼院还是长安城中,如果是牟尼院,那么妙玉就不应该去大观园;如果是长安城中,"此"就可以随便乱指了,大观园也就自然在"此"了。所以柳正午先生得出结论:"妙玉不是为求佛法而来,竟是避难来的,故而'不宜还乡'。……妙玉既要留在长安都中,'白居不易',不找个靠山是呆不下去的,荣国府既找上门来,有了着落,好在人死无对证,打出师父临寂遗言的旗号,对别人可以抬高身价;对自己可以捏着鼻子哄眼睛。"②

四、妙玉的真实身份

妙玉的真实身份是什么?这本身就是一个伪命题,因为一个小说人物,作者怎么写,他的身份就怎么定。再者《红楼梦》研究了这么两百来年,谁也没有给出一个确切的定论。换句话说,起哄的多,下定论的少。也正是因为这样,大家才能围绕一个问题讨论百年,这印证了那句"无法实现的才是永恒的"话。

在众多的红学研究者中也有确切指出妙玉的真实身份的,例如刘操南先生在 1981 年第 4 辑《红楼梦学刊》上发文,抛出了一个石破天惊的观点——妙玉是寡妇。有了大胆的假设,刘先生也经过了小心的论证。在文中,刘操南先生集中笔力分析了《红楼梦》第七十六回妙玉补写的"凹晶馆联诗"。通过分析,刘先生认为:"妙玉吟的是'真情真事'……这是抽象地描写孀妇征途所见;实际是概括地写她的人世遭遇,环境险恶。"③

---

① 薛瑞生:《恼人最是戒珠圆——妙玉论》,《红楼梦学刊》1997 年第 1 辑。
② 柳正午:《闲话妙玉》,《红楼梦学刊》1985 年第 3 辑。
③ 刘操南:《石奇神鬼搏 木怪虎狼蹲——试析妙玉的身世》,《红楼梦学刊》1981 年第 4 辑。

除了第七十六回的联诗,刘先生还在《红楼梦》第五十回找到了证据。"宝玉吟《访妙玉,乞红梅》诗中道:'为乞孀娥槛外梅',黛玉说是'巧凑',固指'槛外梅',但也说明大家都认妙玉为'孀娥',是个寡妇。孀娥,脂本作'嫦娥',但嫦娥是背夫离居的。诗不像散文那样直说,妙玉联诗,点到为止,并未细论,让读者想去,这是曹雪芹高明地方。谁解其中味?二百年来,可惜对于妙玉身世,很少这样理解的。"[①]

刘操南先生如此惊人的说法曾引起广泛的讨论,一时间否定之声四起。石干昌、刘青、胡承志三位先生联合撰文并向刘操南先生"请教"。因为在刘操南先生的文章中首先讨论了妙玉的实际年龄是"二十岁以上",刘先生根据邢岫烟的"十年邻居"的言辞推断出妙玉入住栊翠庵的年龄应该是二十岁以上。但是林之孝家的在介绍妙玉时明明白白说的是"十八岁",这又如何解释呢?刘操南先生认为,林之孝家的之所以这样说是因为"一是得之传闻。二是:奴才说话,逢迎主子胃口。三是:妙玉讳言身世之痛,为她掩饰,因而形成这样的传说"[②]。刘先生要确定妙玉"二十岁以上"的年龄,其目的是为"寡妇论"作依据,如果妙玉的年龄太小,当寡妇恐怕不太合适。不过对于这个年龄的论断,石干昌等三位先生是不同意的,因为从邢岫烟的言辞中可以知道妙玉在来长安之前已经当了十年尼姑了,就按照刘操南先生的"二十岁以上"论,那个时候的妙玉也不过十二三岁,怎么可能当寡妇呢?所以石干昌等三位先生说:"其实,就从邢岫烟介绍妙玉的那段话来看,'十八岁'之说倒很可能是正确的。邢岫烟当时是十五六岁,十年之前才五六岁,而她说在蟠香寺是同妙玉'作伴',是贫贱之'交',可见年龄相差不大,妙玉不过八九岁。她们既是朋友,妙玉又教岫烟识字,所以邢岫烟自称和妙玉'有半师之分'。"[③]

对于刘操南先生解析的妙玉诗作,石干昌等三位先生说:"从'妙玉是寡妇'这一观点出发,用这观点去解释妙玉续诗,又用续诗作为这个观点的证据,可谓'相得益彰'。无奈这观点本身还有些站不住脚,所以用此观点对续诗的解释,就不免显得牵强。再用这牵强的解释去作观点的论

[①] 刘操南:《石奇神鬼搏,木怪虎狼蹲——试析妙玉的身世》,《红楼梦学刊》1981年第4辑。
[②] 同上。
[③] 石干昌、刘青、胡承志:《关于妙玉的身世——向刘操南先生请教》,《红楼梦学刊》1983年第1辑。

据，怎能不使人产生疑问呢？"①

关于"孀娥"与"嫦娥"，这里面涉及了《红楼梦》版本的问题。在庚辰本上是"为乞嫦娥槛外梅"，而在戚序本上是"为乞孀娥槛外梅"。戴不凡、冯其庸等先生早年对《红楼梦》版本做过系统的研究，他们得出的结论是：庚辰本是最接近完整的本子。这样一来"孀娥"原本就是一个错误，也就没有"孀娥"即寡妇一说了。至于刘操南先生解释的"嫦娥"，石干昌等先生说："嫦娥固然是背夫离居的，但人们在用'嫦娥'一词时，往往不是着眼于嫦娥嫁过人这一点，而是着眼于她的美。"② 就如同我们把薛宝钗比喻成杨贵妃，林黛玉比喻成赵飞燕一样，绝对不是暗指钗黛嫁过人，而是形容她们的美丽和风姿像杨贵妃和赵飞燕。

就在《红楼梦学刊》的同一期中还发表了沙藜的文章，文章本着科学考证的态度指出了刘操南先生的"主观穿凿"，文章结尾处写道："红学研究的历史一再昭示我们，如果不从客观实际（作品描写的生活实际）出发，而凭主观臆测；不着重探索客观现象的相互联系，而醉心于片言只语的考辨，那就很容易陷入穿凿附会的泥沼里去。"③

第三节 才学研究

妙玉在《红楼梦》前八十回中仅仅出场了两次，一次是第四十一回栊翠庵品茶，另一次是第七十六回凹晶馆联诗。其他涉及妙玉的内容都属于侧面描写。在两次正面描写中，直接展示妙玉才学的当属凹晶馆联诗。准确地说，并不是妙玉参加黛玉湘云的联诗活动，而是她将二人的诗作进行续写，最后定名为《右中秋夜大观园即景联句三十五韵》。书中妙玉写道：

> 香篆销金鼎，脂冰腻玉盆。
> 箫增嫠妇泣，衾倩侍儿温。
> 空帐悬文凤，闲屏掩彩鸳。

---

① 石干昌、刘青、胡承志：《关于妙玉的身世——向刘操南先生请教》，《红楼梦学刊》1983年第1辑。
② 同上。
③ 沙藜：《科学考证与主观穿凿——也谈妙玉的身世兼与刘操南先生商榷》，《红楼梦学刊》1983年第1辑。

露浓苔更滑，霜重竹难扪。
犹步萦纡沼，还登寂历原。
石奇神鬼搏，木怪虎狼蹲。
赑屃朝光透，罘罳晓露屯。
振林千树鸟，啼谷一声猿。
歧熟焉忘径，泉知不问源。
钟鸣栊翠寺，鸡唱稻香村。
有兴悲何继，无愁意岂烦。
芳情只自遣，雅趣向谁言。
彻旦休云倦，烹茶更细论。

从妙玉这首续诗的技法上看，确实不错。黛玉和湘云的联句原只有二十二韵，妙玉续写一口气作了十三韵，而且是一挥而就，所以林黛玉和史湘云称赞不已并以诗仙喻之。陈心浩、季学原先生曾说："这一方面表现了她的文学修养的不同寻常，同时也展现了她对人生态度和生命意识的独特看法：在这长夜漫漫、充满鬼魅怪异的人间，人生确实艰险，但我们不会迷失方向。况且，黑夜就要过去，曙光就在前方，在这样的时刻，我们不能自伐，更不能让自己颓废。"[①]

朱眉叔先生认为妙玉的这首诗作是一次大胆的爱情流露，叱出了她心中的苦闷。朱先生十分欣赏这首续诗，并把它翻译成了散文：

我呆（待）在寂寞的栊翠庵里，计时的更香在销金鼎里燃烧，我洗下来的脂粉凝积在白玉盆上。在这样的深夜，我还没有入睡。传来了象似（像是）寡妇在哭泣的箫声，我实在感到讨厌。可是自己也只能让丫环（鬟）来把冰凉的被子捂（焐）热了。在寂寞的绣帐里，我象（像）个美丽的凤凰在悲痛，因为我举目看见悄静的屏风上画着一对双宿双飞的彩色斑烂（斓）的鸳鸯。我在庵里再也呆（待）不下去了，走了出来。落了很重露水的青苔上，走起来更滑；挂上重霜的竹子，难于用手去抚摸。环境虽然这样冷酷、危险，我还是走过了曲折的池沼，登上了寂寞的高岗。景物充满了恐怖，山石树木样子都很奇

---

① 陈心浩、季学原：《妙玉：妙在有欲——红楼脂粉英雄谈之十六》，《红楼梦学刊》2000年第4辑。

特，有的象似（像是）捆着的鬼神，有的象似（像是）蹲着的虎狼。当拂晓的光明从石碑后边射过来的时候，可以看到花墙上的朝露。很多鸟唧唧喳喳地叫着振动树林。在山谷之中偶而（尔）又传来一声猿啼。大观园的岔道，我都走得很熟了，哪能忘了呢？哪一股泉水，我都知道，无须打听泉源在哪儿。栊翠庵的钟声响了，稻香村的鸡也在报晓啼明。我有满怀感情，悲痛哪有终结的一天？我如果没有愁苦情绪哪能这样烦乱？我的内心的感情只能自己排遣。空怀有美好的生活兴趣，又能向谁说呢？我们通宵达旦来做（作）诗，你们不要说疲倦，等我烹好茶，我们再细致地讨论一番。①

在我看来，朱眉叔先生的译文更美，更能展现妙玉"断绝爱情"与"渴望爱情"的矛盾心理。

我们常说，一个人喜欢什么，他的才学可能就偏向什么。从邢岫烟的口中，我们得知妙玉最喜欢的一句诗——纵有千年铁门槛，终须一个土馒头。这原本是宋代诗人范成大的诗句，其中有一份旷达不羁的狂放味道，还有一份对人世间的看透。其实这句诗的容量是相当宽泛的，然而妙玉为什么会喜欢它呢？从中又能看出妙玉什么样的精神品质？不同的研究者会给出不同的解释。葛鑫先生说，这能看出"妙玉追求的是人格平等与独立，追求精神境界的绝对自由"②。李希凡先生说，这能看出妙玉自我渲染的道家思想以及人生态度。

关于妙玉才学的讨论，有些学者认为，妙玉生活品质的精细也能反映她才学的深厚。当然这里所讲的生活品质就是妙玉所讲究的茶道，用什么水，用什么器皿，怎么喝，等等。张锦池先生认为，妙玉品茶的场面能反映当时社会一些王公大族的真实生活。曹立波先生说："妙玉论茶，似乎让人感受到'禅茶一味'的境界，她重视品味，'一杯为品，二杯解渴，三杯饮牛饮骡'的高论，曾惹得宝玉等人开怀大笑，足见妙玉之博学和雅趣。"③ 但也有研究者不同意这样的说法，例如闫红，她就认为妙玉论茶一节反映出妙玉特别"事儿"。"她那些非同凡响的不俗之器，也不过是她

---

① 朱眉叔：《红楼梦的背景与人物》，辽宁大学出版社，1986年版，第385页。
② 葛鑫：《从玉、梅、茶三方面谈妙玉形象塑造》，《湖北民族学院学报（哲学社会科学版）》2005年第6期。
③ 曹立波：《红楼十二钗评传》，清华大学出版社，2007年版，第95页。

自恋精神的具象而已。"① 闫红这话说得有点狠了,不过对于妙玉展示的茶道,我也有一些小小的想法,在我看来,妙玉并不大懂茶道的精髓。

明人张源在《茶录》中说:"其旨归于色香味,其道归于精燥洁。"这句话的意思是说,茶是色香味俱全的一种饮品,但是,如果我们喝茶仅仅停留在色香味的表层上,那就还没有得到茶的神韵。茶有道,这种道并非我们在奢华的茶楼观看茶艺家为我们展示泡茶的繁文缛节,而是指向人内心的一种典雅、高洁、敬畏、平和的大道。

《菜根谭》中有一句话:"茶不求精而壶亦不燥,酒不求洌而樽亦不空。"喝茶其实不在于茶有多名贵,只要让你的茶壶不干就行;就如同喝酒一样,酒不一定要多贵重,只要酒杯有酒就行。

对于茶而言,用什么样的水,是最关键的。陆羽在《茶经》的第五章,专门介绍了"茶之煮"。他将泡茶的水分为上中下三等。上等水为山泉,次之是江湖水,最差的是井水。陆羽认为茶是吸收天地精气的活物,所以泡茶的水也应该是活的。而山泉是水中活性最高的,它时而细流,时而奔腾,时而一泻千里。

《红楼梦》中,妙玉泡茶用的是什么水,她最为得意的是梅花上的雪。书中这样写道:

> 黛玉因问:"这也是旧年的雨水?"妙玉冷笑道:"你这么个人,竟是大俗人,连水也尝不出来。这是五年前我在玄墓蟠香寺住着,收的梅花上的雪,共得了那一鬼脸青的花瓮一瓮,总舍不得吃,埋在地下,今年夏天才开了。我只吃过一回,这是第二回了。你怎么尝不出来?隔年蠲的雨水那有这样轻浮,如何吃得。"

妙玉认为雪洁白无瑕。肉眼看来,它确实清洁无比,但事实上雪很脏。突然我们有了一份醒悟,这不就是"欲洁何曾洁"的妙玉的真实写照吗!自认为最干净的东西,其实是最脏的。

陆羽在《茶经》中的第二章和第九章分别写了"茶之具"和"茶之略"。这两章是相对应的,前者讲制茶、泡茶过程中需要的设备与器皿。后者讲,当喝茶到了一种境界之后,高贵的器皿以及冗长繁复的泡茶程序

---

① 闫红:《误读红楼》,天津教育出版社,2007年版,第31页。

都可以省略了，让人真正在草木之间感受自然与天地。这就是诗人郑谷在《峡中尝茶》所写的"入座半瓯轻泛绿，开缄数片浅含黄"。当茶叶在水中慢慢舒展开来，茶汤有了淡淡的颜色，在这种朴素的浅绿色里，你能听到泉水叮咚，生命的本真就在自然中被茶汤唤醒了。

《红楼梦》中妙玉的茶，太讲究了，高贵得让人窒息。盛茶的古玩奇珍已经掩盖了茶的色香味，更谈不上品茶悟道的境界了，远离了草木也远离了人。所以在第四十一回，宝钗、黛玉在妙玉的房里喝茶，我始终觉得这是一场由妙玉组织的民间专家鉴宝会。

茶道，讲究四个字——和、敬、清、寂。

和，是一种和谐之美，是人与人、人与自然的和谐，更重要的是自我内心的和谐。妙玉和谐吗？其实在她心里，一直都很矛盾很纠结，她原本有着高贵的身份，而今却只能遁入空门，她不愿意，但是无可奈何；她自称"槛外人"，却处处留心槛内事。所以判词中的"云空未必空"想必就包含着"不和谐"。

敬，就是平等，这原本来自禅宗"心佛平等"的观念。妙玉讲究茶，又是佛门中人，其中的理论恐怕比谁都清楚，但是她连一个刘姥姥都容纳不下，刘姥姥吃过的杯子她让直接丢到外面去，哪里来的平等之心！书中写道：

> 宝玉和妙玉陪笑道："那茶杯虽然脏了，白撂了岂不可惜？依我说，不如就给那贫婆子罢，他卖了也可以度日。你道可使得。"妙玉听了，想了一想，点头说道："这也罢了。幸而那杯子是我没吃过的，若我使过，我就砸碎了也不能给他。你要给他，我也不管你，只交给你，快拿了去罢。"

宝玉和妙玉的对话来得太精彩了，一个是槛外人，一个是槛内人，然而槛外人却做着槛内事，槛内人行着槛外事。妙玉说："幸而那杯子是我没吃过的，若我使过，我就砸碎了也不能给他。"但是为什么在她房里，又特地将自己平常使用的绿玉斗让贾宝玉用呢！贾宝玉也是俗家子弟，对于佛门而言，他和刘姥姥并没有区别。我们突然明白了，众生平等，在妙玉心中只是一句佛语而已。

清，原本是指茶的清淡，化为茶道，这个清就是光而不耀。人格的闪烁来自内心的光泽，这种光芒从内而外，它可以明亮，可以温暖，但不会让你觉得刺眼。妙玉的光泽，在我看来都是外在的做作，已经到了伤人的地步。她用世俗的富贵来包裹一颗所谓的佛心，最终却容纳不下一份天然的清平。

寂，是一个人内心的空灵。它不是孤独的代名词，而是一个人的内心像万里无云的蓝天，看似什么都没有，却能容下世间万物。妙玉是寂寞的，却不是空灵的，内心的炽热已经将寂静避之佛门之外了。

第四节　性情研究

在我看来，剖析妙玉这个人物，其性情是最难的一点。上面梳理的身份也好，家世也罢，虽然观点不一，但那以研究者的联想居多，真凭实据少。性情却不一样，这是白纸黑字写得明明白白的，而《红楼梦》中的人物性情又不是表现在文字之上的，这就需要研究者细细体会与分析了。

妙玉自称"槛外人"，因为她很小就出家了，受教于佛法，时时刻刻都要用一个出家人的标准来规范自己，但是从书中情节来看，妙玉的内心世界又并没有完全被局限，一切都显得矛盾重重，所以红学界对于妙玉性情的纷争也是很大的。红学界主要有三种看法。

一、妙玉是"槛外人"

对于"槛外人"一说，大多集中在妙玉藐视权贵、厌弃俗人这两点上。曹立波先生认为，虽然妙玉落脚栊翠庵，不得不依附贾府，但是"妙玉则始终保持着闲云野鹤的高傲姿态，从不迎合谄媚，即使对待贾母她也没有阿谀之态"[1]。丁武光先生也赞成这样的说法，他认为"能够如此怠慢贾母的，在整部《红楼梦》里恐怕也只有妙玉一人"[2]。在妙玉眼里，一切和自己性格、性情不符的人都是俗人，所以她骨子里"对贾母等人的一种带有贬抑性的冷淡，显示出妙玉内心的清高。似乎贾母等人不但'不

---

[1] 曹立波：《红楼十二钗评传》，清华大学出版社，2007年版，第89页。
[2] 丁武光：《百态人间红楼梦》，巴蜀书社，2006年版，第72页。

足与高士共语'，甚至简直'俗人不入高人眼'"①。在妙玉的主观意识中，她认为自己已经跨出铁槛之外了，她受佛学的影响，必定相信有一个极乐世界的存在，于是对现实存在的世界有了一种消极的态度。王树槐先生认为，妙玉是个性情淡泊的人，她看穿了人生，不愿现实的纷扰，而到尼姑庵里去找清静，她的行径，可说是超越现实生活的具体化。②

二、妙玉是"槛内人"

所谓"槛内人"就是一个实实在在的世俗之人，生在红尘之中，长在红尘之下，有七情六欲，并没有因为某种洗礼而"成佛成仙"。"槛内人"不是贬义，"槛外人"也不是褒义。对于妙玉而言，王昆仑先生曾经说："既无端被迫地悬着一个脱离尘世的目标，又抵不住种种外来刺激与吸引，以致自己内心越狼狈，在人面前表现得越矜持，精神世界中的抑制与冲击、冲击与抑制永远不停地打磨着妙玉，这就是她永远得不到解脱的苦恼。"③

持有"槛内人"观点的研究者认为，妙玉也是非常势力的，仍然以栊翠庵品茶来说，她对贾母的态度远远超过对刘姥姥的态度。妙玉亲自奉茶给贾母，而且牢记贾母不吃六安茶，故而泡的是老君眉。但是对刘姥姥，她就显示出"高洁"来了，人家用过的杯子都要丢弃，这哪里像是一个出家人的所作所为。

对于"槛内人"与"槛外人"而言，最大的一个差别就是心中有没有世俗的情爱。妙玉有吗？持妙玉是"槛内人"的学者觉得，她不仅仅有而且还很强烈。妙玉在没有来到大观园之前住的是蟠香寺，到了大观园之后住的是栊翠庵，曹立波先生说一个含香，一个带色，可见妙玉是"云空未必空"。

妙玉和贾宝玉的交往，在前八十回里有两次描写，一明一暗。明的是栊翠庵品茶，暗的是访妙玉乞红梅。对于品茶一节，许多学者认为，妙玉

---

① 程鹏：《"世难容"——妙玉性格散论》，载中国社会科学院文学研究所红楼梦研究集刊编委会编：《红楼梦研究集刊·第四辑》，上海古籍出版社，1980年版，第53页。
② 王树槐：《谈谈红楼梦中的人生理想》，载吕启祥、林东海主编：《红楼梦研究稀见资料汇编》，人民文学出版社，2001年版，第1270页。
③ 王昆仑：《红楼梦人物论》，北京出版社，2004年版，第57页。

明是请宝钗黛玉,其实质是想请贾宝玉。李希凡先生说:"在内心深处她(妙玉)对宝玉有着很深邃很细腻的'情意'。她不便明说,却想吸引宝玉的注意。她很清楚,以贾宝玉的性情,钗黛被拉走,必然会引他尾随而至,这正是她的愿望。但这份情意与她静心向佛的身份不符,是不能形于色的。"① 对于给宝玉使用的茶具,那是妙玉时常使用的"绿玉斗",这一举动在红学家眼中"可了不得"。张庆善先生说:"这不也说明妙玉心中对宝玉的一种爱意吗?妙玉毕竟是身在佛门,心向红尘,那领袈裟是难以拢住她对宝玉的爱的。她如此给宝玉斟茶,正表明她已勇敢地越出了佛门和闺门的门槛,已向宝玉表示了特别的爱意。"②

对于妙玉表现出来的"槛内人"的特质,柳正午先生表现得非常愤怒,他说:"妙玉六根未净,她自命清高、孤高自赏、嗜洁成癖、生活特殊、散发俗气,有时还要捏着鼻子哄眼睛等等,都是'眼、耳、鼻、舌、身、意'六根未净的例证。但她的六根未净,最重要的表现是她对宝玉的特殊的暧昧感情,也就是意根未净。"③ 红学界任何一种观点都是有反对的声音的,这种反对不是敌意,而是站在不同的理论视野下,得出的不同的理解。相对柳先生的愤慨,李新灿先生就给出了不同的解释,他认为:"妙玉的爱情火花固然在为宝玉燃烧,但她的心里燃烧着爱情的火花却不是出自她的本意,而是出诸自然规律的驱使,是她的'本我'突破了'超我'防线的结果。她在真情流露后的一些矫情表现正是'超我'对'本我'所作的一些掩饰和补救。"④

三、妙玉是"矛盾综合体"

对于妙玉性情的论定,单单持有"槛内人"或"槛外人"这样观点的学者是少数,绝大多数的学者都抱着一个相对客观的态度来评述妙玉。朱眉叔先生认为妙玉本身就是一个矛盾综合体,"她的自我标榜和她的行动存在着一系列的矛盾。她出了家,却没有决心斩断烦恼丝,依然带发修

---

① 李希凡、李萌:《传神文笔足千秋——〈红楼梦〉人物谈》,文化艺术出版社,2006年版,第255页。
② 张庆善、刘永良:《漫说红楼》,人民文学出版社,2000年版,第96页。
③ 柳正午:《闲话妙玉》,《红楼梦学刊》1985年第3辑。
④ 李新灿:《女性主义观照下的他者世界》,中国社会科学出版社,2001年版,第236页。

行；她遁了世，却不在深山穷谷竹篱茅庵过清苦生活，反而以访问观音遗迹、贝叶遗文为名，到了满眼繁华的京都；她厌恶世俗，却在钟鸣鼎食、珠环翠绕、充满酒色财气的贾府大观园安家落户；她应当四大皆空，却想到京都'传个名'，热衷于追名逐利"①。周思源先生为这种"矛盾综合体"起了一个名字，叫"玉石两重性"，说得通俗一些"玉石性"就是贾雨村论述的"正邪性"。《红楼梦》中的人物几乎都具有"玉石两重性"。换句话说，在这些人物身上绝对不会烙上一个好人或者坏人的印记，他们就是一个个真真实实的活人。正如裔锦声先生所说："正如她（妙玉）的名字含有欲望和纯洁双重之意的'玉'（欲）字，妙玉是一个矛盾的统一体。"②

妙玉为什么会出现这样的矛盾呢？张锦池先生总结了三点：一是她对世俗物质生活有依恋。我们且不论她那些茶器是不是价值连城，单凭她如此郑重其事的介绍，就可窥见她对物质的偏好。二是她对爱情生活的向往。从她对贾宝玉种种举动与言辞来看，这是不可否认的事实。正如刘宏彬先生所说，妙玉心中隐藏着一颗熊熊燃烧的火种，"妙玉的人格本质，是'色'而不是'空'"③。三是妙玉从来就没有忘掉过现实，更重要的是，她对于现实有一份清醒的看法而且敢于抒发出来。凹晶馆续诗就是最好的例证。

对于妙玉的性情，持有"矛盾综合体"观点的学者或多或少都对她抱有一丝同情。吕启祥先生说，具有出家人身份的妙玉，其实和闺阁中的小姐有着同样的情怀——爱茶、爱诗、爱文艺，然而她是如何"在尼姑与小姐双重人格的煎熬下生存"的呢？④ 吕先生的同情之心溢于言表。杜奋嘉先生说："妙玉是一个没有生理缺陷、发育健全的少女，到了一定的年龄，便很自然地萌发着爱情的要求。这要求象一颗种子，被埋在深深的土地里，上面压着石头、泥土。到了一定的时候，这种子便会发芽、生根，冲破重重阻力，破土而出，成为不可阻挡的力量。由于妙玉的女尼地位，身

---

① 朱眉叔：《红楼梦的背景与人物》，辽宁大学出版社，1986年版，第382页。
② 〔美〕裔锦声：《红楼梦：爱的寓言》，北京大学出版社，2000年版，第107页。
③ 刘宏彬：《金陵十二钗中六对人物形象的矛盾组合》，《红楼梦学刊》1990年第4辑。
④ 吕启祥：《红楼梦寻味录》，山西人民出版社，2001年版，第36页。

上除受封建势力的一般压迫之外，还束着宗教的绳索。"①

第五节　结局研究

对于红楼人物的评论或多或少都涉及个人未来命运的问题，妙玉也不例外。妙玉会有一个什么样的结局，众说纷纭。其实红楼人物探佚历来都是最热闹的，热闹的根源就是可探索性很强，只要能自圆其说，皆能形成文章。

对妙玉未来命运的探佚，主要依靠第五回的判词、靖藏本上的脂批以及妙玉在《红楼梦》中表现出的性情等。我们先看看第五回的判画、判词、判曲，《红楼梦》中这样写道：

>后面又画着一块美玉，落在泥垢之中。其断语云：
>欲洁何曾洁，云空未必空。
>可怜金玉质，终陷淖泥中。
>……
>〔世难容〕气质美如兰，才华阜比仙。天生成孤癖人皆罕。你道是啖肉食腥膻，视绮罗俗厌；却不知太高人愈妒，过洁世同嫌。可叹这，青灯古殿人将老；辜负了，红粉朱楼春色阑。到头来，依旧是风尘肮脏违心愿。好一似，无瑕白玉遭泥陷；又何须，王孙公子叹无缘。

金陵十二钗都有这样的谶语，像这样的画、词、曲面临着一个巨大的问题——如何解释。无论是画面还是词曲，从字面上看似乎一眼就能辨识这暗指的是谁，以及她将会有一个悲惨的结局。但是"悲惨"到底是指什么？又很难准确地说出来。

画上的"美玉"当指妙玉，这个没有异议，而落在"泥垢""肮脏"之中，是什么意思？红学界就开始争议了。有些人认为是最后被劫甚至玷污。张锦池先生认为妙玉最后被迫还俗，因为对于一个身在佛门的女尼来说，还俗可能是最为肮脏的事情。水晶先生说："妙玉这个妙龄女尼的终

---

① 杜奋嘉：《"情痴"林黛玉和"情种"妙玉——红楼三玉爱情初探之二》，《广西师范大学学报（哲学社会科学版）》1987年第2期。

身结果是还俗，而且是一场非常不堪的'可怜金玉质，终陷淖泥中'的还俗，比当初想象中的不堪还要不堪。"①

梁归智先生根据靖藏本上的脂批——"妙玉偏僻处，此所谓过洁世同嫌也。他日瓜州渡口劝惩，不哀哉！红颜不能屈从枯骨"，做出了这样的探佚："贾家败落，战争发生，妙玉终于违背了师傅遗言而回乡，故流落瓜州。'好高人愈妒，过洁世同嫌'，妙玉终因太高太洁而'世难容'，受到迫害。所谓'劝惩'，我以为即指'红颜固不能屈从枯骨'，大约有权贵要妙玉胁从，此为'劝'，而妙玉坚决不从，故受到迫害，此为'惩'。'劝惩'时景况很惨，所以脂批悲叹'不哀哉'。"②"红颜固不能屈从枯骨"中的"红颜"是指妙玉，而"枯骨"，红学界很多学者认为是一个年岁很大的老头子。

关于判词中的"风尘肮脏违心愿"中"肮脏"的解释，周汝昌先生做过一番考证，他认为"肮脏"不能理解为"腌臜"，应该读作"抗脏"。周先生通过文天祥、郑燮等人的诗词证明了"肮脏"在乾隆时期的用法，最后指出："妙玉虽流落'风尘'，依然'抗脏'，绝非'腌臜'义。"③言外之意，妙玉对于世俗的迫害仍然高亢刚直。梁归智先生接受了周先生的考证，最后说道："妙玉后来的下场很悲惨，所谓'好一似，无瑕白玉遭泥陷'，然而她始终没有屈服，这就是'风尘肮脏违心愿'，他与宝玉发生了爱情插曲而以不幸结局，'又何须，王孙公子叹无缘'本此。"④

红楼探佚有两个特点：第一，探佚的不是过程而是结局，所以无论是妙玉"被迫还俗"还是"遭劫玷污"或者"不能屈从枯骨"等都是最终的结局，至于如何达到这个结局，其中的过程、情节就只能由读者自己想象了。第二，探佚的随意性很大，只要能自圆其说，能建立起内在的联系，皆是有道理的。例如任少东先生认为妙玉的结局是被薛蟠玩弄，最后被丢弃在了瓜州。乍一看，觉得不可思议，然而任先生的探佚也有他的内在逻辑。因为邢岫烟嫁给了薛蝌，邢岫烟又和妙玉熟悉，在薛家可能会提及妙玉的才貌，此话被薛蟠听见了，就央求薛姨妈为她求婚，薛姨妈溺爱儿

---

① 水晶：《私语红楼梦》，九歌出版社有限公司，2002年版，第85页。
② 梁归智：《石头记探佚》，山西人民出版社，1983年版，第159页。
③ 周汝昌：《〈红楼梦〉及曹雪芹有关文物叙录一束》，《文物》1973年第2期。
④ 梁归智：《石头记探佚》，山西人民出版社，1983年版，第160页。

子，于是找到王夫人，姐妹俩设调包计，对外宣称为宝玉说媒，妙玉欣然答应，新婚之夜才发现是薛蟠，但是亦无可奈何了，薛蟠后来腻了，就把妙玉带至瓜州并丢弃。任少东先生为什么有这样的想法，他抓住了一个点，妙玉在来到栊翠庵之前，住的是"蟠香寺"，其中"蟠"正是薛蟠名字的暗指。任少东先生说："'气质美如兰，才华阜比仙'的妙玉最终沦为薛蟠的性奴隶，这同'一块美玉，落在泥垢之中'的判图和'可怜金玉质，终陷淖泥中'的判词以及'到头来，依旧是风尘肮脏违心愿，好一似无瑕白玉遭泥陷'的判曲显然是更为吻合的。"①

关于妙玉的结局，除了从判词以及研究者自己认为的"草蛇灰线"等做出探佚以外，有些学者还通过曹雪芹的艺术创作角度来分析。例如克非先生曾经说道："大约可以测知曹雪芹对妙玉命运后半段的设计了。他不会写她悲惨的那一面，不会把她写得不堪入目，更不会赤裸裸地写她遭受黑社会势力的公然蹂躏；会让这个形象与古代那些名妓靠拢：她虽落入风尘，然而她仍然是高尚的，她将仍然保持着她'美如兰'的气质，和时不时展现她的'复比仙'的才华。经过和贾宝玉那种纯洁的感情催化，禁闭的佛性影响必定从妙玉身上退潮，人性也将在她身上复苏，再经过因贾府被籍而带来的生活的大动荡，妙玉作为一个文学人物，其性格的塑造必定得到极大的丰富。也许她的性格须在最后的风尘中才能够得到最充分的展现，直到完满地完成。"② 克非先生是知名作家，他完全能理解一个作家的创作心态，虽然对这样的推理与探佚我们也很难做出正确与否的判定，但是可以肯定地说，研究者的主观揣度已经超过了文本本身。

第六节 影射研究

研究所谓红楼人物的影射对象属于索隐派范畴，从严格意义上来说，这并不属于人物评论，然而索隐派曾红极一时，影响甚大，虽然多出于牵强附会，随意比附，但是这样的研究却实实在在存在过，所以笔者在此仅列举一些影射的观点。

---

① 任少东：《妙玉性格与命运结局初探》，《红楼梦学刊》1996年第2辑。
② 克非：《红楼雾瘴》，四川文艺出版社，1997年版，第360页。

对于妙玉影射历史中的谁，主要有以下几种观点。

第一，徐柳泉先生认为，《红楼梦》写的是"明珠家事"。金陵十二钗都是纳兰性德的客人，妙玉就是其中的"西溟先生"，蔡元培先生也赞同此观点。

第二，李知其先生认为，"她（妙玉）影射明末清初传闻的真假太子"[①]。

第三，霍国玲、霍纪平等先生认为，"妙玉身上所隐写的香玉，在出家前是个皇后"[②]。霍国玲先生所指的皇后是指清朝雍正皇帝的遗后。

第四，张晓琦先生认为，"妙玉代指了十一子"[③]。张先生所谓的"十一子"是清康熙朝十一子允禌。

台湾地区的红学研究者赵同先生认为，《红楼梦》就是一本揭示康熙朝政治斗争的书籍，整本《红楼梦》就是围绕雍正夺嫡事件展开的，其中妙玉影射的是皇十子允䄉。[④]

第七节 其他

这里的"其他"是指少数研究者论及过的问题，但是并没有引起人们广泛的讨论，在梳理过程中很难明确地归为某一类，所以就以"其他"总述，妙玉的"其他"包括以下两点。

一、作者塑造妙玉的手法

对于作者曹雪芹塑造妙玉这个人物的方法，张笑侠先生认为"似有漏笔"。张先生说，妙玉周围的人，其姓名、来由等一切皆无交代，出现得非常突兀。何时入住大观园也无从知晓，就连元妃省亲之时亦未提及。所以张笑侠先生怀疑这是曹雪芹在创作时候的遗漏。

在创作方法论上，周书文先生曾经撰文论述过，虽然并非针对张笑侠先生的观点，但是通过周先生的论述，完全可以解答是否存在真正遗

---

① 李知其：《红楼梦谜》，自印本，1984年版，第201页。
② 霍国玲、霍纪平、霍力君：《红楼解梦·第二集》，中国华侨出版社，1996年版，第401页。
③ 张晓琦：《红楼谜话》，金桥文化出版有限公司，2000年版，第290页。
④ 赵同：《颠倒红楼》，上海辞书出版社，2010年版，第143页。

漏的问题。周先生认为，曹雪芹笔下的妙玉是"墨淡而色浓，言少而意深"。《红楼梦》中妙玉的故事情节极少的原因是作者"通过景物衬托，自身动作与他人品评，揭示出她那丰富而又复杂的心灵奥妙"①。周先生认为曹雪芹是借多重环境点染，以此烘托妙玉的心灵色调，靠多重外化活动来揭示妙玉的心灵奥妙，以众人的品评来凸显妙玉的多样化心态。总而言之，看似漏笔的地方，正是曹雪芹的有意留白，这种创作手法极其高明。

对作者塑造妙玉的手法，虽然有很多种称谓，其实质都是一样的。这就是余英时先生说的"强烈对照"。余英时先生本着《红楼梦》中两个世界的观点，认为："妙玉是《红楼梦》的理想世界中第一个干净人物，而在理想世界破灭以后竟流入现实世界中最龌龊角落上去。仅此一端即可推想作者对两个世界的处理是采用了多么强烈对照的笔法！"② 我们且不论余英时先生"两个世界"的观点对与不对，仅从对照式的创作手法来看，余先生并没有说错。对照是曹雪芹惯用的方法，在强烈的对照之下，我们可以非常清晰地辨识什么是真正的"槛内人"与"槛外人"，什么是真正的"干净"与"肮脏"，等等。

二、妙玉这个人物所表现出的意义是什么

探索文学形象的意义是近现代文学研究的产物，就妙玉而论，其蕴涵的文学意义主要集中在"控诉"与"追求"两个词上。

控诉什么？控诉封建宗教的虚伪，控诉封建禁欲主义的危害，控诉礼教对人才和美的戕害。朱眉叔先生说："通过妙玉揭露了虚无出世不可能、禁欲主义的危害、超阶级的清高是不存在的、宗教徒既是封建贵族的爪牙也是玩物。"③

追求什么？妙玉所追求的其实很简单，就是"幸福的合理性"，冯子礼先生说："妙玉所执著追求的，在此岸而不在彼岸，在槛内而不在槛外，是尘世生活而不是西方净土，是做人而不是成佛。她执著的，既不是珍瑶

---

① 周书文：《"无瑕白玉遭泥陷"——妙玉性格塑造的特点》，载周书文：《〈红楼梦〉配角塑造艺术》，江西人民出版社，1988年版，第119页。
② 胡文彬、周雷：《海外红学论集》，上海古籍出版社，1982年版，第46页。
③ 朱眉叔：《红楼梦的背景与人物》，辽宁大学出版社，1986年版，第395~396页。

们的淫靡生活,也不是雨村熙凤们的恣睢生活,当然也不是李纨式的槁木死灰生活,或刘姥姥式的辛酸生活。她执著与追求的,乃是宝黛式的处于濛沌状态的'人'的生活。"①

---

① 冯子礼:《妙玉的环境与妙玉的性格》,《红楼梦学刊》1983年第4辑。

第七章　贾迎春

　　贾迎春是金陵十二钗正册中的人物，然而她在书中的戏份却远不如袭人、晴雯等这些副册中的人物。迎春在《红楼梦》第三回正式出场，然而真正开始说话却到了第三十一回。她所表现出来的慈善与无争并没有让命运垂青于她，反而让她成为一个懦弱的人，在红楼世界中悲苦地离去。大多数的读者都很怜惜迎春，因为她生得孤独，死得凄凉，她在贾府中虽然贵为二小姐，然而始终处于被遗忘的角落。她的才情、容貌、见识都只能用平常来形容，她似乎无欲、无求、无为，她给人的第一形象便是沉默可亲。而当她独自默默地坐于树下穿茉莉花时，却让人们看到了一份生命悬挂于宇宙之间的苍凉。

　　贾迎春是不幸的，然而在读者眼中她又是万幸的，因为她是金陵十二钗中争论最少的一位，她的判词也是曹公在故事中铺陈描述得最明确的一位。关于迎春的评论文章，相对于其他正钗是很少的，评论的切入点、最后得出的观点都基本相同，所以我们梳理她的身份与容貌、性情与才学、结局与意义时都比较清晰。

第一节　身份与容貌研究

　　贾迎春是贾赦的女儿，但并非邢夫人所生。对她的介绍，最早见于书中第二回，冷子兴说："二小姐乃赦老爹之妾所出，名迎春。"冷子兴的介绍很清楚，贾迎春是庶出。但是在抄本系统中，各种版本间关于这句话又有异同。例如，甲戌本上是"赦老爹前妻所出"，从这句话来看，迎春应该是贾赦的第一个正室夫人所生的女儿。庚辰本上是"政老爹前妻所出"，这句话应该是错误的，从后面的文字看，王夫人是贾政的正室夫人，而贾政并没有续过弦。己卯本和梦稿本上是"赦老爷之女，政老爷养为己女"，从后面的故事看，这种关系确实存在，但是这句话并没有介绍迎春的生母是谁。戚序本上是"赦老爷之妾所出"，甲辰本、程甲本上是"赦老爷姨娘所出"。

从各种版本文字上看，贾迎春的生母是谁并不明晰，但是从《红楼梦》第七十三回邢夫人的话语中，我们可以得知，贾迎春是贾赦的妾所生。母亲姓甚名谁已经无从知晓了，只知道她的母亲比赵姨娘"强十倍"。

关于贾迎春的容貌，书中第三回通过林黛玉的眼睛为读者介绍了出来："肌肤微丰，合中身材，腮凝新荔，鼻腻鹅脂，温柔沉默，观之可亲。"这种描写方法是曹雪芹惯用的写意性的描绘。关于"肌肤微丰"，在甲戌本上有句脂批"不犯宝钗"。其意思是说，迎春的这种"微丰"和薛宝钗的"丰润"比起来，迎春要显得纤细一点。一些评论者认为，对于迎春的长相，曹雪芹重点突出了她的皮肤。"腮凝新荔"是形容像刚刚剥了皮的新鲜荔枝一样，晶莹欲滴。"鼻腻鹅脂"这句话描写的角度奇特，曹立波先生就曾说："一般女人鼻翼附近的毛孔容易粗大，所以鼻子的皮肤白润细嫩，整个面孔可谓窥一斑而知全豹了。"① 对于迎春的外貌描写，闫红有一句调侃的表述很有意思："但凡富贵之家的小姐，风吹不着太阳晒不着的，又有蔷薇硝茉莉粉之类搽着，皮肤都不会差到哪里去。西人所著《格调》里也说，上层社会的相貌平均值高于底层，单是相貌尚可不说明什么。"②

也有一些研究者认为，曹雪芹这样描写迎春的外貌，是委婉地表达出她相貌平平。"既无黛玉若仙之神韵美，亦无宝钗雍容之风采美，更无湘云豪爽之飘逸美，可卿之风流袅娜美，妙玉之高洁美。"③ 然而曹立波先生认为，这种外貌的刻画更多是放在了迎春的性格上，"沉默"与"可亲"为后来懦弱、寡言的"二木头"形象做了铺垫。

---

① 曹立波：《红楼十二钗评传》，清华大学出版社，2007年版，第101页。
② 闫红：《误读红楼》，天津教育出版社，2007年版，第82页。
③ 王颖卓："懦"字神来悲迎春——从"公府千金"到"蒲柳下流"的沦落》，《红楼梦学刊》2004年第2辑。

第二节　性情与才学研究

关于贾迎春的性情，最突出的一点就是"懦"，研究者对这个字的概括已经达成了共识。其实"懦"并非某一个研究者总结出来的，而是曹雪芹给贾迎春的定位。《红楼梦》第七十三回的回目就是"懦小姐不问累金凤"，这一回算是贾迎春性情的"正传"，至此"懦"就成了这位贾府二小姐的代名词了。

除了"懦"以外，贾迎春还有一个绰号"二木头"，这也不是哪一个研究者给她取的，而是书中贾府的仆人背地里议论时叫的。就连作者在叙述中也有这样的话："迎春是个有气的死人，连他自己也尚未照管齐全。"由此可见，对于迎春的性情，曹雪芹似乎在书中已经写得非常明白，而且没有一处是模棱两可的含混之词，这也是关于贾迎春的争论较少的根本原因。对于贾迎春表现出来的这种懦弱和木讷，评论者的态度主要有三种。

第一，理解式的欣赏。陈其泰先生说："迎春虽懦，而平素以安静为主，遇事以宽厚为主。又极识大体，不肯发其母之私意，不肯为下人而欺其母，真是大贤大孝。百忙中看感应篇，写迎春颊上三毫，形容妙绝。"[①]陈先生的这段话是站在"女子无才便是德"的立场上来加以言论的，如果从这个切入点而论，贾迎春确实算得上一个标准的封建小姐。也有研究者认为，贾迎春生性懦弱成就了她的一种超然情态。邱瑞平先生就说过："她既不妒忌人家才长，也不懊悔自己智短，寡于言笑，并非故意矜持。人们但请放心地去接近她，什么记仇、抱复、促狭等等念头，在她的头脑里根本就没有萌生过。她有一种懦弱、慵散、懒于计较、无意竞争的'超然'情态。"[②]

第二，批判式的否定。在贾府中，贾迎春是常常被忽略的一个。在众多场合虽然都能看到她的身影，但却很少听到她的动静，她似乎永远都是一个热闹场中的寂寞人。她的懦弱和木讷导致她的仆人为所欲为，奶娘偷偷地拿了她的累金凤去赌博，媳妇丫鬟们甚至当着她的面吵闹，她都不管

[①] （清）陈其泰评，刘操南辑：《桐花凤阁评〈红楼梦〉辑录》，天津人民出版社，1981年版，第212页。

[②] 邱瑞平：《红楼撷英》，华东师范大学出版社，1997年版，第80页。

不顾。对此梅苑先生说:"在大观园里,再也找不出一个比迎春更懦弱无能的人,她懦弱得使人感到可怜复可笑,她完全忘记自己那高贵的身份。"① 梅先生认为,"累金凤事件"以及"绣春囊事件"都是迎春无能的表现,而且她还用宽恕来做借口,掩饰自己的缺点。陈美玲先生也表示:"贾迎春本值得同情,但她没有为自己的命运奋斗过,尽力过,似乎是甘心接受命运的安排,故此难怪很多人不寄予她以同情。"②

第三,在同情中探究懦弱与木讷的根源。一个人的性情除了先天遗传外,主要还是来自后天的养成。贾迎春的懦弱和木讷是不争的事实,研究者除了在理解中欣赏和批判中否定以外,更多的还在于同情中探寻她为什么会有这样的性情。从个人心理状态来看,虎子说:"迎春的失误在于她不该把自己视为一个弱者,将自己置于被动的境地,特别是陷入一种精神的被动。"③ 虎子的这句评论虽然道出了迎春的心理根源,但是仍然没有点出她懦弱的根本原因。星佑先生的一句话其实把握住了关键:"自小失去母亲的事让她没有安全感,因此虽是身为小姐,却总是畏缩怕事,连出个声都担心得罪了人,也怕祸及自己。"④ 在寻求贾迎春懦弱和木讷的根源中,闫红总结的"三不管状态"具有概括性和代表性。迎春的生活方式很奇怪,原本是贾赦的女儿,却从小养在贾政这边,可以说父母是第一不管;从邢夫人数落贾琏和王熙凤的话语中可知,迎春的哥哥嫂子对她也少有关心,这是第二不管;虽然有老太太疼爱,但是比起宝玉和黛玉来,差距是很大的,尽管有丫头仆人服侍,也不过按规矩而行,并非像紫鹃、袭人那样真心实意,这是第三不管。这种状态导致了迎春的性情。胡文彬先生说正是她性格上的懦弱导致了她人格上的不能挺立,进而在人的感情上冷酷⑤,以至于贴身丫头被领走时"连一句话都不说"。

对于贾迎春的才学,红学界的评论仍然可以用两个字来概括——平庸。贾迎春原本就不善于作诗填词,所以大观园的诗社有她不多,缺她不少。李纨为了照顾到每一个人,让迎春做副社长,不过是参与活动,进入

---

① 梅苑:《红楼梦的重要女性》,台湾商务印书馆股份有限公司,1993年,第69~70页。
② 陈美玲:《红楼梦里的小姐与丫鬟》,文津出版社,2001年版,第55页。
③ 虎子:《说红楼 话性情》,长虹出版公司,2001年版,第12页。
④ 星佑:《贾宝玉生命中的十二个女子》,好读出版有限公司,2002年版,第125页。
⑤ 胡文彬:《红楼梦人物谈——胡文彬论红楼梦》,文化艺术出版社,2005年版,第55页。

组织之意。在《红楼梦》前八十回中,每当展才时,迎春都显得笨拙。书中有四次提到迎春的才学平庸。第一次是元妃省亲之夜,元春命众姐妹作诗,迎春写的匾额是"旷性怡情":

> 园成景备特精奇,奉命羞题额旷怡。
> 谁信世间有此境,游来宁不畅神思?

这是迎春唯一的诗作。这首诗作确实缺乏诗意。蔡义江先生说:"迎春为人懦弱,逆来顺受,所以自谓能'旷性怡情';她缺乏想象能力,所以诗也写得空洞无物。"[①]《红楼梦》中的诗作往往是作者命运、性格的写照,对于迎春的这首诗而言,曹立波先生认为表现的是迎春的不自信,"'羞题'二字,虽有自谦之意,但显得拘谨而缺乏自信,迎春的性格也由此可见"[②]。在后来的猜灯谜以及行牙牌令中,迎春不是猜错谜底就是错韵,这些足以见得她确实才疏学浅,然而对此她表现出来的却是顺其自然,一笑了之,从这一点看她又是那么的豁达。

迎春性情安静,围棋似乎是她唯一的爱好,所以在《红楼梦》中多次提到她下棋。第七回写周瑞家的送宫花,看见迎春和探春下棋;第七十九回,迎春出嫁,宝玉思念她而作诗,其中写道"不闻永昼敲棋声,燕泥点点污棋枰"。迎春的两个丫鬟司棋和绣橘,组合起来就是"棋局"。迎春似乎就如同一枚棋子受人摆布,不能自已。梁归智先生说:"下棋可以比喻无欲无争,这就和小说中迎春的个性挂上了钩。迎春喜欢下棋,正是暗示她处世懦弱退让。"[③]

《红楼梦》第二十二回,迎春做了一首灯谜,谜面是:

> 天运人功理不穷,有功无运也难逢。
> 因何镇日纷纷乱,只为阴阳数不同。

贾政猜的是算盘,虽然迎春点头,表示猜对了,但是二月河先生认为这可能是迎春顾忌贾政的面子,故意说猜对了,实质并非算盘。因为仔细

---

① 蔡义江:《红楼梦诗词曲赋全解》,复旦大学出版社,2007年版,第83页。
② 曹立波:《红楼十二钗评传》,清华大学出版社,2007年版,第105页。
③ 梁归智:《红楼疑案:红楼梦探佚琐话》,中华书局,2008年版,第210页。

分析谜面会发现，其谜底应该是围棋。① 1980年12月，二月河先生给冯其庸先生写信，谈及这个问题，冯其庸先生亦表示有这种可能性的存在。如果再结合《红楼梦》中的相关文字来看，这首灯谜的谜底确实应该是围棋，这也符合迎春命运的最终象征。

第三节　结局与意义研究

贾迎春的结局，在红学界争论很少，最主要的原因是在书中第八十回，她已经嫁给了孙绍祖，并受尽虐待，所以曹雪芹已经揭开了他在第五回中为迎春设置的谶语。关于贾迎春的判画、判词、判曲，书中这样写道：

> 后面忽见画着个恶狼，追扑一美女，欲啖之意。其书云：
> 子系中山狼，得志便猖狂。
> 金闺花柳质，一载赴黄粱。
> ……
> 〔喜冤家〕中山狼，无情兽，全不念当日根由。一味的骄奢淫荡贪还构。觑着那，侯门艳质同蒲柳；作践的，公府千金似下流。叹芳魂艳魄，一载荡悠悠。

---

① 二月河先生在给冯其庸先生的信中这样解释自己的推测：我意应释为"围棋"。因为只有围棋才能与此四句诗所述全部特征完全吻合。按算盘以木为框，隔为横木名曰"梁"，穿纵杆十余曰"档"；梁上每杆贯珠二，一以代五，梁下贯木珠五，一以代一。每档以十进位，用时依法计算。不须咬文嚼字，"理不穷"这一特点算盘是具备的。但"有功无运也难逢"就颇为费解，因为只有在每一粒算珠都有相逢的可能性这一条件下，这句诗才是有意义的。但现在无论实际使用算盘时还是不用时挂起来，每一粒算珠都有固定的"邻居"；不相邻的算珠无论怎么"有运"也是碰不到一起的，而相邻的算珠无论怎样"无运"也是要相逢的。"纷纷乱"就更成问题了。算盘是一种计算工具，运算时有口诀、有法则，一个子儿也乱拨不得，怎么可以用"纷纷乱"来形容？至于"阴阳数不同"，用在算盘上也实在勉强得很。但如果解为"围棋"，那么所有不通之处均可迎刃而解。围棋盘纵横十九线，三百六十一个交叉点，黑白子各百有八十粒。双方执子着棋，变化无极、层出不穷，自有棋以来无同局之盘，"天运人功"在这小小棋盘上演出无数局面，还不是"理不穷"吗？具体到每一粒黑白子来说，虽然实际上都有可能在棋盘上相遇，但这是要靠执棋人的筹算的，确实既要有"功"又要有"运"才能与对应的子相逢。算盘有口诀法则，而棋子布盘却是有法而无则，攻左视右、声东击西、瞻前顾后，着法不一、千变万化；满盘上星罗棋布、死活不一，劫杀刺诱、黑白势力狼牙犬齿——的确是"纷纷乱"——为什么会这样？就是因为执黑（阴）、执白（阳）子的棋手掌握着棋子的命运，而他们运筹计算的力量和方法各不相同，因此才形成了"理不穷"、子"难逢"、"纷纷乱"的局面。

在迎春的判词中，"子"与"系"合起来就是"孙"，这暗示孙绍祖。"中山狼"是一个典故，暗指孙绍祖禽兽不如，恩将仇报。因为曹雪芹自己的揭示，这首判词就已经没有多大悬念了。然而，梁归智先生还是认为："不能孤立地看待迎春误嫁的悲剧，她与十二钗其他人的悲剧一样，和贾府败亡的大悲剧相为因果，有着复杂的内外背景，是'忽喇喇似大厦倾'而'落了片白茫茫大地真干净'的有机组成部分。"①梁先生认为，孙绍祖最后和贾雨村勾结，在八十回后的"犬戎叛乱"中整垮了贾家。

判词中的"一载赴黄粱"，是指迎春嫁到孙家，一年后就死了。她是以什么样的方式死的呢？红学界有一个笼统的看法即被孙绍祖折磨致死，她生命的最终结束是自杀还是他杀，很多研究者并没有给出明确的答案。刘心武先生认为，迎春是上吊自杀而死的，"黄粱"是指"黄杨梁木"。刘先生在他的续书中这样设计了迎春的死亡：

  （迎春）又从箱子里找出一条长长的绦带，握在手里，走出屋，来到游廊里。那游廊并无彩绘装饰，模仿江南园林里的造法，全用黄杨木素构。他早些天其实已选好地方。游廊前端，与穿堂门衔接处的台阶，离游廊下方的栏板很近，他容易攀上去，站到栏板上后，他将绦带往上丢，丢到第三回，那绦带绕过了游廊内顶里的黄杨梁木，他就将那绦带结了个活套，将自己头颅伸了进去。……他将双脚拼力往栏板外一蹬……荡悠悠，三魂出窍。②

仅从小说创作的角度而言，这段描写是成功的，对迎春判词的理解也很新颖、巧妙。

贾迎春虽然是金陵十二钗中的配角，但是曹雪芹塑造这个简单的"二木头"定有他想表达的含义。多数研究者对迎春的生命历程都抱有同情，都在叹息如此安静、和顺、符合正统女德的大家闺秀，怎么遭受这样的噩运。子旭先生说："答案只有一个，即作者以无情的事实证明旧时代红颜薄命，女儿悲剧的必然。无论小姐或奴婢，也无论性情刚烈或温柔，都逃脱不了悲惨的遭遇。"③对于曹雪芹塑造迎春的意义，评论者的观点主要

---

① 梁归智：《红楼疑案：红楼梦探佚琐话》，中华书局，2008年版，第209页。
② 刘心武：《刘心武续红楼梦》，江苏人民出版社，2011年版，第6页。
③ 子旭：《解读〈红楼梦〉》，云龙出版社，1999年版，第94页。

有两种。

第一，痛诉包办婚姻的罪恶。这一点是绝大多数研究者的共识。梁归智先生就说："迎春的悲剧故事深刻地表现了传统包办婚姻的罪恶，表现了那一时代没落贵族少女怎样成了家庭的牺牲品，而遭遇不幸的命运。"①对于这样的解释，经历过旧社会的人似乎感受得更深刻。所以李希凡先生认为："封建婚姻的丑恶本质，本就在于不把妇女当人。所谓父母之命、媒妁之言，实际上是把女儿当成为父母间'买卖'的交易品，迎春的出嫁，就是其父'准折'银钱的'以物易物'。"②

第二，对短暂而苦难的人生表示同情。金陵十二钗的生命似乎都是苦难而短暂的，这在贾迎春身上显现得更为浓烈。细细回想，书中凡是落到她头上的都是坏的，以她为主角的故事情节多如此。此时的曹雪芹要通过迎春这个人物表达出一种对生命的慈悲之心。"'慈悲'并不是天生的，'慈悲'是看过生命不同形式的受苦之后真正生长出来的同情与原谅。"③贾府四位小姐的生命都是那么悲凉，刘再复先生说："虽是贵族侯门最高贵的女儿，却都没有享受一项生命最高的幸福，这就是青春恋情。"④

---

① 梁归智：《红楼疑案：红楼梦探佚琐话》，中华书局，2008年版，第211页。
② 李希凡、李萌：《传神文笔足千秋——〈红楼梦〉人物论》，文化艺术出版社，2006年版，第247页。
③ 蒋勋：《蒋勋说红楼梦》，上海三联书店，2010年版，第3页。
④ 刘再复：《红楼哲学笔记》，三联书店（香港），2009年版，第110页。

第八章　贾惜春

贾惜春是贾府"四春"中年龄最小的，排在金陵十二钗的第八位。在《红楼梦》中虽然处处都有她的身影，但她实际的戏份却很少。贾惜春第三回出场，第五回出现她的判词，到第七回送宫花时才有她的台词。关于她的故事情节，主要集中在书中的两处：第一处是第四十回与四十一回，她奉贾母之命绘制大观园的图；第二处是第七十四回"矢孤介杜绝宁国府"，可以说这一回才是惜春的正传。人物塑造如此简单，似乎不像曹雪芹的风格，所以一些研究者就在思考，关于贾惜春的故事情节为什么那么少？喻天舒先生认为有两点原因：第一是曹雪芹节省篇幅、突出重点与主次；第二是顺应惜春这个人物的性格，"躲是非，图清静的惜春本人对贾府心灰意冷，她显然会使自己尽力不为他人所瞩目；另一方面，贾府中真正关心留意惜春者，也罕有其人，在人们的感情深处，她其实可有可无。这样一来，重大场合下不见惜春抛头露面，便是一桩顺理成章的事情"①。

从现有的文献资料来看，研究者对于贾惜春的评论，其角度和切入点基本相同，得出的结论大同小异，对于判词的解析也几乎没有争议。所以关于贾惜春的话题就相对较少，主要集中在性情和结局等方面。

第一节　姓名、容貌与才学研究

贾惜春的名字仍然同贾府其他姐妹一样从"春"字。因为她

---

① 喻天舒：《惜春论》，《红楼梦学刊》1988 年第 2 辑。

出生于春天的末尾，所以"惜"就有珍惜、留恋的意思。对于惜春名字的解析也并不多。洪秋蕃先生说："惜春，谓青灯古佛，辜负春光，故曰惜春。"① 而李劼先生解释得更简单，"惜春的意义也仅止于息春，即大观园之春的终结"②。

关于惜春的容貌也几乎是空白，《红楼梦》中仅有两处不写之写。惜春在第三回跟着迎春、探春一起出场时，曹雪芹通过林黛玉的眼睛给出了八个字："身量未足，形容尚小。"这是书中仅有的一次直接描写。另外一处是《红楼梦》第四十回，作者通过刘姥姥的话，说惜春"这么好个模样"。除此以外再没有别的了。

曹雪芹对人物外貌的刻画虽然惯用的风格是大写意式的描写，但是从来不会吝惜笔墨，尽管不会在某一回里集中描写完毕，也会在必要的时刻添加润色。为什么他对贾惜春的描写如此别出心裁呢？这在研究者的文章中少有触及，不过曹立波先生给出了几点思考，较为合理。第一，细细观察曹雪芹的笔触，对人物孩提时代的描述都很简略，极少涉及外貌。第二，惜春最终是要和佛结缘的人，她和佛家的缘分比妙玉来得更为直接——她自愿遁入空门，而不像妙玉是被迫出家的。而佛教教义说"色即是空，空即是色"，从这个角度而论，再美丽的容颜也是空无的。第三，曹雪芹对人物肖像的刻画总是以凸显人物性格为中心的，"惜春素以性情孤介奇癖著称，这样的神情在一个孩童脸上着实难以展现，大多只能通过言谈举止逐一点出。这样一来，作者也就无意细致雕琢这位'形容尚小'的美人的外貌了"③。

关于惜春的"小"，有学者认为，这是曹雪芹在创作《红楼梦》时不慎留下的败笔。因为从第三回出场一直到第八十回，惜春似乎都不见长大。早期的红楼评论者涂瀛就说，这是《红楼梦》的作者在创作时遗留的毛病，"惜春屡言小，巧姐初不肯长，后长得太快，李嬷嬷过于龙钟，诸如此类，未可悉数"④。

---

① 洪秋蕃：《红楼梦抉隐》，载一粟编：《古典文学研究资料汇编·红楼梦卷》，中华书局，1963年版，第240页。
② 李劼：《历史文化的全息图像——论〈红楼梦〉》，知识出版社，1995年版，第111页。
③ 曹立波：《红楼十二钗评传》，清华大学出版社，2007年版，第113~114页。
④ 涂瀛：《红楼梦问答》，载一粟编：《古典文学研究资料汇编·红楼梦卷》，中华书局，1963年版，第145~146页。

"元迎探惜"对应"琴棋书画",惜春的才学主要落在她的绘画技艺上。她的诗才如同她的二姐姐迎春一样平庸,在《红楼梦》中,惜春只作过两首诗,一首是元妃省亲时的应景之作,另一首是为元宵节制的灯谜:

文章造化匾额

山水横拖千里外,楼台高起五云中。
园修日月光辉里,景夺文章造化功。

海灯谜

前身色相总无成,不听菱歌听佛经。
莫道此生沉黑海,性中自有大光明。

从诗词韵律和诗意表达方面而言,确实没有可圈可点的地方,然而这两首诗作都散发出了浓浓的佛韵。脂砚斋曾在这首诗旁批道:"此惜春为尼之谶也,公府千金至缁衣乞食,宁不悲夫!"这点出了惜春最终出家为尼的命运。所以蔡义江先生认为:"在这首谜诗中,作者虽然借用了一些佛教语,如'色相'、'性'等等,但其用意,显然并不在于劝人信佛,也不过是预示惜春的归属而已。"① 当然惜春的特长并不是作诗,而是作画。但是细细地翻阅文本,曹雪芹对惜春画技的展示如同蜻蜓点水般,只是通过贾母之口说惜春能绘画,而作画的细节以及绘画的效果一概不知。其实细心的读者会发现,当曹雪芹写到惜春绘画时,文中的惜春总是懒懒的,而且画一幅"大观园行乐图"竟然要花几年的工夫。对此胡晓明先生说:"绘画在惜春心中,不仅是艺术修养的方式,而且是参禅悟道的形式。"② 这样一来,绘画就成了惜春了悟人间的切入点了。

对于曹雪芹运用蜻蜓点水般的方式写惜春绘画,曹立波先生有一段精彩的论述:"于惜春自身而言,一笔一笔地画下来,仿佛把世间极富极贵的生活都亲历一遍。从积极告假到收画停笔,再到望着画只是出神,她似乎从这些万紫千红的色彩中悟出了万事皆空的真谛。……可以说描画大观园是惜春因色见空、看破红尘的重要契机。"③

---

① 蔡义江:《红楼梦诗词曲赋鉴赏》,中华书局,2002年版,第170页。
② 胡晓明:《〈红楼梦〉惜春性格的刻画》,《洛阳师范学院学报》2002年第4期。
③ 曹立波:《红楼十二钗评传》,清华大学出版社,2007年版,第118页。

第二节　性情研究

贾府的四位小姐，其性格都非常突出，对于贾惜春的性情，孤僻和冷漠是研究者的共识，早期的评论者中多数都持这样的言论。例如二知道人说："惜春幼而孤僻，年已及笄，倔强犹昔也。"[①] 涂瀛说："人不奇则不清，不僻则不净，以知清净法门，皆奇僻性人也。惜春雅负此情，与妙玉交最厚，出尘之想，端自隗始矣。"[②]《红楼梦》中集中展示惜春性情的孤僻与冷漠是在第七十四回。因为抄检大观园，在惜春处查出了她的贴身丫鬟入画私藏男人之物，这是闺中大忌。然而入画所藏的物品，并非表示她和谁有私情，而是入画的哥哥得了主人的赏赐，怕拿回家被叔叔婶婶给消耗了，于是就托张妈传递进来让入画收着，性质属于存放。事情的原委其实非常清楚，王熙凤也看着入画平时办事、为人都很踏实，就想饶恕她，可是惜春这时的态度却出人意料，书中这样写道：

> 惜春胆小，见了这个也害怕，说："我竟不知道。这还了得！二嫂子，你要打他，好歹带他出去打罢，我听不惯的。"凤姐笑道："这话若果真呢，也倒可恕，只是不该私自传送进来。这个可以传递，什么不可以传递。这倒是传递人的不是了。若这话不真，倘是偷来的，你可就别想活了。"入画跪着哭道："我不敢扯谎。奶奶只管明日问我们奶奶和大爷去，若说不是赏的，就拿我和我哥哥一同打死无怨。"凤姐道："这个自然要问的，只是真赏的也有不是。谁许你私自传送东西的！你且说是谁作接应，我便饶你。下次万万不可。"惜春道："嫂子别饶他这次方可。这里人多，若不拿一个人作法，那些大的听见了，又不知怎样呢。嫂子若饶他，我也不依。"

从这段描写来看，王熙凤都已经饶恕了入画，可是她的主人反而不依。这种表现确实奇怪，对于主人而言，对自己的仆人进行必要的保护也

[①] 二知道人：《红楼梦说梦》，载一粟编：《古典文学研究资料汇编·红楼梦卷》，中华书局，1963年版，第94页。

[②] 涂瀛：《红楼梦论赞》，载一粟编：《古典文学研究资料汇编·红楼梦卷》，中华书局，1963年版，第129~130页。

是人之常情，而且保护仆人也是在保护自己，然而令人没有想到的是惜春对此却不依不饶。紧接着的第二天，尤氏专门从宁国府过来处理入画的事，在严厉批评了入画之后，也表达出给入画一次改过的机会，谁知道惜春的一段言语却让尤氏无言以对，书中这样写道：

> 惜春便将昨晚之事细细告诉与尤氏，又命将入画的东西一概要来与尤氏过目。尤氏道："实是你哥哥赏他哥哥的，只不该私自传送，如今官盐竟成了私盐了。"因骂入画"糊涂脂油蒙了心的"。惜春道："你们管教不严，反骂丫头。这些姊妹，独我的丫头这样没脸，我如何去见人。昨儿我立逼着凤姐姐带了他去，他只不肯。我想，他原是那边的人，凤姐姐不带他去，也原有理。我今日正要送过去，嫂子来的恰好，快带了他去。或打，或杀，或卖，我一概不管。"入画听说，又跪下哭求，说："再不敢了。只求姑娘看从小儿的情常，好歹生死在一处罢。"尤氏和奶娘等人也都十分不解，说他"不过一时糊涂了，下次再不敢的。他从小儿伏侍你一场，到底留着他为是"。谁知惜春虽然年幼，却天生成一种百折不回的廉介孤独僻性，任人怎说，他只以为丢了他的体面，咬定牙断乎不肯。更又说的好："不但不要入画，如今我也大了，连我也不便往你们那边去了。况且近日我每每风闻得有人背地里议论什么多少不堪的闲话，我若再去，连我也编派上了。"尤氏道："谁议论什么？又有什么可议论的！姑娘是谁，我们是谁。姑娘既听见人议论我们，就该问着他才是。"惜春冷笑道："你这话问着我倒好。我一个姑娘家，只有躲是非的，我反去寻是非，成个什么人了！还有一句话：我不怕你恼，好歹自有公论，又何必去问人。古人说得好，'善恶生死，父子不能有所勖助'，何况你我二人之间。我只知道保得住我就够了，不管你们。从此以后，你们有事别累我。"尤氏听了，又气又好笑，因向地下众人道："怪道人人都说这四丫头年轻糊涂，我只不信。你们听才一篇话，无原无故，又不知好歹，又没个轻重。虽然是小孩子的话，却又能寒人的心。"众嬷嬷笑道："姑娘年轻，奶奶自然要吃些亏的。"惜春冷笑道："我虽年轻，这话却不年轻。你们不看书不识几个字，所以都是些呆子，看着明白人，倒说我年轻糊涂。"尤氏道："你是状元榜眼探花，古今第一个才子。我们是糊涂人，不如你明白，何如？"惜春道："状元榜眼难道就没有糊涂

的不成。可知他们也有不能了悟的。"尤氏笑道："你倒好。才是才子，这会子又作大和尚了，又讲起了悟来了。"惜春道："我不了悟，我也舍不得入画了。"尤氏道："可知你是个心冷口冷心狠意狠的人。"惜春道："古人曾也说的，'不作狠心人，难得自了汉。'我清清白白的一个人，为什么教你们带累坏了我！"尤氏心内原有病，怕说这些话。听说有人议论，已是心中羞恼激射，只是在惜春分上不好发作，忍耐了大半。今见惜春又说这句，因按捺不住，因问惜春道："怎么就带累了你了？你的丫头的不是，无故说我，我倒忍了这半日，你倒越发得了意，只管说这些话。你是千金万金的小姐，我们以后就不亲近，仔细带累了小姐的美名。即刻就叫人将入画带了过去！"说着，便赌气起身去了。惜春道："若果然不来，倒也省了口舌是非，大家倒还清净。"尤氏也不答话，一径往前边去了。

对于上面所引的两段原文，几乎就是惜春在《红楼梦》中的正传了，无论是对入画还是尤氏，惜春都表现出了一种超乎想象的"冷"。梁归智先生说，惜春的"冷"是真冷，没有一点矫揉造作。对于惜春的这般冷漠，研究者认为其根本原因主要有两点。

第一，惜春在成长过程中"缺爱"。惜春是宁国府的人，然而却一直住在荣国府。她和贾珍是亲兄妹，但是翻阅文本的所有角落，找不出一处有贾珍过问或者是关心惜春的情节。惜春的母亲早逝，父亲贾敬好道，一心想当神仙，连官都不想做，更别提关心爱护自己的女儿了。所以潘知常先生说："惜春从来没有得到丝毫来自亲人的亲情温暖……可以想象，一个小女孩，遇到了这样的一种生存环境，她的整个心态肯定是会受极大极大的影响的。"[①] 所以这种身世与遭遇"使她的性格变得比较孤僻，对一切都显得冷漠"[②]。

第二，惜春的人格本质就是"空"。人格的树立是和一个人的情感经历密切相关的，惜春因为成长中缺爱，过早地感受到了人世间的冷漠和残酷，通过一段心灵的挣扎，她顿悟了，于是在自己的生命格局中烙下了一个大大的"空"字。所以刘宏彬先生说："惜春此时虽然未出家，但在精

---

① 潘知常：《说〈红楼〉人物》，上海文化出版社，2008年版，第258页。
② 张庆善、刘永良：《漫说红楼》，人民文学出版社，2000年版，第100页。

神上已经跨入'天国';身在槛内,而成为真正的'槛外人'。她的人格本质的哲学概括,是'空'。"①

惜春的这种性情已经注定,没有办法改变,然而谁又来为惜春的"冷僻"负责呢?研究者的看法也分两个方面:第一,她的父母和家庭有责任;第二,惜春自己也有问题。在生活中,惜春因为孤独,慢慢地不相信任何人,不相信亲情。在她的眼里,一切都是浮云,于是她开始塑造理想化的自我形象,追求无牵无挂的超脱。所以郭一峰先生说:"她是一个自给自足、平和安宁的人,无欲无念,不受外界的干扰,对生活中的风风雨雨能够坦然处之,并因了悟了人生而能够傲视众生。理想化形象的形成使她渴望不受约束,享受闲云野鹤般的生活。"②

第三节 结局研究

贾惜春的结局是出家,早在脂砚斋批语中就介绍说,判词是"惜春为尼之谶也"。所以惜春的判画、判词、判曲是金陵十二钗中表述得十分明白的一首,几乎没有争议。

> 后面便是一所古庙,里面有一美人在内看经独坐。其判云:
> 勘破三春景不长,缁衣顿改昔年妆。
> 可怜绣户侯门女,独卧青灯古佛旁。
> ……
> 〔虚花悟〕将那三春看破,桃红柳绿待如何?把这韶华打灭,觅那清淡天和。说什么,天上夭桃盛,云中杏蕊多。到头来,谁把秋捱过?则看那,白杨村里人呜咽,青枫林下鬼吟哦。更兼着,连天衰草遮坟墓。这的是,昨贫今富人劳碌,春荣秋谢花折磨。似这般,生关死劫谁能躲?闻说道,西方宝树唤婆娑,上结着长生果。

在惜春的判词、判曲中充盈着一种了悟,这是出家之人必备的前提,没有了悟,就斩不断红尘,斩不断红尘就看不破世间的本质,也就不会出家了。然而对于惜春来说,她的了悟来源于何处呢?这是研究者最关心的

---

① 刘宏彬:《金陵十二钗中六对人物形象的矛盾组合》,《红楼梦学刊》1990年第4辑。
② 郭一峰:《红楼人物的神经症倾向》,中国文联出版社,2002年版,第118~119页。

问题，也是评论惜春的研究者定会涉及的问题。对于惜春能了悟的根源，红学界出现了少有的一致性说法：惜春是看到家族的衰败以及三个姐姐不同的遭遇后才有了觉悟。

觉悟是自身阅历的总结和升华。胡文彬先生说："惜春的'悟'不是'顿悟'，而是在贾府由盛到衰，三春相继去尽中逐渐'觉悟'的。这是由表及里、由感性到理性的认识过程。"① 胡文彬先生的这种说法极具代表性，几乎能得到所有评论者的肯定。

胡晓明先生把促成惜春了悟的根源归结在她能冷静观察上，然而冷静的观察又有内外之分。向内冷静观察三个姐姐的悲苦遭遇，向外观察僧人们的无牵无挂，如同闲云野鹤般自在，所以最后她毅然决然地走出了大观园。

对于惜春出家的性质，评论者的看法就不尽相同了，总结起来主要有以下四点。

第一，自保。所谓自保，对于惜春而言，就是自己为自己寻找一个适合的归宿。惜春看着贾家大势已去，自己未来的命运也会同三个姐姐一样苦痛不堪，与其坐以待毙，还不如走出家门为自己寻找一个出路。所以闫红说："当她断然出家，等于是和这个世界划清了界限。活在这样的尘世里，她无能为力，只求自保。"②

第二，为了个人而消极逃避。对于一些学者提出的自保性，梁归智先生认为，惜春的"出家为尼只是'保住自己'的一种无可奈何的逃路。……惜春出家主要是客观原因造成，她孤僻的个性只不过起了辅助作用。她终于出家并非情愿，而是另一种形式的被迫"③。所以便有了贾惜春出家是为了个人而消极逃避的观点。王昆仑先生也持这样的看法。王先生认为，惜春不仅才学平平，而且性格孤僻，既没有探春的积极也没有李纨的恬淡，因为年龄小所以怕事。"她深深地看到这一大家族种种的暗影，而且她以为人与人之间是本来无可留恋的。此中既无前途，只有逃出圈外，以求洁身自好。这完全是出于为了个人而消极逃避，不是什么求真证

---

① 胡文彬：《红楼梦人物谈——胡文彬论红楼梦》，文化艺术出版社，2005年版，第73页。
② 闫红：《误读红楼》，天津教育出版社，2007年版，第92页。
③ 梁归智：《红楼梦探佚》，北京师范大学出版社，2010年版，第188页。

道的勇士；不过就这一点决心，出在那种侯门绣户中，也就算是稀罕了。"①

第三，真正的解脱。薛瑞生先生曾经将惜春和妙玉做了一个对比，薛先生说，妙玉是身在佛门而心在红尘，惜春和她刚刚相反，是身在红尘而心在佛门。所以对于惜春的出家，一些评论者认为惜春找到了真正的心灵解脱。

王国维先生对于《红楼梦》中的解脱之道有着自己独特的看法，他认为真正的解脱之道，不是自杀，而是出世。"出世者，拒绝一切生活之欲者也。彼知生活之无所逃于苦痛，而求入于无生之域。当其终也，恒干虽存，固已形如槁木，而心如死灰矣。"② 王国维先生认为解脱的形式分为两种，一种是看到他人的痛苦之后的觉悟，另一种是自己经历坎坷之后的了悟。对于惜春而言，她属于前一种，而这种形式的解脱之道是极超然的。

第四，追求自己的幸福。一些评论者认为，无论是自保、逃避还是真正的解脱，对于惜春而言，出家就是在追求一种幸福。当然，这里的幸福是一种广义的概念，对于惜春来说，脱离是非，避开争斗，寻找一处清静之所就是一种幸福。星佑先生说："她看破红尘、决定常伴青灯是不想走其他人的老路，所以选择了与这个世界保持距离。……若从能决定自身的未来看，惜春是幸福的，明白自己在做些什么的人，已经是活出自己的第一步。"③

---

① 王昆仑：《红楼梦人物论》，北京出版社，2004年版，第59~60页。
② 王国维：《红楼梦评论》，载一粟编：《古典文学研究资料汇编·红楼梦卷》，中华书局，1963年版，第251页。
③ 星佑：《贾宝玉生命中的十二个女子》，好读出版有限公司，2002年版，第161页。

第九章　王熙凤

王熙凤在曹雪芹的笔下可谓浓墨重彩，她在金陵十二钗中虽然排名比较靠后，但却是戏份最多的一位。正是因为她的存在，大大提升了《红楼梦》的可读性。如果说宝黛是作者高度理想化中的一号男女主角的话，那么王熙凤就是作者笔下极度现实化中的一号主角。曾有学者说，如果《红楼梦》中没有了王熙凤，文本的可读性会少去三分之二；如果《红楼梦》中没有了王熙凤，红楼人物的构架就会坍塌。这并非夸张之词，王熙凤在《红楼梦》中的地位和作用确实如此。

细数评论金陵十二钗的文章，其中关于王熙凤的文章数量不亚于黛钗。评论者对于王熙凤的评价可谓褒贬参半，其评论重点主要集中在名字涵义、外貌、才干、品行、性情、结局及人物形象的典型意义等方面。

第一节　名字涵义研究

对王熙凤名字的解析，评论者主要运用两种方法切入：第一种是红楼人物评论的惯用方法——谐音解析法，第二种是典故解析法。在这两种方法中，谐音解析法主要出现在早期的评论文章中，典故解析法主要出现在近现代的人物评论中。

王熙凤的"凤"字，从字义来看是指凤凰中的雄性，换句话说，王熙凤取了一个男性化的名字，这一点在《红楼梦》文本中就能得到证实。第五十四回，说书的女先生为贾母等人说书助兴，讲道：

"这书上乃说残唐之时，有一位乡绅，本是金陵人氏，名唤王忠,曾做过两朝宰辅。如今告老还家,膝下只有一位公子,名唤王熙凤。"众人听了,笑将起来。贾母笑道:"这重了我们凤丫头了。"媳妇忙上去推他,"这是二奶奶的名字,少混说。"贾母笑道:"你说,你说。"女先生忙笑着站起来,说:"我们该死了,不知是奶奶的讳。"凤姐儿笑道:"怕什么,你们只管说罢,重名重姓的多呢。"

重名重姓虽然属于巧合,但是这段故事足以证明王熙凤原本是起男孩子的名字。作者为什么要这样为她命名呢,俞平伯先生认为其中的主要原因是显示王熙凤的才干和见识。俞先生说:"她的所以能够比并男子,既不在装扮形容上,也不在书本知识上(此所以凤姐不识字却无碍其有学名),而在于她的见识才干上。"① 对于这样的解释,李劼先生也持相同的观点,只不过李先生使用的是谐音法,"王熙凤谐音稀凤,意谓一个鲜见的具有男性阳刚之气的强硬女子"②。

用典故解析法看王熙凤的名字,评论者多用许慎的《说文解字》,此书"鸟部""凤"字条说,凤是一种神鸟,这可以暗指王熙凤的聪明才干,然而"凤"的繁体一分为二就是"凡"和"鸟"的组合。林冠夫先生认为,这里面包含着作者对王熙凤这个人物的贬义情感。据《说文解字》上的解释,凤凰一旦出现,则表示"天下大安宁",然而王熙凤这只"凤"却偏从末世来,所以林冠夫先生把二者联系起来分析说:"二者的含意正好相对。也就是说:作为神鸟的'凤'出现,则是'天下大安宁'的盛世;而'偏从末世来'的,就是'凡鸟'了。特别用一个'偏'字,当是指《说文》而言。所以,判词中的'凡鸟'似乎带一点贬义。"③ 赖振寅先生也持这种"贬义"说观点。赖先生根据王熙凤的判画分析说:"此'凤'现于冰山,生性冷酷,不仁不义,冰心冷肠,薄情寡德。此'凤'雌雄颠倒,阴阳失伦,盛气凌人,雌威害世。"④

不难看出,无论学者们用哪种方法解析她的名字涵义,其指向都是想

---

① 俞平伯:《〈红楼梦〉中关于"十二钗"的描写》,载俞平伯:《俞平伯全集·第六卷》,花山文艺出版社,1997年版,第358页。
② 李劼:《历史文化的全息图像——论〈红楼梦〉》,知识出版社,1995年版,第86页。
③ 林冠夫:《红楼梦纵横谈》,文化艺术出版社,2004年版,第293页。
④ 赖振寅:《"末世凡鸟"的文学镜像与文化意蕴——兼谈"一从二令三人木"》,《红楼梦学刊》2003年第3辑。

表达对王熙凤这个人物的态度，用谐音解析法的学者大多表达"王熙凤"这个名字中暗含她的秉性刚强和杀伐决断的男性气质。而用典故解析法的学者多持否定意见，认为王熙凤这个人物生性贪婪、阴毒刻薄。

第二节　外貌与表情研究

王熙凤在第三回出场，曹雪芹给了她一个漂亮的亮相，读者通过林黛玉的眼睛看到了一个恍若神仙妃子般的贵妇。书中这样写道：

> 这个人打扮与众姑娘不同，彩绣辉煌，恍若神妃仙子：头上戴着金丝八宝攒珠髻，绾着朝阳五凤挂珠钗；项上戴着赤金盘螭璎珞圈；裙边系着豆绿宫绦，双衡比目玫瑰佩；身上穿着缕金百蝶穿花大红洋缎窄裉袄，外罩五彩刻丝石青银鼠褂；下着翡翠撒花洋绉裙。一双丹凤三角眼，两弯柳叶吊梢眉，身量苗条，体格风骚，粉面含春威不露，丹唇未起笑先闻。

在《红楼梦》中，这是一段难得的写实性外貌描写，历来被评论者津津乐道。这段在写王熙凤出场之后，她的出场方式，评论者给了一个标签"未见其人，先闻其声"。通过对文本的分析，评论者除了赞叹曹雪芹的写作技巧以外，还认为王熙凤的出场方式与外貌刻画足以锁定她的性情、气质和神色。

脂砚斋就曾批语道："阿凤三魂六魄都已经被作者拘定了，后文焉得不活跳出来？"活跳出来的是什么呢？王希廉在后来的评语中写道："王熙凤出来，另用一幅笔墨，细细描画。其风流、能干、权诈、阴薄气象已活跳纸上：真是写生妙手。"①

对于王熙凤的外貌评析，评论者除了夸赞她的美丽以外，更多的是以之探析其为人和性格。例如王朝闻先生认为，在凤姐漂亮的容貌里，隐藏着一些可怕的特征。一般来说，"春"和"威"是不相容的，但是曹雪芹却让这两样特质并存于王熙凤的身上，她那如春的外貌，将在别的情势下，露出她的威猛来。所以王朝闻先生说："这如春的外貌里包含着不露

---

① 王希廉：《红楼梦回评》，载朱一玄编：《红楼梦资料汇编》，南开大学出版社，1985年版，第545页。

的威势，就越看越显得她的可怕吧？诱人的美和可怕的丑的对立统一，是有些读者称凤姐为'美女蛇'或'胭脂虎'的一种原因。"①

王熙凤在《红楼梦》中的第一次亮相是非常精彩的，然而这样的亮相给人的感觉是浓妆艳抹式的。为什么凤姐要化着浓妆出来呢？宋淇先生认为这和凤姐的身体健康状态有很大的关系，因为血气不足而导致其脸色暗黄，所以必须要靠脂粉来为自己的形象增光添彩。宋先生曾在前八十回中寻找出有关王熙凤的健康描写十三处。②

在《红楼梦》中，王熙凤的表情也非常丰富，她众多的表情中笑是尤为突出的一种。有学者认为王熙凤是《红楼梦》中笑得最多的一位。王朝闻先生曾总结说，曹雪芹在描写凤姐笑的笔法上是千变万化的，并且注意到了个别与一般的辩证关系，笔墨极其洗练。"常常只用'忙笑道'、'冷笑道'、'假笑道'或'笑道'的简笔，有时连'笑'字也省略了，读者却能够从她和什么人说什么话，感到她是在笑着说的。"③笑原本是一种充满喜悦的表情方式，但是很多评论者都从王熙凤的笑声中感觉到可怕与恐惧。舒芜先生以"贾瑞戏熙凤"时凤姐的笑为例，指出了她的笑中藏刀。王熙凤在和贾瑞的接触中，总是满脸堆笑，书中明写"凤姐笑道"就有四次。舒芜先生说："这四次笑，都是诱敌深入的武器……凤姐前后用了六次假笑，实现了'几时叫他死在我手里'的计划。"④

从对王熙凤笑的解析来看，评论者大多持否定态度，认为她的笑是取悦上层的手段，是谋权机变的心思，是奉承与狠毒的表现。李醒骥先生说："王熙凤做为一条线索，牵连着贾府纷繁错综的矛盾，她那变幻多姿的'笑'则有出神入化的力量，从而使那'悲'的结局显现着不可抗拒的趋势。封建家族的腐朽没落在笑声中是那样的惨然无救，这是一种多么大的讽刺啊。"⑤

---

① 王朝闻：《论凤姐》，百花文艺出版社，1980年版，第59页。
② 这十三处关于王熙凤的健康描写分别在第十四、十九、四十三、四十四、五十五、六十一、六十四、七十一、七十二、七十四、七十六回中。宋淇先生归纳曹雪芹写王熙凤的病，所采用的手法可谓多姿多彩，其中伏线四次，正面详细描写两次，正面交代两次，因病不能参加家事活动两次，借他人之口吐露病情三次。此统计见宋淇：《〈红楼梦〉识要——宋淇红学论集》，中国书店，2000年版，第226~243页。
③ 王朝闻：《论凤姐》，百花文艺出版社，1980年版，第98页。
④ 舒芜：《说梦录》，上海古籍出版社，1982年版，第201页。
⑤ 李醒骥：《王熙凤的"笑"——谈曹雪芹对凤姐的形象刻划》，《红楼梦学刊》1987年第1辑。

第三节 才干研究

王熙凤的才能在曹雪芹的笔下得到了充分的展示，可以说这是凤姐最为闪耀的一面，她的才干也得到了历来评论者一致的肯定。所以有学者说，王熙凤是幸运的，有真才实学，在现实社会中又能得以施展，这是人生的一大快事。评论者分析凤姐的才干主要从以下三个层面展开。

一、口才

在《红楼梦》中，王熙凤的口才是出了名的。第二回冷子兴在演说荣国府时就说她"言谈爽利"。第六回刘姥姥一进荣国府，周瑞家的向她介绍王熙凤时，说若"赌口齿，十个会说话的男子也说不过她"。就连以说书为生的女先生对凤姐的口才也赞不绝口，说"奶奶要一说书，我们连吃饭的地方都没有了"。所以从红楼人物的只言片语中就可对王熙凤的口才窥见一斑。

王熙凤在《红楼梦》中的语言数量是最多的，其内容丰富，风格也多种多样。评论者分析她语言的最终落点是指向王熙凤的泼辣、机警、虚伪以及歹毒的内心活动。所以王昆仑先生说，王熙凤的口才与她的性格一样富有传奇色彩，除了展示幽默与吹嘘以外，"口才又成为她抬高自己打击别人的锋利武器"[①]。

在早期的评点派中，研究者对王熙凤的口才评点也极为丰富，其大多以简短而精练的文字总结王熙凤的语言特色，从而揭示她语言背后的真实心理。例如第十六回，贾琏料理完林如海的丧事回府，和王熙凤聊起家事，贾琏感谢王熙凤的操持劳碌，王熙凤说道：

> "我那里照管得这些事！见识又浅，口角又笨，心肠又直率，人家给个棒槌，我就认作'针'。脸又软，搁不住人给两句好话，心里就慈悲了。况且又没经历过大事，胆子又小，太太略有些不自在，就吓的我连觉也睡不着了。我苦辞了几回，太太又不容辞，倒反说我图受用，不肯习学了。殊不知我是捻着一把汗儿呢。一句也不敢多说，

---

① 王昆仑：《红楼梦人物论》，北京出版社，2004年版，第157页。

一步也不敢多走。你是知道的,咱们家所有的这些管家奶奶们,那一位是好缠的?错一点儿他们就笑话打趣,偏一点儿他们就指桑说槐的抱怨。'坐山观虎斗','借剑杀人','引风吹火','站干岸儿','推倒油瓶不扶',都是全挂子的武艺。况且我年纪轻,头等不压众,怨不得不放我在眼里。更可笑那府里忽然蓉儿媳妇死了,珍大哥又再三再四的在太太跟前跪着讨情,只要请我帮他几日;我是再四推辞,太太断不依,只得从命。依旧被我闹了个马仰人翻,更不成个体统,至今珍大哥哥还抱怨后悔呢。你这一来了,明儿你见了他,好歹描补描补,就说我年纪小,原没见过世面,谁叫大爷错委他的。

在这段话语旁边,王希廉评语道:"凤姐备酒接风,戏谑趣话,描尽美俊口吻。其自谦处正是自伐才能。善用反挑笔法。"[1]

王先霈先生认为,王熙凤的语言特色在于"用最诚恳的词语隐藏最歹毒的心肠,用最火热的声调掩饰最冷漠的灵魂"[2]。这一点在王熙凤诓骗尤二姐进贾府时体现得最为突出。从评论者关于王熙凤的语言的分析来看,有一点能达成共识,那就是王熙凤语言的基本特色是机巧、泼辣与鄙俗的统一。所以傅继馥先生说,王熙凤用语言布成了相思局,安排了迷魂阵,让贾瑞自投罗网。这时她的语言已经从机巧演变成了奸猾,她对尤二姐的那段"肺腑之言"展示出她的自谦、自悔又自我褒扬,一边敬爱丈夫,一边又体贴尤二姐,"明明全是虚情假意,偏偏能说成是倾心吐胆。每一句话都淌着蜜汁,每一句话也都藏着一个陷阱。机巧于是就成为阴险"[3]。

对于王熙凤在《红楼梦》中所展示的语言特点,孙剑霖先生给了一个名词叫"主体自显性特征"。所谓自显性特征,就是王熙凤个性化的语言心理结构的直接外化。这在王熙凤的语言交际中表现得尤为突出。孙剑霖先生总结王熙凤语言交际行为中主体自显性的语用表达模式特征有三种:第一种是主体语题化,第二种是主体焦点化,第三种是主体习套化。第一种特征很能反映出王熙凤好强自恃的性格特点;第二种特征往往能引起人

---

[1] 王希廉:《红楼梦回评》,载朱一玄编:《红楼梦资料汇编》,南开大学出版社,1985年版,第557页。
[2] 王先霈:《小说技巧探赏》,四川文艺出版社,1986年版,第36页。
[3] 傅继馥:《〈红楼梦〉人物语言的性格化》,《红楼梦学刊》1981年第1辑。

们的超常注意及联想,以此来显示她的权势和地位;第三种特征是凸显自我的最好方式。所以"从语言风格角度来看,王熙凤口吻的实质或核心,就是其话语表达中的主体自显性功能特征,而主体话题化、主体焦点化和主体习套化是王熙凤口吻的主要的构成要素或手段。其言语中所表现出来的机巧、辛辣、刻薄以及骄大等在相当程度上是与上述几种语用手段分不开的"①。

二、管理才能

王熙凤是脂粉队里的英雄,这一点已经成为定论。曹雪芹给王熙凤提供的展才空间非常宽广,对于"脂粉英雄"的塑造似乎也从不吝惜自己的笔墨。王熙凤的"英雄壮举"主要表现在管理家政上,历来的评论者往往会以她协理宁国府作为例证,从而解析、评论凤姐的才干。

对于王熙凤协理宁国府时的表现,大多数的研究者都持肯定态度。章培恒先生就曾说道:"以贵族阶级的标准来说,王熙凤确是一个极其有才干的人物;在这一点上,贾府的男人没有一个比得上她的。不说别的,只要看她'协理宁国府',不到一个月的时间,就把原来'都忒不象了'的宁府,整治得'众人不敢偷闲。自此兢兢业业。'在贾府的男人中,有哪一个能具备这样的统治才能呢?"②

对于王熙凤的管理才能,也有研究者持否定态度。例如周启志先生认为,王熙凤并非协理宁国府的唯一人选,最后选择了她,主要是三个方面的原因促成的。第一是王熙凤因为性格中具备男孩子的特性,天生有一股魄力;第二是王、贾两家的特殊婚亲关系;第三是王家的豪富可力敌贾府。正是这三方面的原因,使得协理宁国府非凤姐莫属了。周启志先生认为,王熙凤的管理存在诸多误区,例如她对宁国府管理弊病的分析以及采取的应对措施都存在错误。《红楼梦》第十三回写道:

> 这里凤姐儿来至三间一所抱厦内坐了,因想:头一件是人口混杂,遗失东西;第二件,事无专执,临期推委;第三件,需用过费,

---

① 孙剑霖:《论王熙凤言语交际中的主体表现及其语用模式特征》,《红楼梦学刊》1989年第1辑。
② 章培恒:《论〈红楼梦〉的思想内容》,《复旦大学学报》1964年第1期。

滥支冒领；第四件，任无大小，苦乐不均；第五件，家人豪纵，有脸者不服钤束，无脸者不能上进。此五件实是宁国府中风俗。

周启志先生认为，王熙凤总结的这五件事，在贾府中不过是皮毛琐屑之事，不是主要矛盾或矛盾的主要方面。然而不管怎么样，毕竟王熙凤寻找出了她认为的弊端。而在后来的改革中，王熙凤的管理模式确实存在着严重的缺陷，那就是只有惩罚没有奖赏。"凤姐便是这样以严刑酷法代替王风教化而树起自己的威权，这与传统的管理模式是风马牛不相及的。"①

对于王熙凤的管理才能，除了肯定与否定的态度之外，评论者还通过她的管理表现得出了"有才而无德""才足以济奸"的观点，所以在读者眼中，王熙凤的才干往往成了她作威作福的资本。王希廉就曾点评说："福寿才德四字，人生最难完全。……王凤姐无德而有才，故才亦不正。"② 在现代评论者笔下，绝大多数观点都肯定王熙凤的才，但是同时又否定她的德。

为什么王熙凤会给读者留下有才而无德的印象呢？林冠夫先生认为，因为凤姐的才干往往和私利联系在一起，只要能给自己带来好处的，哪怕是损害家族的利益，她也会去做。协理宁国府，为改变原先的管理不善，出了一番力气，算是发挥了她的才干。可是，就在这次代摄宁府事务的过程中，为了一场婚姻纠纷，包揽词讼，插手官场，为的就是一个"利"字。然而如此行径终会留下把柄，对于家族的垮塌焉能没有影响？所以"从这个意义上说，王熙凤的才干，反而成了'裙钗一二可"破"家'了"③

三、见识与心机

见识与心机原本是两个不同的概念，在使用中也并不常常连用，但是在王熙凤身上，见识与心机总是同时出现，而且结合得严丝合缝。例如在探春理家之时，改革带来了很多变故，王熙凤和平儿议论道：

---

① 周启志：《奸雄乱世之术——王熙凤管理术之批判》，《明清小说研究》1996 年第 3 期。
② 王希廉：《红楼梦总评》，载朱一玄编：《红楼梦资料汇编》，南开大学出版社，1985 年版，第 539 页。
③ 林冠夫：《红楼梦纵横谈》，文化艺术出版社，2004 年版，第 299 页。

"你知道，我这几年生了多少省俭的法子，一家子大约也没个不背地里恨我的，我如今也是骑上老虎了。虽然看破些，无奈一时也难宽放；二则家里出去的多，进来的少。凡百大小事仍是照着老祖宗手里的规矩，却一年进的产业又不及先时。多省俭了，外人又笑话，老太太、太太也受委屈，家下人也抱怨刻薄；若不趁早儿料理省俭之计，再几年就都赔尽了。"平儿道："可不是这话！将来还有三四位姑娘，还有两三个小爷，一位老太太，这几件大事未完呢。"凤姐儿笑道："我也虑到这里，倒也够了：宝玉和林妹妹他两个一娶一嫁，可以使不着官中的钱，老太太自有梯己拿出来。二姑娘是大老爷那边的，也不算。剩了三四个，满破着每人花上一万银子。环哥娶亲有限，花上三千两银子，不拘那里省一抿子也就够了。老太太事出来，一应都是全了的，不过零星杂项，便费也满破三五千两。如今再俭省些，陆续也就够了。只怕如今平空又生出一两件事来，可就了不得了。——咱们且别虑后事，你且吃了饭，快听他商议什么。这正碰了我的机会，我正愁没个膀臂。虽有个宝玉，他又不是这里头的货，纵收伏了他也不中用。大奶奶是个佛爷，也不中用。二姑娘更不中用，亦且不是这屋里的人。四姑娘小呢。兰小子更小。环儿更是个燎毛的小冻猫子，只等有热灶火坑让他钻去罢。真真一个娘肚子里跑出这个天悬地隔的两个人来，我想到这里就不伏。再者林丫头和宝姑娘他两个倒好，偏又都是亲戚，又不好管咱家务事。况且一个是美人灯儿，风吹吹就坏了；一个是拿定了主意，'不干己事不张口，一问摇头三不知'，也给十分去问他。倒只剩了三个姑娘一个，心里嘴里都也来的。又是咱家的正人，太太又疼他，虽然面上淡淡的，皆因是赵姨娘那老东西闹的，心里却是和宝玉一样呢。比不得环儿，实在令人难疼，要依我的性早撵出去了。如今他既有这主意，正该和他协同，大家做个膀臂，我也不孤不独了。按正理，天理良心上论，咱们有他这个人帮着，咱们也省些心，于太太的事也有益。若按私心藏奸上论，我也太行毒了，也该抽头退步。回头看了看，再要穷追苦克，人恨极了，暗地里笑里藏刀，咱们两个才四个眼睛，两个心，一时不防，倒弄坏了。趁着紧溜之中，他出头一料理，众人就把往日咱们的恨暂可解了。还有一件，我虽知你极明白，恐怕你心里挽不过来，如今嘱咐你:他虽是姑娘家,心里却事事明白,不过是言语谨慎;他又比我知书识字,更利害一层了。如今俗语'擒贼必先擒王',他如今要作法开端,一定是先拿我开端。倘或他要驳我的事,你可别分辩,你只越恭敬,越说驳的是才好。千万别想着怕我没脸,和他一鼻,就不好了。"

王熙凤的这段话语中既有她的见识,又有她的心机。所以罗书华先生说:"(王熙凤)打心底里对探春的执政赞许,没有丝毫的妒贤嫉能,只有那英雄惜英雄,惺惺惜惺惺的情怀。她不担心探春的出头,盖了自己的半世英名,反而感激。"① 罗先生夸赞的是王熙凤具有见识的一面,然而这种见识的目的并非完全为了家族利益,也是为了转移众人对她的嫉恨,所以在见识中又透露出她的心机。

王熙凤的心机是一个相对中性的概念,换句话说,评论者对王熙凤心机的评价有褒也有贬。持褒扬观念的学者认为,王熙凤的心机主要展现在她做事细心周到,万事力求完美。例如在列藏本《红楼梦》第三回就有一条批语:"黛玉到荣府良久,众人未尝想到诸事,独熙凤一人无想不到的地方,可见心细而条理亦甚可观。"②《红楼梦》第四十六回,贾赦要讨鸳鸯做妾,让邢夫人帮忙说合,邢夫人一味地顺从贾赦,不敢违抗,但是又知道此事难办,于是就找到了王熙凤商议,让凤姐出主意。王熙凤早知道此事不会有好结果,但是她如何应对这件事呢?王蒙先生分析文本后总结了凤姐在此过程中的精彩六招——顶、转、防、躲、伪、哄解,最后让自己脱险。对于这样的心机,王蒙先生说:"凤姐在此事中应对进退,有理有利有节,举措得体,料事如神,无懈可击。鉴于她的尴尬处境,夹在邢夫人贾赦与鸳鸯贾母当中,本是极易陷于猪八戒照镜子——两头不是人的境地的,由于她处理得法,化险为夷,化凶为吉,令人佩服!"③

在评析王熙凤心机的文章中,持褒扬的人相对较少,大多数都持贬抑观点。持有贬抑观点的学者认为,王熙凤的心机主要用于如何博取上层的欢心上了。这种奉承是对她权利的维护,所以王昆仑先生说,王熙凤把博

---

① 罗书华:《凤凰惜作末世舞——论凤姐兼说"一从二令三人木"》,《红楼梦学刊》1998年第2辑。
② 朱一玄编著:《红楼梦脂评校录》,齐鲁书社,1986年版,第593页。
③ 王蒙:《红楼启示录》,生活·读书·新知三联书店,1991年版,第125页。

取贾母欢心作为自己日常最重要的工作。胡文彬先生把凤姐的这种行为定性为"谀"。然而凤姐身上的"谀"是两个方面的结合体，一个是阿谀别人，一个是受人奉承。所以胡文彬先生说："所谓'谀'态，一是指她对'最高'领导贾母的阿谀奉承；二是她自己的'悦谀'——喜欢别人对她也阿谀奉承。"①

对于王熙凤而言，使用心机除了讨好贾母、王夫人等人，其实最主要的目的还是掌权和敛财。吕启祥先生还认为："凤姐的机心固然用于敛钱聚财，更体现在处理人际关系上。在这方面凤姐的心机深细、谋略周密，有更为精彩的表演。"②比如她善于探测对方的心理，调整自己的言行。她善于周旋在各种人际交往间，能不卑不亢、分寸得宜地处理各种人际关系，这些都是王熙凤的心机。所以"凤姐的心机"是一个非常复杂的话题，并非简单的褒与贬能界定的。

对于否定王熙凤心机的学者而言，常用一种比喻，就是王熙凤像曹操。早在评点时期，涂瀛就做过这样的比喻，说："凤姐古今人孰似？曰：似曹瞒。"③后来王昆仑先生的那句"骂凤姐，恨凤姐，不见凤姐想凤姐"，就直接来源于"骂曹操，恨曹操，不见曹操想曹操"之句。这种比喻可谓影响甚广！

除去褒与贬，还有学者持中立态度。例如周汝昌先生就说："有心机的，又要分是为明哲保身，还是为了利己害人。两种心机不可错认错评。凤姐的心机是自保多，也不是真想害人。她心田仍在，疼怜邢岫烟，爱惜林小红。反对赵姨娘，同情被'抄检'。她没有站在坏人奸邪一边。"④

第四节　品行研究

曹雪芹在塑造红楼人物上有一个比较鲜明的特点，就是人物的性格是随着故事的发展不断展开的，我们称之为展开式。需要指出的是，展开式

---

① 胡文彬：《红楼梦人物论——胡文彬论红楼梦》，文化艺术出版社，2005年版，第45~46页。
② 吕启祥：《红楼梦寻——吕启祥论红楼梦》，文化艺术出版社，2005年版，第245页。
③ 涂瀛：《红楼梦问答》，载一粟编：《古典文学研究资料汇编·红楼梦卷》，中华书局，1963年版，第144页。
④ 周汝昌：《红楼夺目红》，作家出版社，2003年版，第244页。

和发展式是两个不同的概念。所谓展开式是指这个人物的性情一开始就确定了,在之后的故事中不断围绕人物的这一中心性情进行渲染。而发展式是指这个人物的性情可能会随着故事情节的推移发生翻天覆地的变化。

曹雪芹对于王熙凤的塑造采用的就是展开式的手法。王熙凤一出场,贾母就给了一个"辣"的定位。周思源先生曾经总结说,王熙凤是"五辣俱全"——香辣、麻辣、泼辣、酸辣、毒辣。① 王熙凤的人物形象在整部《红楼梦》中自始至终都围绕着五辣性情展开。正因为如此,评析王熙凤的难度就增加了,因为五辣中包含的品行往往不是单独出现,而是综合式的、三三两两结合着出现的。对于王熙凤品行的分析,研究者的观点主要分为四种。

一、贪婪

王熙凤的贪婪似乎是铁证如山,《红楼梦》中多次明写她放高利贷,而且常常扣发仆人们的工资并以此作放贷的本钱,实属重利盘剥;铁槛寺弄权就坐享三千两银子。这些事情给读者留下的印象就是贪婪。

在评论者看来,贪婪就应该进行谴责。姚燮曾评点道:"凤姐放债盘利,于十一回中则平儿尝说旺儿媳妇送进三百两利银,第十六回云旺儿送利银来,三十九回云将月钱放利,每年翻儿百两体己钱,一年可得利上千,七十二回凤姐催来旺妇收利账,叙笔无多,其一生之罪案已著。"② 所以佟雪说,王熙凤都成了一个嗜利成性的"吸血鬼"了。曾扬华先生认为,王熙凤如此爱财和她的家庭背景有一定的关系,金陵王家就是一个专管外贸生意的官僚家庭,所以"王熙凤之所作为,不管在什么情况下,都忘不了一个钱字。可以说,要钱,这就是王熙凤的极端利己主义的核心"③。

对于王熙凤的贪婪,评论者几乎能达成共识,然而爱财的目的是什么?这又众说纷纭了。林文山先生认为,王熙凤的爱财,除了秉性使然以外,最主要的是满足了她作为贵妇人的体面,也是她摆脱精神痛苦的一种

---

① 周思源:《周思源看红楼》,中华书局,2005年版,第107~113页。
② 姚燮:《读红楼梦纲领》,载一粟编:《古典文学研究资料汇编·红楼梦卷》,中华书局,1963年版,第165页。
③ 曾扬华:《漫步大观园》,江苏古籍出版社,1992年版,第132页。

手段。"例如硬拉赵姨娘凑份子给她过生日,那目的更多的是为了显示她的有脸面,并从赵姨娘的痛苦中得到乐趣。"① 可以说她的这份贪婪已经成了一种病态。

也有研究者对凤姐的爱财行为表示十分理解的。例如罗书华先生认为,王熙凤作为贾府的管理者,她放贷、典押东西都是在为这个家族艰难度日作谋划。所以"她的贪赃捞钱却并不是一件私积体己钱的简单事儿。从她对诗社的支持,对贾母、薛姨妈的故意输钱也可见出凤姐并非那种中饱私囊、贪得无厌的守财奴,更非一毛不拔,只愿进不肯出的吝啬鬼"②。我们且不论罗先生判定得是否中肯,这至少表现出评论者评价红楼人物的一种倾向,"正""反""中"都需要考虑才不失偏颇,也正是因为需要顾及如此多的方面,才导致了红楼人物评论的复杂性。

二、悍妒

悍妒是指王熙凤辣性中的酸辣。在上文中就曾提到,曹雪芹塑造人物不会在一件事情中单单展现人物性情的一面,而是多面的。王熙凤的酸辣往往和毒辣掺和在一起。所以二知道人就曾点评说:"大观园,醋海也。……王熙凤,诡谲以行毒计,醋化鸩汤矣。"③

在《红楼梦》中,真正能称得上悍妒的女人,只有两人,一个是夏金桂,另一个就是王熙凤了。但是读者对二人的态度却大相径庭。对于夏金桂式的悍妒只有愤慨,然而对于王熙凤式的悍妒又多了一些理解和同情。所以历来评论者的文章虽然对于王熙凤的悍妒都持贬斥态度,但是往往又会寻找其中的理由来为她开脱一些罪责。例如在尤二姐这件事情上,王熙凤的悍妒就展现得淋漓尽致,是她一手策划并最终害死了尤二姐。另外表现凤姐悍妒的事件就是贾琏和鲍二家的偷情,被王熙凤撞见。然而罗德荣先生认为:"这样的结果,对于一个权利受到伤害而又报复心极强的妻子来说,自然是难以接受的;贾母的'宏论',虽然使风波暂时平息,但同

---

① 林文山:《凤姐形象漫议》,载中国社会科学院文学研究所红楼梦研究集刊编委会编:《红楼梦研究集刊·第九辑》,上海古籍出版社,1982年版,第95页。
② 罗书华:《凤凰惜作末世舞——论凤姐兼说"一从二令三人木"》,《红楼梦学刊》1998年第2辑。
③ 二知道人:《红楼梦说梦》,载一粟编:《古典文学研究资料汇编·红楼梦卷》,中华书局,1963年版,第95页。

时也使凤辣子深深感到封建社会男权中心的强大威慑，因而才不得不在偷娶尤二姐的事件中，采取更为隐蔽然而也更为狠辣的报复方式。这里，凤姐性格的前后转变，完全是由于互动关系的巨大冲击和影响所造成的心理上的逆转所致，是内在性格逻辑自身运动的结果，因而也无疑是深层的、个性化的。"①

三、阴毒

阴毒是王熙凤性情中毒辣的表现。历来的评论者主要以"毒设相思局"和"逼死尤二姐"以及害死张金哥等为例，来解读王熙凤的阴毒伎俩。可以说，凤姐的阴毒品行受到了各个时期批评者们的贬斥和愤恨。

现代红楼人物评论和早期红楼人物评论有一个显著的区别，早期评论多停留在人物的表现层面，现代红楼人物评论除了指出表现外，还要深究导致这种表现的原因。例如王熙凤的阴毒，研究者除了否定这种品行以外，还挖掘背后的因缘。例如章培恒先生认为，王熙凤的狠毒是她所持有的人生哲学决定的，在她的心里，权力和物质是第一位的，其余一切都要靠后。这也反映了封建贵族阶级贪婪、凶恶、残酷的本质。"总之，对于她来说，最重要的就是她自己和自己的利益；别人的幸福和生命则是毫无价值的。所以，只要她觉得需要，她就可以用任何残忍的手段把无辜的人害死，丝毫都不以为意。"②

在现代红楼人物评论中，有一股新的潮流就是"旧案新解"。例如王熙凤毒设相思局，早期的评论者认为贾瑞罪不当诛，正是因为王熙凤的狠毒才导致了贾瑞的死亡。然而现代很多研究者认为，贾瑞之死完全属于自找。例如凌解放先生分析了"贾瑞戏熙凤"的四个步骤，最后认为整个过程中王熙凤没有责任。"进一层说，果然贾瑞目的得逞，对王熙凤将意味着什么呢？她堕入情网，一旦为人所知，秦氏吊死天香楼的下场便是'例'！不治瑞，必为瑞所制，岂不是反被贾瑞吃掉么？至今读这段风流故事，赞凤姐者有之，同情这个色欲迷心的登徒子、卑鄙无耻的'瑞大爷'者却甚为寥寥，就是因为这件事的'真理'在凤姐一边。贾瑞自要

---

① 罗德荣：《曹操与王熙凤——关于典型形态问题的一个侧面》，《红楼梦学刊》2002年第1辑。
② 章培恒：《论〈红楼梦〉的思想内容》，《复旦大学学报》1964年第1期。

死,有什么办法?"①

对于一个问题的解读,红学界历来就由正反两面切入,甚至是正中反三面切入,贾瑞和王熙凤的这段公案也不例外。其实单从一个角度看,只能得出一个结论,同情贾瑞的,贬斥王熙凤的狠毒;理解凤姐的,指责贾瑞的色心不改。双方其实各有责任。

四、权术

王熙凤有权,所以在家族中玩弄权术也就顺理成章。和王熙凤的其他品行一样,她玩弄权术仍然招来一片否定贬斥之声。但是对于权术这个词,研究者的理解不大相同。郭预衡先生认为,人一旦有了权势,就会霸道起来,古今男女概莫能外。从吕后算起到慈禧,这些女人有了权势,谁又不玩弄权术呢!当年的凤姐也同样是水做的骨肉,只因为当了管家奶奶,"有了权势,便霸道起来了。凤姐的权势欲是有所发展的,日甚一日的。此人早些时候,在个别场合,也非一无是处;但到后来,便越来越不象(像)样了"②。

如果说郭预衡先生是通过人性发展论来看待王熙凤的权术的话,那么王一纲先生则从社会学和伦理学的角度给我们分析了凤姐的权术。王先生认为,王熙凤生性好强、最喜欢揽事的性格"其实就是指最喜抓权,善于玩弄权术阴谋。《王熙凤弄权铁槛寺》这个回目本身,就突出地表明,凤姐的权势欲是与贪欲合而为一的。无穷的贪欲和权势欲,乃是驱使这个性格行动的真正动力,它比'协理宁国府'更易为人看清"③。

第五节 性情研究

在十二钗的评论文章中,性情一项原本是重点,然而对于王熙凤却是一个例外,因为她光芒四射的才干、劣迹斑斑的品行已经把评论者的注意力吸引了一大半去,加之她的才干和品行又往往和性情错综纠葛在一起,所以单独评析她性情的文章就相对较少了。

---

① 凌解放:《凤凰巢和凤还巢——另一个王熙凤》,《红楼梦学刊》1983年第4辑。
② 郭预衡:《神圣的家族,爱情的悲剧》,《红楼梦学刊》1980年第4辑。
③ 王一纲、杨若蔚:《观水集》,花城出版社,1983年版,第296页。

评析王熙凤性情的文章虽然不多，但其中有一个非常突出的共同点，那就是认为王熙凤具有男性特质。很多评论者在分析凤姐的才干时都会提到她从小是"假充男儿教养"的，所以杀伐决断、果敢坚毅就不是无根之木了。王富鹏先生运用心理学家桑德拉·贝姆建立的一项理论，测试出王熙凤身上的阳性特质非常突出。"这种特征在她日常生活的许多方面都有所表现。她雄心勃勃、乐于冒险的竞争意识和她杰出的领导才干，使她稳操管家之权。她信赖自己的能力，常常武断地作出决定，支配别人的生活，操纵他人的命运。在贾府中她是一个活跃分子，几乎贾府中的一切事务都要经过她的裁处。她的所作所为，她的处事风格也使她与贾府中的其他女性判然有别，从而使她的性格凸显出较明显的阳性特质。"①

阳性特质在一个女人身上凸显得如此明显，是好还是坏呢？周启志先生认为，这是一种不和谐的状态，王熙凤从小假充男儿教养并不符合少年儿童的天性，与正常儿童那种天真烂漫、活泼可爱的童心性格比较，是一种很不和谐、很不正常的早熟，所以王熙凤身上的这种特质"实质上是一种人格分裂的变态性格。由于她在特殊环境里养成了那种特殊性格，成年后自然'越发历练老成了'"②。

对于王熙凤的性情判定，还有一种说法是认为她身上呈现出了市民特征。王克韶先生就王熙凤性格的内在心理和外在表现、明清文艺思潮、社会文化历史积淀以及曹雪芹所处的时代和家庭环境影响等方面做了探讨，最终认定王熙凤属于市民性格的特征。王先生还特别指出："凤姐的性格不是纯粹的市民性格，其中渗透着许多封建性的杂质，这是由于凤姐所处的时代，资本主义新生力量还很微弱；而封建势力还相当强大的时代特征所致。"③

第六节　结局研究

王熙凤的结局同十二钗中的其他女子一样，在评论者笔下呈现出多种解读样态，但是悲剧性的色调仍然没有改变。研究者在探讨王熙凤的结局

---

① 王富鹏：《论王熙凤的阳性特质及其成因》，《红楼梦学刊》2005年第2辑。
② 周启志：《奸雄乱世之术——王熙凤管理术之批判》，《明清小说研究》1996年第3期。
③ 王克韶：《试论王熙凤性格的市民特征》，《延边大学学报（社会科学版）》1986年第2期。

时所运用的手法也大致相同，先要否定高鹗续写中的王熙凤。例如王朝闻先生说，高续中的王熙凤太令人失望了，最为失败的一点就是把王熙凤活着"哭向金陵"的情节，改变成了"王熙凤历幻返金陵"的情节。石昌渝先生也对高鹗续书中所涉及的王熙凤的结局不满意，石先生根据庚辰本第二十一回的总批语分析，凤姐前后的地位发生了巨大的变化，"脂批还透露她在贾家执帚扫雪、获罪坐牢，可能还被贾琏所弃，总之是历经种种苦难最后死去，其惨痛之态是远远超过程高本后四十回的"①。

无论评论者怎么否定高鹗的续书，最终目的仍然是想找到一个解析王熙凤命运结局的最合理方案。研究者所依据的重点还是第五回中的判画、判词、判曲：

> 后面便是一片冰山，上面有一只雌凤。其判曰：
> 凡鸟偏从末世来，都知爱慕此生才。
> 一从二令三人木，哭向金陵事更哀。
> ……
> 〔聪明累〕机关算尽太聪明，反算了卿卿性命。生前心已碎，死后性空灵。家富人宁，终有个家亡人散各奔腾。枉费了，意悬悬半世心；好一似，荡悠悠三更梦。忽喇喇似大厦倾，昏惨惨似灯将尽。呀！一场欢喜忽悲辛。叹人世，终难定！

对于王熙凤判词的解析，争论的焦点在"一从二令三人木"这句诗上，可谓众说纷纭。最早的解析见于周春的《阅红楼梦随笔》："案诗中'一从二令三人木'句，盖二令冷也，人木休也，一从月从也，三字借用成句而已。"② 周春的这种解析结果，对后世产生了极大的影响，可以说"冷"与"休"几乎成了定论。但是"一从二令三人木"还能怎么解释呢？观点很多，具有代表性的观点有如下三种。

第一，暗指王熙凤和贾琏夫妻关系的三个阶段。"一从"是出嫁从夫，"二令"是指王熙凤对贾琏的压制和命令，"三人木"是指被"休"回娘

---

① 石昌渝：《论〈红楼梦〉人物形象在后四十回的变异》，载刘梦溪编：《红学三十年论文选编（下）》，百花文艺出版社，1984年版，第580页。
② 周春：《阅红楼梦随笔》，载一粟编：《古典文学研究资料汇编·红楼梦卷》，中华书局，1963年版，第69页。

家。所以高阳先生说:"第一阶段出嫁'从'夫,以彼时的伦理观念,理所当然;第二阶段,阃'令'森严,贾琏处处受凤姐的压制,前八十回中已写得淋漓尽致;第三阶段凤姐被'休'回娘家,是曹雪芹在后四十回中的构想。"①

第二,罗书华先生认为,"一从"是指王熙凤处在大观园女儿国中,显示出的顺从、和善、亲切、自然。"二令"是在贾府男人世界,凤姐杀伐决断,威重令行。"三人木"是指王熙凤为这个家族心力交瘁,虽然想力挽狂澜,但是孤掌难鸣,最终一命呜呼,在大厦倾塌之际玉石俱焚了。②

第三,王志尧先生认为,"一从"是指王熙凤尊崇"三从四德","二令"是指她在贾府的命令与威权,"三人木"是指被贾琏"休妻"。"从""令""休"三个字像三个特殊的人生里程碑,"把王熙凤一生不同阶段的不同情况生动准确地展现在读者面前,使人不能不佩服曹雪芹写人叙事和遣词用字的天才技巧"③。

其实在以上具有代表性的三个观点中,又包含着一个共同点,就是"一、二、三"是一个时段过程的"链接",或者说这三个阶段是相互支撑从而发生变化的。但是对谜语的解析,只要不是制谜的人最终给出答案,谁也不敢说他猜的就一定对。所以蔡义江先生曾经呼吁:"希望红学爱好者不要再继续花费心思去猜这个谜了,因为这已经是个谁也找不出谜底来的谜了。"④

不管怎么解释,王熙凤的命运都指向一个不同于其他金钗的悲剧。梁归智先生给出了一个结局方案,认为王熙凤先受到贾府内部敌对势力的压迫,其中斗争的尖锐化则在贾母死后,其后才是各种罪恶暴露,抄家后她在哭向金陵娘家的途中而死,故而情节发展顺序应是:"贾母死后与邢夫人关系恶化—因多姑娘头发事与贾琏反目—赵姨娘一派攻击—扫雪拾玉—

---

① 高阳:《曹雪芹对〈红楼梦〉的最后构想》,载郭豫适编:《红楼梦研究文选》,华东师范大学出版社,1988年版,第817页。
② 罗书华:《凤凰惜作末世舞——论凤姐兼说"一从二令三人木"》,《红楼梦学刊》1998年第2辑。
③ 王志尧:《王熙凤生平三部曲的真实写照——"一从二令三人木"新解》,《明清小说研究》2000年第3辑。
④ 蔡义江:《红楼韵语》,中华书局,2004年版,第159页。

抄没后流落狱神庙—哭向金陵—惨痛而死。"①

王熙凤的结局是悲剧性的，这是什么原因导致的呢？评论者认为主要有两点原因，第一是她的性情所致，机关算尽，最后众叛亲离，所以林语堂先生说："凤姐事败，自有应得，但到了后来气馁，亦是可怜。"② 为什么又"可怜"了？因为很多评论者认为导致她悲剧的另一个原因是当时的社会，她自己也无能为力，所以可怜。余皓明先生说："她的结局向我们阐释着一种历史的乖谬，即一个女人，作为第二性，她必须按照男权文化所规定的女性模式塑造自己，以适应男性对她的需要。"③ 所以王熙凤的命运早就在男性模式的安排下成为定局。

第七节　形象意义研究

王熙凤这个人物形象太经典了，从她在曹雪芹笔下诞生一直到当下都闪耀着光芒，而且丝毫没有退减的迹象。评论者在分析王熙凤这个人物时，除了剖析她的性情、才干、品行等方面，形象的典型意义也是研究者探寻的重点。从现有的评论文章来看，对王熙凤所具意义的分析主要集中在四个方面。

一、对人性的警示

在《红楼梦》中，关于王熙凤的故事很多，曹雪芹通过"协理宁国府""弄权铁槛寺""毒设相思局"等情节抛出了王熙凤的性格来，她是才干、贪婪、阴毒的融合体。作者通过这个人物传递出了对人性的警示——极度的贪权与好利，必然和残酷的心机、纵欲的生活密不可分，然而欲壑难填之时必是自我葬送之日。

二、对封建社会的认知

从王熙凤身上看封建统治阶级的行径，以此进行阶级批判，这是红楼

---

① 梁归智：《被迷失的世界——红楼梦佚话》，北岳文艺出版社，1987年版，第107页。
② 林语堂：《高本四十回之文学技俩及经营匠心》，载郭豫适编：《红楼梦研究文选》，华东师范大学出版社，1988年版，第837页。
③ 余皓明：《王熙凤形象的独特文化内涵初探》，《红楼梦学刊》1995年第3辑。

人物评论的一大流派。如果站在这个角度看《红楼梦》，王熙凤就是封建统治阶级的代表，所以王熙凤的一切行动都带有政治色彩。杜景华先生就说："王熙凤既充当着吃人的角色也充当着被吃的角色。她既毁灭着别人也使自己不能免于毁灭。"①

从红楼人物身上看时代的罪恶，是评论者最乐于触及的话题。研究者认为王熙凤这一典型形象所产生的时代，正是中国封建制度从表面繁荣昌盛转向实际没落衰微的时代，走向灭亡是必然的事，所以王熙凤有才，也无济于事，更重要的是王熙凤的才干仍然是为封建统治阶级服务的，所以邢治平先生说："'机关算尽太聪明，反误了卿卿性命！'为一切反动、没落的上层统治阶级有'才干'的代表人物的必然下场。这就是王熙凤这个典型创造的重大的社会意义。"②

三、对小说文本的结构意义

研究者认为，王熙凤是红楼人物构架的中心，她在整部《红楼梦》中起到了十分重要的结构意义。众所周知，《红楼梦》是两大主线齐头并进，宝黛爱情线和四大家族衰败线。朱淡文先生认为，曹雪芹在《红楼梦》中以贾府兴衰史为脉络展开典型环境，则必须创造一个能与此主线相始终的主要人物以贯穿家族的兴亡史，这个主要人物必须要与宝黛的爱情线密切联系，如此一来就塑造出了王熙凤这个人物，"只有这样，通过两大主线的平行及交叉发展乃至最终并和，小说才可能熔铸成统一而密不可分的完美整体"③。所以王熙凤在文本中就具备了贯穿家族兴亡史，展开典型环境与宝黛钗悲剧相联系的两大功能。

四、对世俗价值观念的反思

王熙凤从十几岁起就开始管理一个复杂而庞大的家庭。她每天都在思考算计，她从一个美丽的小媳妇，慢慢变成了一个让人畏惧的管家婆，然而在这样一个即将倾塌的大厦中，再能干也是枉然。王熙凤苦苦地支撑，最后搭上了自己的性命。生命往往如此，赚取了全世界，可是赔上了自

---

① 杜景华：《王熙凤与〈红楼梦〉的结构艺术》，《文史哲》1982年第1期。
② 邢治平：《〈红楼梦〉十讲》，中州书画社，1983年版，第96~97页。
③ 朱淡文：《红楼梦论源》，江苏古籍出版社，1992年版，第169~170页。

己。生命的本质到底是什么？王熙凤的一生，有才、有貌、有势、有钱，唯独没有自己。她的一生其实就为了两个字——"名"和"利"。可是古往今来，名和利，谁能看破？看破的人不是满腹经纶之人，而是经历过大名和大利之人。若是让一个正在为名为利而生活的人看破名利，这根本不现实。有这样一句话："鹪鹩巢于深林，不过一枝；偃鼠饮河，不过满腹。"意思是说：一只小小的鸟儿，即使有广袤的深林让它栖息，它能筑巢的也只是一根树枝；一只小小的鼹鼠，即使有一条大河让它畅饮，最多也只是喝饱肚子。王熙凤的一生，太过于聪明，太过于能干，太过于要强，机关算尽的同时忘记了自己。这有点像黎巴嫩著名的诗人纪伯伦曾经发出的感叹："我们已经走得太远，以至于忘记了为什么出发。"王熙凤太强悍了，以至于她忘记了如此强悍的目的。其实这很像我们今天的生活，我们在行走，我们在奔波，我们终日忙忙碌碌，然而我们已经忘记为什么而出发。很多时候，我们会置身于这样的茫然中，王熙凤就是我们的镜子，希望我们能从她的反射中看清自己的目的，看清自己的方向，看清眼前的权衡。

第十章　贾巧姐

如果把金陵十二钗看成一幅图画，那么这幅图绝对不是平面的，而是立体的。当你面对着这幅由十二个女孩子组合起来的立体画面时，你会惊讶于画面的层次感。距离你最近的，你甚至能感受到她们的呼吸；稍远一点的，你能看清她们的妆容、衣履，一颦一笑；再远一点的，你能遥望她们的举止；最远的，虽然已是星星点点，似乎成了人物符号，然而你也能感知她的存在。

贾巧姐在十二钗中正是这样一个能让你感知存在的人物。在《红楼梦》前八十回中，她仅有一次出场，而且还是被抱在奶娘怀里的小孩子。关于它的笔墨描写，曹雪芹在前八十回中蜻蜓点水般地写了四处：第一处是第五回属于巧姐的判词；第二处是第六回，刘姥姥一进荣国府时，跟着周瑞家的到了王熙凤的住所，作者点了一句"来至东边这间屋内，乃是贾琏的女儿大姐儿睡觉之所"便一笔带过；第三处是第四十一回，刘姥姥带着板儿二进荣国府，在大观园中，巧姐闹着要板儿手中的佛手玩；第四处是第四十二回，刘姥姥给巧姐取名。因为贾巧姐在《红楼梦》前八十回中仅有这四处相关文字，所以关于巧姐的评论文章极少，在这有限的文章中又几乎都是探讨巧姐未来命运的。

就现有的关于巧姐的评论文章而言，虽然有涉及名字涵义的、年龄的、意蕴的，但是终极指向都是探究巧姐的命运。例如傅继馥先生在谈论巧姐的名字涵义时说："在封建社会里，命名者与被命名者通常是贵贱的关系。但是也有例外，凤姐因女儿多病，特地请'贫苦人起个名字，只怕压的住'。刘姥姥才有幸奉命给公府千金起了个庄农姑娘的名字叫'巧姐儿'，无意中暗合了贾府破败后她将在'荒村野店''纺绩'的命运。"① 所以在为数不多的文章中，与其说研究者是在评论巧姐，还不如说他们是在探佚巧姐。

关于巧姐的命运，研究者的切入点仍然放在了第五回的判词上。判词是十二钗命运的高度浓缩，所以在所有探佚十二钗的文章里，判词成了研究者探索的出发点，同时又成了验证探佚结果的归宿。贾巧姐的判画、判词、判曲，在《红楼梦》第五回中这样写道：

> 后面又是一座荒村野店，有一美人在那里纺绩。其判云：
> 势败休云贵，家亡莫论亲。
> 偶因济刘氏，巧得遇恩人。
> ……
> 〔留余庆〕留余庆，留余庆，忽遇恩人；幸娘亲，幸娘亲，积得阴功。劝人生，济困扶穷，休似俺那爱银钱忘骨肉的狠舅奸兄！正是乘除加减，上有苍穹。

在研究者看来，这首判词中所蕴含的意思比较清晰。换言之，巧姐的未来命运也在这判画、判词、判曲中交代得相对明了了——贾府衰败，巧姐被"狠舅奸兄"卖到妓院，后因刘姥姥"巧救"才脱离烟花巷，最后和刘姥姥的外孙板儿结为夫妻。这一命运模式几乎成了红学界的定论。

"一座荒村野店，有一美人在那里纺绩"，有研究者认为，这幅画面构成了巧姐悲剧命运的底色。原本是侯门千金，大家闺秀，因为家族的变故最后沦落到在荒凉的村野中度日，这难道不是悲剧吗？所以"荒"与"野"就被定格成了巧姐悲惨凄凉的人生环境。然而丁维忠先生对这两个字的解析却有着不同的看法，丁先生认为，"荒野"二字无非是形容乡村的偏僻，而"店"才是值得注意的字眼。丁维忠先生根据刘姥姥二进荣国府时，曾经得到贾府众人的接济，从而推测板儿有资本开了家小店铺，又添置了一些田地，家境大有改善，过上了温饱不愁的生活，所以这也切合了刘姥姥当初的预言：巧姐"日后长大了，成家立业"之"业"。②

其实在判词中并没有关于巧姐流落烟花巷的字眼或者暗示，那么巧姐被卖到妓院这一说又是从何而来的呢？俞平伯先生曾根据《好了歌注》中

---

① 傅继馥：《明清小说的思想与艺术》，安徽人民出版社，1984年版，第192页。
② 丁维忠：《红楼探佚（下）》，京华出版社，2006年版，第244页。

"择膏粱，谁承望流落在烟花巷"推测，巧姐被"狠舅奸兄"卖到妓院，终为刘姥姥所救，于是这一说才大为流行的。脂砚斋曾在这句诗旁批语道："一段儿女死后无凭，生前空为筹画计算，痴心不了。"丁维忠先生认为这是讲凤姐生前如何为巧姐婚姻"筹画计算"，死后却把握不了女儿的命运。①

关于巧姐的判词，研究者所集中探索的主要有三点。

第一，"狠舅奸兄"到底指谁？在高鹗续写的后四十回中，"狠舅奸兄"分别指巧姐的舅舅王仁，贾环以及贾芸。"狠舅"当指王仁，这一点无可争议，然而"奸兄"是指贾环和贾芸，很多探佚学家就不同意了。例如梁归智先生就说："程高续书写成贾环、贾芸完全胡来，贾环是巧姐之叔，根本不是兄；贾芸更不对，他在荣府败后'大有一番作为'，是帮助宝玉、巧姐的侠义之人。"② 那么这个"奸兄"到底是谁呢？绝大多数的探佚学家都认为是贾蓉。无论从贾蓉的辈分还是品行上推敲，他的嫌疑都最大。当然也有认为"奸兄"是指李纨的儿子贾兰的，例如王湘浩先生就主张这一说。并且从巧姐判词所处的位置上看，似乎也暗藏玄机，她刚好在王熙凤与李纨之间，所以推测奸兄是指贾兰也有一定的可信度。

第二，"巧得遇恩人"，恩人指谁？从现有的探佚文章来看，巧姐遇到的恩人指刘姥姥，这一点几乎成了共识。刘姥姥三次进入荣国府都或多或少和巧姐相关联。特别是第二次，给巧姐命名等情节，使研究者认为其中暗伏巧姐日后所遇恩人当指刘姥姥。例如周汝昌先生就说："雪芹在写刘姥姥一进荣国府时，早就安排好了一条伏线：姥姥带的外孙子板儿，将来就成了她这次求见的王熙凤的令婿——女儿巧姐所嫁之人。巧姐后来命运甚惨，被狠舅奸兄卖入烟花巷，几乎沦落火坑，多亏刘姥姥仗义搭救，投住农家，作了夜灯纺织的村妇。"③ 也有评论者认为，这里的恩人不单指刘姥姥一人，而是一群人的概念。例如赵冈先生就认为，巧姐的故事在整个红楼构架中是单独发展的，后来沦落烟花巷，"巧姐之被发现，可能是由于与刘姥姥有关之人。贾芸之仗义探庵，营救巧姐出虎口，一定是借重

---

① 丁维忠：《红楼探佚（下）》，京华出版社，2006年版，第240页。
② 梁归智：《红楼梦探佚》，北京师范大学出版社，2010年版，第192页。
③ 周汝昌：《红楼小讲》，北京出版社，2002年版，第94页。

了醉金刚倪二之力"①。从众多的观点中可以发现，无论恩人是指一个人，还是一群人，都没有脱离中心人物刘姥姥，所以"巧得遇恩人"虽然也存有争议，但是相比较而言分歧并不大。

第三，"巧"到底如何理解？在探佚学者心目中，高鹗所续写的后四十回，其故事结构、人物刻画都太平庸了。就以巧姐的命运而论，被"狠舅奸兄"卖于外藩做妾，后被刘姥姥救出，许配乡中财主周氏，最后又回到贾府父女团圆，这实在算不得"巧"。所以俞平伯先生就曾说过："实在看不出怎么可怜，怎么薄命……这不知算怎么一回事！"②那么探佚学者认为的"巧"到底应如何呢？梁归智先生所推测的故事梗概最具代表性。"大约巧姐长大时贾家已败……凤姐已死，贾琏、平儿都不知所终，巧姐遂落于'狠舅奸兄'之手，被卖到了烟花巷，后来不知怎么样又流落到'狱神庙'（可能由于战争发生而流落或逃跑出来），正在万般无奈十分危急（其详情不可知）的时候，与刘姥姥巧遇获救。"③俞平伯先生早年也持有类似的探佚观点，并表示唯有如此才能体现巧姐身后的凄凉。

其实与其他十一钗比较起来，巧姐的命运虽然同样多舛，然而结局还算幸运。所以皮述民先生说："故此一金钗的象征意义，只集中在显示，像荣国府这样的大富之家，其千金终沦为辛勤的自食其力的平民。"④

关于巧姐的意义，杨建文先生曾经发文探析。杨先生认为，曹雪芹笔下的巧姐被赋予了一定的进步意义。整部《红楼梦》以贾宝玉的遁入空门而结束，又以巧姐婚嫁农家收场，如果说贾宝玉的遁入空门反映的是"梦醒了无路可走"的痛苦，那么巧姐嫁入农家则反映的是终归不愿无路可走的求索。杨建文先生说："苦痛与求索就这样交织在一起，牵动着作者的愁肠，使他流下'一把辛酸泪'，唱出了封建末世的挽歌。"⑤

---

① 胡文彬、周雷编：《红学世界》，北京出版社，1984年版，第188页。
② 俞平伯：《红楼梦辨》，商务印书馆，2017年版，第157页。
③ 梁归智：《红楼梦探佚》，北京师范大学出版社，2010年版，第191页。
④ 皮述民：《李鼎与石头记》，文津出版有限公司，2002年版，第134页。
⑤ 杨建文：《巧姐寓意试探》，载中国社会科学院文学研究所红楼梦研究集刊编委会编：《红楼梦研究集刊·第十二辑》，上海古籍出版社，1985年版，第417页。

第十一章 李 纨

在《红楼梦》中,李纨的形象相较而言是比较明朗、单纯的,她是曹雪芹笔下难得的完美形象,所以在众多的评论文章中,对李纨的解析中认同大于分歧。红学研究者对于李纨的评析,主要集中在姓名、身份、外貌、人品、才能、情感、命运、影射等方面。

第一节　名字涵义研究

李纨的出场是在书中的第三回,曹雪芹用了一种轻描淡写的手法,借贾母向林黛玉介绍道"这是你先珠大哥的媳妇珠大嫂子",仅此一句。至于姓甚名谁一概不知,直到第四回才有了较为详细的介绍,原来这珠大嫂子名叫"李纨",字"宫裁"。

对于李纨的名和字,研究者的理解多数都不谋而合。例如曹立波先生认为:"姓氏为'李',源于李花白如缟素之意。名'纨',或谐音而言其完节;或寓其品格若'精细洁白的白绢'而取'素'、'白'之意……字'宫裁',有'女红'、'凤冠霞帔'之意,也不乏'公'正'裁'决的谐音。"① 如同这样的解释,在李纨姓名的解析中占据了绝大多数。翟胜健先生在《〈红楼梦〉人物姓名之谜》一书中更为详细地阐释了这样的观点:"曹雪芹在《红楼梦》中,所拟'李纨'之名——'纨',主要取'素'、'白'所含凶丧之义,意在表明,李纨青春丧偶,系一寡妇。另外表明,李纨之品格,若'精细洁白的白绢',玉洁冰清;其行

---

① 曹立波:《红楼十二钗评传》,清华大学出版社,2007年版,第156~157页。

为举止,恪守封建节操,乃一遵礼守节之完人也。……'宫裁'之含义,即妇女所应操持之养蚕、纺织、裁制等'女红'之职事。"① 在《红楼梦》的故事情节中,李纨后来搬进了大观园,主要的职责是照顾、教引贾府的这些小姐们。园中兴起了诗社,李纨自荐掌坛,并品评诗作,以便裁定优劣,分出名次。所以王关仕先生解释"宫裁"的涵义说:"宫音同公,李纨裁定诗的优劣名次,大家都服,是'公'正的'裁'决,所以字'宫裁';有她父亲'李守中'的遗传,表现得'不偏不倚',既不党林,又不党薛,确是一个严守中立的公正裁判者。"②

从这些研究者的分析来看,都突出了李纨是一个素洁的人,这不仅指李纨平时的衣着,同时还肯定了她的人品。研究者为什么会有这样的认同,除了相互借鉴思想以外,源头可能在《说文解字》中对"纨"的解释上。胡文彬先生曾经查阅文献,据《说文》云:"纨,素也。从丝,从丸声。"所以胡文彬先生说:"李纨'青春丧偶',有孝在身,只能是素服。此即人们所说的寡妇不宜穿红披绿,素者孝之象征。"③ 胡文彬先生同时还指出,"宫裁"二字出自唐人郑畋的诗"蕊宫裁诏与宵分,虽在青云忆白云"④。

通过以上对李纨名与字的梳理,不难看出,研究者的解析来自两个方面:一是中国文字的本意;二是结合书中关于李纨的身份、人品以及作者设计的故事情节,然后搭配总结出其中的涵义。在红楼人物批评的历程中,也有研究者会因为所持的红学观不同而借人物姓名进行发挥的。例如邱世亮先生,他的研究集中在红楼索隐上,所以他曾撰文道:"李纨居于裁判地位,所以字'宫裁'即宫廷裁判。"⑤ 为什么邱世亮先生要把"宫裁"引到"宫廷裁判"上来,因为他的红学论点是《红楼梦》影射雍正篡位,这是宫廷事件,必有"宫廷裁判"。

---

① 翟胜健:《〈红楼梦〉人物姓名之谜》,学海出版社,2003年版,第34~35页。
② 王关仕:《红楼梦指迷》,里仁书局,2003年版,第55~56页。
③ 胡文彬:《红楼梦人物谈——胡文彬论红楼梦》,文化艺术出版社,2005年版,第86页。
④ 此句出自郑畋的诗《杪秋夜直》:"蕊宫裁诏与宵分,虽在青云忆白云。待报君恩了归去,山翁何急草移文。"
⑤ 邱世亮:《红楼梦影射雍正篡位论》,台湾学生书局,1991年版,第18页。

第二节 身份研究

对于李纨的身份，比较详细的介绍在《红楼梦》第四回，其中有这样一段文字是历来评论李纨的研究者必会引用的：

> 原来这李氏即贾珠之妻。珠虽夭亡，幸存一子，取名贾兰，今方五岁，已入学攻书。这李氏亦系金陵名宦之女，父名李守中，曾为国子监祭酒，族中男女无有不诵诗读书者。至李守中继承以来，便说"女子无才便有德"，故生了李氏时，便不十分令其读书，只不过将些《女四书》、《列女传》、《贤媛集》等三四种书，使他认得几个字，记得前朝这几个贤女便罢了，却只以纺绩井臼为要，因取名为李纨，字宫裁。因此这李纨虽青春丧偶，居家处膏粱锦绣之中，竟如槁木死灰一般，一概无见无闻，惟知侍亲养子，外则陪侍小姑等针黹诵读而已。

用大段文字介绍人物，在曹雪芹笔下并不多见，李纨享有如此殊荣，所以研究者就尤其关注。对于这段介绍，研究者主要关注以下几点信息。

第一，李纨出身书香门第，父亲是国子监祭酒，用周思源先生的话说："他是全国唯一的国立大学校长。"① 研究者对李纨父亲的关注，其重点并不是他的官职，而是对李纨的教育态度上。其父认为"女子无才便是德"，所以研究者认为这种教育理念铸就了李纨恪守封建礼教的根源。

第二，李纨的现状。在《红楼梦》中，李纨自始至终都是一个寡妇，丈夫贾珠原本勤学上进，有望光耀祖宗，可一病便死了，只留下一儿。命运与现实总是这样捉弄人，对于李纨而言，原本完美的一切，瞬间变成了空。完美对于现实中的人来说，似乎只是一个美好的允诺，它的意义其实就是激发我们的无限热情与活下去的勇气，所以完美总像梦一样，它永远存放在面对我们真实生活的另一个世界中。所以李纨在《红楼梦》中的完美只是一种传说，她出场便是以寡妇的身份，她的一生就是用世俗的妇道去捍卫自己的尊严。

---

① 周思源：《周思源看红楼》，长江文艺出版社，2013年版，第139页。

第三，李纨的生活态度。现状就是事实，已成现实的东西无法改变，历来研究者在承认了这种现实的状态下，往往把焦点集中在李纨的生活态度上。《红楼梦》中的李纨收拾起生活中的浪漫、鲜艳、欢笑，一心一意、心平气和地教子侍亲，她没有抱怨，没有愤慨，相反表现得知足、认命。曹雪芹以一个词高度浓缩这种生活态度——槁木死灰。

对槁木死灰的理解，研究者虽各有其言，但对造成槁木死灰的根源基本上能达成共识——封建礼教与伦理纲常所致。李希凡、李萌二位先生认为："在李纨的潜意识中，封建礼教与父亲李守中灌输的为妇之道是根深蒂固的，早已融化在她的灵魂中，成为自然的心态。而贾府豪门中的种种清规戒律，更使她严于律己，守节教子。"[①] 从李纨的表现来看，她已经默认了自己的这种生活状态以及心理状态，而且还带着自觉性。所以王昆仑先生说："（李纨）秉承着自己父家的家风和适应着贾府的环境，要有意识地做成一个'标准寡妇'。"[②] 一个鲜活的人，落入槁木死灰般的状态，这不能不说是一种悲剧。然而李纨的悲剧似乎和《红楼梦》中的其他女性还不大相同，无论是林黛玉还是史湘云，她们的悲剧是因为反抗无力而成为现实的，但是李纨的悲剧在很大程度是自己心甘情愿接受的。所以曾扬华先生说："李纨的悲剧远远不仅是发生在我们并未看到的她的最后结局，而是从她成为寡妇，甚至在接受了'女子无才便是德'的教训时，悲剧就已经开始了。"[③]

对于李纨槁木死灰般的生活状态，也有持不同理解的。例如顾绍炯先生认为，李纨的状态有一个向初期民主主义者转化的过程。顾先生从李纨对贾兰的教育，尖锐批评凤姐以权谋私的腐败行径，积极支持探春兴利除弊的改革等多方面论述了李纨是如何从一个心如槁木死灰、外事不闻不问的典型封建节妇，转变成为具有初期民主主义思想者的。顾绍炯先生写道："随着李纨在贾府生活实践的深入，她逐渐抛弃了儒家思想的消极成份，发展了儒家思想的积极因素，同时与腐败贵族的没落意识划清界限，吸收了初期民主主义的进步思想，使她的性格起了重大的变化，成为与初

---

① 李希凡、李萌：《传神文笔足千秋——〈红楼梦〉人物论》，文化艺术出版社，2006年版，第261页。
② 王昆仑：《红楼梦人物论》，北京出版社，2004年版，第39页。
③ 张庆善、刘永良：《漫说红楼》，人民文学出版社，2000年版，第87页。

期民主主义者可以沟通、能够共事的封建节妇,成为向初期民主主义者转化的封建正统女性。"① 顾先生的这种解释确实有些新意,遗憾的是,在其文章的论述中有多处对《红楼梦》原文的理解错误。

第三节 外貌研究

曹雪芹对李纨的外貌描写几乎没有,这在作者塑造红楼人物中算是比较特别的。从李纨第三回出场起,她似乎都只是一种"气",然而这气息又是那么的温和,温和到可以让读者忘记她的容貌,所以历来的研究者极少有针对李纨的外貌展开论述的。

为什么会出现这样的情况?曹立波先生认为,李纨青春丧偶虽身未离青春门槛,心境却已几经沧桑,故总给人一种老气横秋之感,让读者不觉自动忽略了她的相貌。另外从女人三从四德的角度来讲,李纨之"纨"可理解为完美。她是书中妇德的典范,因此不免有为德掩色之嫌②。曹先生总结的这两点可谓抓住了要害,对于曹雪芹来讲,他笔下的李纨就是一位可以用气质超越容貌的女性,心灵之美已经远远掩盖了她的外在,在这种强有力的气场下,读者也不自觉地沉浸在李纨的精神世界中而不计较她的外在如何。

从贾母择媳的标准来看,李纨一定是一位相貌端庄、天生丽质的女性。由于寡妇的身份,她不得不卸去了脂粉,穿着打扮尽量简约、素洁,正是因为这样,就连红楼中人也忽略了李纨的装束。曹立波先生举了这样一个例子,薛姨妈分送宫花,书中这样写道:

> 薛姨妈道:"这是宫里头的新鲜样法,拿纱堆的花儿十二支。昨儿我想起来,白放着可惜了儿的,何不给他们姊妹们戴去。昨儿要送去,偏又忘了。你今儿来的巧,就带了去罢。你家的三位姑娘,每人一对,剩下的六枝,送林姑娘两枝,那四枝给了凤哥罢。"

薛姨妈预先分配这十二枝宫花时并没有想到李纨,周瑞家的在送完之

---

① 顾绍炯:《向初期民主主义者前进的封建节妇——李纨——兼评品学兼优、重视"历练"的贾兰》,《贵阳师专学报(社会科学版)》1998年第4期。

② 曹立波:《红楼十二钗评传》,清华大学出版社,2007年版,第158页。

后，王熙凤又打发彩明给秦可卿送了两枝过去，仍然没有李纨的。这说明什么呢？众人并非遗忘了李纨，而是在心中已经认可了李纨是需要素洁的，要远离花枝招展，做一尊活菩萨，立一方活牌坊。

第四节　人品研究

对于李纨的人品，就如同她的名字一样，可谓"完人"。曹雪芹笔下确实没有对这位好大嫂的不敬之词。所以历来的评论者几乎都认定并达成了共识，李纨是《红楼梦》中第一贤人，人品极好。

对李纨人品的肯定，在不同的时期有不同的表达和侧重点。在清代，评论者主要称赞她的节操、贞静、谦和。如"守礼之完人"这样的句式表达几乎都放在了第一位，这是受了当时社会价值观念的影响。例如涂瀛说："李纨幽闲贞静，和雍肃穆，德有余矣，而不足于才。"[①] 这仍然突出了"女子无才便是德"的观念。到了民国以后，因为新思想、新理念的萌发，评论者开始反思固有文化的利弊，对小说人物的理解也不断深入，他们认识到，李纨的标准寡妇形象是旧式女教的结果。吕启祥先生就曾说过："李纨式的清心寡欲自然是旧式女教的结果，而这种模式是极富代表性的。"[②] "李纨选择守寡的清苦生活，是传统妇德教育下的一种有意识的行为，并且逐渐将它转化为一种内在的心境，使自己逐渐趋于淡漠。"[③]

当代的红楼人物评析，有一个较大的趋势，研究已经指向了《红楼梦》文字背后的猜测和推理，这种猜测和推理是研究者根据自我的生活感悟，糅合人物性格，加上事理发展规律而衍生出来的可能性。这样的人物评析有侦探性的步步惊心，也有文本细读的引人入胜，更兼揭示隐忧的中国式审美情趣，所以这样的人物研究最受读者青睐。

一些评论者认为，如果李纨是完人，那就违背了曹雪芹创作的理念。但是在《红楼梦》中，又实实在在找不出李纨的缺点来，这就构成了一对矛盾。这对矛盾如何化解呢？于是乎，研究者就从文字背后去寻找答案。

---

① 涂瀛：《红楼梦论赞》，载一粟编：《古典文学研究资料汇编·红楼梦卷》，中华书局，1963年版，第133页。
② 吕启祥：《红楼梦寻味录》，山西人民出版社，2001年版，第33页。
③ 陈文新、余来明：《红楼梦：悲剧人生》，武汉大学出版社，2002年版，第205页。

周五纯先生就指出过，李纨是比较吝啬的人。何以见得？周先生给了两点理由，第一点是刘姥姥在前八十回中曾两次进入荣国府，临走时上至贾母、王夫人，下至平儿、鸳鸯等丫鬟都有钱物相赠，但唯独不见有李纨的。从王熙凤计算李纨一年的收入来看，她其实并不缺钱，然而对于刘姥姥这样的穷苦之人，李纨也没有接济之心，这是吝啬的表现。第二点就是李纨判词中有"虽说是，人生莫受老来贫，也须要阴骘积儿孙"的句子。周先生认为，李纨并没有做缺德的事情，所以这句判词应该是针对李纨的吝啬而言的，这样的推断确实有它的可信度。闫红在文章中也说过这样一句话："李纨的日子，过得精明，她不占别人的便宜，也不肯吃亏。"[①] 这句话说得很是公道，李纨的吝啬归根结底是她内心的无助所致，她是寡妇，在那个时代没有了丈夫就失去了依靠，所以贾母说她是"寡妇失业"，她现在唯一的支柱就是儿子和钱，而且两者相比较而言，钱似乎来得更为稳妥，她必须为自己的将来打算，所以李纨的吝啬也有她的根源。

第五节　才能研究

研究者对李纨的评析大多数都认为她善德而不善才，所以历来的评论者都把精力集中到了彰显李纨的妇德之上，对于她的才能评析较少。这里有一个很有意思的现象，任何一个研究者对《红楼梦》时代所规范的妇德都是持否定态度的，甚至认为"三从四德""女子无才便是德"等观念已经扼杀了妇女的真性情，然而当李纨以此为标准完美地出现在读者面前时，得到的却是一片赞扬、称颂之声。这种"否定"与"赞颂"已经实实在在地形成了一对矛盾，但是无论是评论者还是普通读者都没有觉得别扭，反而认为这一切顺理成章。这是为什么呢？简单地说，这是实际行为与思想观念的不统一所致。也就是说，随着时代的更新，人们的思想观念已经进步了，但是实际行为却大大滞后。就学习的实用性上来看，什么是有用的学习？能改变思想观念并能落实到实际行动中的学习才是有用的，这样看来，人们的学习恐怕只达到了一半的功效。正因为如此，才出现了进步与滞后的不统一性，才有了人们在赞扬、肯定李纨妇德的同时又批评

[①] 闫红：《误读红楼》，天津教育出版社，2008年版，第96页。

否定塑造这种妇德所尊崇的价值观。

  在近几年的红楼人物评论中,称李纨善德而不善才的趋势有所转变。研究者开始关注李纨的才能,并认为其才能主要表现在她的诗才上。其实准确地说,李纨的诗才应该是她的诗词鉴赏才能。因为李纨在《红楼梦》中只作过一首完整的诗,而且是在元妃省亲时奉命而作的。

文采风流匾额

秀水明山抱复回,风流文采胜蓬莱。
绿裁歌扇迷芳草,红衬湘裙舞落梅。
珠玉自应传盛世,神仙何幸下瑶台。
名园一自邀游赏,未许凡人到此来。

  就此诗而论并不出奇,所以评论者都认为此乃平常应景之作。曹立波先生曾分析道:"此诗或凑合前人旧句,或借用唐诗熟事,平妥稳当有余而文采风力不足。"[①] 李纨的创作能力虽然不强,但是她的鉴赏功力却非同一般,这也是研究者大为称赞的闪光点。张庆善、刘永良二位先生就曾说过:"李纨虽不怎么会作诗,创作才能很一般,但她却有很高的艺术鉴赏能力,并且能以诗社之长的身份,对姐妹们包括宝玉所写的诗,作出恰如其分的评论和极为公道的裁判。"[②] 曹立波先生也有类似的言辞:"李纨虽创作力不强,却绝非庸碌之人,相反因颇具修养又兼理智公允而成为评诗的专家。她具有很高的艺术鉴赏能力,能从多种角度、多种风格去评价诗词创作,进而做出恰如其分的评论和极为公道的裁断。"[③]

  对于李纨的艺术鉴赏能力,也有持不同态度的研究者,例如王志武先生就曾说道:"李纨尊宝钗咏海棠诗为首,评黛玉海棠诗为次,表现了她以封建阶级卫道者的眼光评诗,和王夫人的评人不谋而合。"[④] 王先生的论断不无道理,李纨推崇薛宝钗的含蓄浑厚,其实从另一个侧面也展示了她所秉承而彰显的妇德。对于林黛玉的风流婉转,她只是觉得别有情趣而已,并不吻合她的审美要求,所以从这一点来看,李纨的确会不自觉地带

---

① 曹立波:《红楼十二钗评传》,清华大学出版社,2007年版,第164页。
② 张庆善、刘永良:《漫说红楼》,人民文学出版社,2000年版,第89页。
③ 曹立波:《红楼十二钗评传》,清华大学出版社,2007年版,第164页。
④ 王志武:《红楼梦人物冲突论》,陕西人民出版社,1985年版,第157页。

着封建阶级卫道者的眼光来评诗论词。

李纨是寡妇，按照贾府的规定，守寡之人不理事，只宜清静守节，所以人们很难在《红楼梦》文本中看到她大展管理才能，然而研究者还是发现了李纨的处世之道。王昆仑先生认为，李纨在书中的表现暗合了老庄人生哲学——无能、无好、无为。"李纨对贾母王夫人的关系，止于'尽礼'；对下人们，宁被人说作'失之太宽'。她偶然被委派了与探春宝钗暂时代理家政，她只有让探春当前，自己着力赞助而无所建议。平常在这纷纷攘攘的大家族中，每次一遇到什么矛盾或纠纷事件发生，她就立刻带领着姊妹们走开了。"① 曹立波先生认为，这是李纨在韬光养晦，是她处世之才的一种表现。

对于这种韬光养晦式的处世之道，也有研究者认为是一种极强的心机所致。这种心机就是尽力表现得槁木死灰一般，做一个典范式的寡妇，"赢得了贾府上下人等的一致好评"②，虎子在《说红楼 话性情》一书中这样写道：

> 李纨是不甘于仅仅得到物质上的保障的。她要的是人心，是"贾氏公司"未来的董事长的位子。而这并不需要她千方百计地去争取。事情是明摆着的：李纨是荣国府的长媳，贾兰是荣国府的长孙，宝玉眼见得是个没用的人，只要贾兰好好学习，天天向上，自然是未来荣国府的掌门人。而在贾母、王夫人之后，李纨便是荣国府的老太君。李纨是很明白这一点的。但她更明白要做个老太君必须先做个好媳妇和好母亲，必须有个好名声，必须赢得上上下下广泛的同情和支持。所以李纨不声不响，忍泪含悲，亲上悯下，恬淡做人。李纨这种以退为进的策略，比一些人大哭大闹向"上级"要照顾要待遇聪明得多，也有效得多了。③

在虎子的笔下，李纨的形象似乎完全被颠覆了，原本"槁木死灰，一概不闻不问"的恬淡状态竟然是一种处心积虑、运筹帷幄的心机。这实在让人觉得可怕，所以朱健先生说，这种战略战术真是"炉火纯青，凤姐、

---

① 王昆仑：《红楼梦人物论》，北京出版社，2004年版，第40页。
② 王意如：《红楼纷华话处世》，汉语大辞典出版社，2002年版，第133页。
③ 虎子：《说红楼 话性情》，长虹出版公司，2001年版，第134～135页。

探春都不是对手,宝钗差堪比肩而略欠火候"①。

从上述评论中我们不难看出,对李纨如此解析,其实质不是落在她的才能上,而是否定了她的为人,质疑她的人品。李珊先生曾经写过一篇题名为《李纨之妒心议》的文章。文章从李纨的"地位被隔置""才思不负人""怨意难平"等方面阐述了导致李纨产生妒忌之心的根源。李珊先生写道:"李纨并非'不尚才',她有运筹帷幄的敏捷心思;也并非心死情枯,有深沉的嫉妒之心。而这些,一直为评论家所忽视,成为李纨形象评价的盲点。"②

对于《红楼梦》中的人物,笔者一直都不愿意把他们设想得那么坏,所以对像虎子这样的评论,笔者认为可以作为一说,它的意义不在于评论是否得当,而是这种论调可以引发研究者的反思,促进多层次、多方位的思考。就如同李珊先生说的,评价有盲点。而当有学者认识到盲点与忽略处之时,写出文章来加以讨论总是不无裨益的。

第六节 情感研究

在曹雪芹笔下,李纨的人格得到了一种近乎完美的展示,然而她的感情又似乎有一种天生的缺憾。情是《红楼梦》的核心与灵魂,在李纨身上又有着什么样的情呢?历来的研究者有一个共识,李纨的情感是被厚厚的世俗包裹起来的,已被李纨自觉地藏在了灵魂最深处。所以要解析李纨的情感并非那么简单。

张训涛与杜奋嘉二位先生曾经从精神分析与心理学的角度解析了李纨的情感,认为:"李纨的一生基调是压抑的,从她一出场,曹雪芹便给她定了调:'槁木死灰'。"③ 所以在这种状态下,李纨的情感是被压抑着的。杜奋嘉先生认为:"李纨对情的压抑,与宗教的禁欲主义在本质上是一致的。宗教的禁性欲、禁物欲、素食斋戒、苦行主义、忍让顺从,追求精神的解脱和来生幸福等教规教义,在无形之中像一条绳索,把李纨的灵魂紧紧地

---

① 朱健:《碎红偶拾》,凤凰出版社,2003年版,第16页。
② 李珊:《李纨之妒心议》,《青海师专学报(社会科学)》2000年第1期。
③ 张训涛:《"形固有使如槁木,而心固可使如死灰乎?"——〈红楼梦〉中李纨形象新论》,《中山大学学报(社会科学版)》2000年第2期。

束缚着。"① 压抑着的情感势必要有一种释放的机制，否则人会慢慢变得忧郁，甚至精神分裂，然而李纨并没有表现出任何病态，她是如何释放自己的情感的呢？这是研究者想寻找的答案。梳理研究者的解释，主要集中在以下几点上。

第一，情感的转移。"对于青春丧夫的李纨来说，她只能把她满腔的爱投注于儿子身上，可以说对儿子的那番深情远胜于对丈夫的思念。从书中可以看出，大凡贾兰出场，总有慈母李纨在他身边照料。贾兰生病，李纨更是诸事不问，衣不解带，可以说贾兰是李纨的生命与希望。"②

第二，情感的宣泄。对于一个活生生的人而言，宣泄是释放情感的最直接的途径。对于李纨来说，她毕竟还处在尘世之中，内心的彻底平静绝对不是一蹴而就的，她需要宣泄。研究者寻找了很多例子，比如说《红楼梦》第六十三回，贾宝玉过生日，原本在大观园中是禁止夜间聚会的，可巧这些主子们却首先违了规矩。李纨说道："这有何妨？一年之中不过生日、节间如此，并无夜夜如此，这倒也不怕。"研究者认为："嫂子夜访小叔子，聚众饮酒取乐，非但不避嫌，还为大家开脱，可见李纨并不完全是个没有个性、只知道遵循礼教的人。"③ 她这样做，其实就是在可控的空间内宣泄情感。

第三，情感的升华。研究者认为，李纨在压抑的情感中，除了转移自己的注意力以外，更重要的是情感得到了一种自觉的升华，她"找到了一个超凡脱俗的方法，即跻身于诗的国度，与众姐妹在精神上进行更高层次的追求与交流，使情升华到一个纯洁、高雅的境界"④。

也有学者认为，这种升华并非完全解除痛苦，"只不过由意识的境界压抑到潜意识的境界而已，而蕴藏在潜意识内的冲动，在意识层的管制下只是暂时地潜伏着，每遇机会来临仍有逸出的可能"⑤。胡元翎先生认为，李纨自始至终都在寻找一份超脱，这份超脱有两个层面。一个层面是被逼

---

① 杜奋嘉：《深埋于心理底层的情愫——论李纨评价的一个盲点》，《红楼梦学刊》1995年第2辑。
② 张训涛：《"形固有使如槁木，而心固可使如死灰乎？"——〈红楼梦〉中李纨形象新论》，《中山大学学报》2000年第2期。
③ 同上。
④ 杜奋嘉：《深埋于心理底层的情愫——论李纨评价的一个盲点》，《红楼梦学刊》1995年第2辑。
⑤ 胡元翎：《漫说李纨》，《红楼梦学刊》1997年第4辑。

迫、被压抑的畸形超脱。因为世俗的规范，李纨"只得压抑自己的情怀，压抑到终极就达到了一种超脱，即以冷漠的态度看待世上的一切。一个弱女人要存活在世上，维持自己的心理平衡，也只能如此。所以李纨的这种超脱是不得已而为之的超脱，畸形的超脱"①。还有一个层面就是清醒自觉的超脱，她不问是非，不说闲话，不理家政，"自觉地、全身心地致力于精神上的追求，渴求诗国的自由和纯净，遂将大部分的热情投注于诗社的管理工作上，并在其中展现自己的活力"②。

情感的散发对于普通人来说是天经地义的，然而在《红楼梦》中，李纨的情感却需要转移、宣泄、升华、超脱。如此周折费力，曹雪芹想表达什么呢？曹立波先生认为，这一切是为了揭示封建礼法和人间真情之间的矛盾。③

对于李纨的真实情感，研究者喜欢在一个词语上大做文章，或者说不约而同地选择了这个词——槁木死灰。学者们都认同李纨槁木死灰般的表现，但又否定槁木死灰的实质。周思源先生曾在《槁木死灰非李纨》一文中说道："如果不存先入之见，而是完全从小说的情节出发，那么我们就不难发现，李纨似乎和'槁木死灰'相去甚远。"④ 周思源先生认为，李纨的情感在《红楼梦》中有两个转折点，第一个转折点是在第二十三回入住大观园的时候，第二个转折点是第三十七回秋爽斋偶结海棠社，"如果说第一个转折点迁入大观园是人性开始复苏，那么这第二个阶段就是人性的全面复苏，她的行为已经由被动变为主动"⑤。到《红楼梦》第六十三回，寿怡红群芳开夜宴中，李纨活泼、开朗的少妇天性得到了极度的释放。

从上面的梳理来看，无论是李纨的压抑还是她后来的宣泄都是本着书中人物自己的状态来分析的。当跃出文本，站在作者的角度，曹雪芹是如何塑造这样一位人物的呢？李希凡先生认为，曹雪芹用了一种狡狯之笔。"他虽也写了这位守节少妇的表面冷色，却又塑造了李纨的'真的人物'

---

① 胡元翎：《漫说李纨》，《红楼梦学刊》1997年第4辑。
② 同上。
③ 曹立波：《红楼十二钗评传》，清华大学出版社，2007年版，第161页。
④ 周思源：《周思源看红楼》，长江文艺出版社，2013年版，第132页。
⑤ 同上，第134页。

的血肉丰满的艺术形象,写了她在生活中内蕴丰富复杂的感情世界,尽管封建礼教给她以强大的精神压力,却也难以泯灭她的性情中人的青春闪光。"①

在笔者看来,狡狯之笔其实就是一种对比,这种对比的方法在《红楼梦》中比比皆是。正如张庆善先生说:"《红楼梦》为李纨这个形象定下了'槁木死灰'的性格基调,但是作者并没有死守着这一点,而是从很多个侧面,来展示了她性格上的多种色调,让我们看到了一个真实的李纨。而这些特点又与'槁木死灰'的主色调相互映衬,突出了主色调,从而深刻地揭露了封建礼教对妇女的戕害,对青春的摧残,对人性的禁锢。"②

第七节 命运研究

对于《红楼梦》中的人物评论,有一项是不可缺少的,那就是人物的最终命运。在探寻红楼人物最终结局的这一点上似乎充满着无穷的艺术魅力,因而还催生了一个红楼学派——探佚学。

李纨的命运终将如何?从现有的评论文章来看,似乎不在曹雪芹的笔下,而是取决于研究者对《红楼梦》中相关文字的解释。对于金陵十二钗命运的剖析,研究者的主要精力集中在判词、判曲、判画上。李纨的判画上画着一盆茂兰,旁边有一位凤冠霞帔的美人。茂兰是指贾兰,凤冠霞帔的美人当指李纨,这一认识在学界几乎没有异议。紧接着是李纨的判词:"桃李春风结子完,到头谁似一盆兰。如冰水好空相妒,枉与他人作笑谈。"梁归智先生认为:"第一句用谐音暗含'李纨'二字,说她'青春丧偶',年纪轻轻就作了寡妇。第二句说她由于有个好儿子贾兰得以戴凤冠穿霞帔。"③梁先生对判词前两句的解释可以代表学界的主流认识,但分歧出现在了后两句"如冰水好空相妒,枉与他人作笑谈",妒什么?笑谈谁?这让研究者不得其解,于是又把精力放到了李纨的判曲上:

镜里恩情,更那堪梦里功名!那美韶华去之何迅!再休提绣帐鸳

---

① 李希凡:《红楼梦艺术世界》,文化艺术出版社,1997年版,第262页。
② 张庆善、刘永良:《漫说红楼》,人民文学出版社,2000年版,第93页。
③ 梁归智:《石头记探佚》,山西人民出版社,1983年版,第152~154页。

衾。只这带珠冠，披凤袄，也抵不了无常性命。虽说是，人生莫受老来贫，也须要阴骘积儿孙。

气昂昂头戴簪缨，气昂昂头戴簪缨，光灿灿胸悬金印，威赫赫爵禄高登，威赫赫爵禄高登，昏惨惨黄泉路近。问古来将相可还存？也只是虚名儿与后人钦敬。

从判曲的文字上理解，这是李纨一生的高度浓缩。在《红楼梦》前八十回中，李纨几乎就是一个完人。但是我们稍加留意就会发现，判曲中的句子"也须要阴骘积儿孙"暗含讽刺与告诫，这与判词中"枉与他人作笑谈"异曲同工。所以有些学者认为，李纨的完美形象在八十回后有一个巨大的颠覆，所以才出现了这样的谶语。

在金陵十二钗的排序中，李纨和王熙凤之间夹着一个巧姐，陈大康先生认为这是曹雪芹的有意安排，这种安排恰巧能解开李纨判词中的奥秘。陈先生解释道："'劝人生，济困扶穷，休似俺那爱银钱的狠舅奸兄'与'虽说是，人生莫受老来贫，也须要阴骘积儿孙'两句恰成强烈的对照，而作者又把巧姐的曲子夹在王熙凤与李纨的之间，总不能认为这些曲子次序的编排是杂乱无章、毫无目的吧？李纨不愿动用辛苦积蓄的私房解救王熙凤的女儿，从某种意义上说，这是她与王熙凤'空相妒'的继续。正因为如此，他终于使自己从原本可让人崇敬的恪守封建礼教的典范，降落为'枉与他人作笑谈'的对象。"①

俞平伯先生认为，李纨属于晚来富贵，因为贾兰高中而受朝廷的诰封，但是曲子中的"也抵不了无常性命"、"昏惨惨黄泉路近"等语言暗示了李纨在贾兰富贵之后就死去了，并没有享受到什么福。这种解释中规中矩，大多数学者都持这样的观念，当然也有不同的看法。例如周五纯先生认为，判曲中死去的人不应该是李纨，而是她的儿子贾兰。周先生说："理解成贾兰死，还有一个理由：幼年丧父、中年丧夫、晚年丧子，这向来被认为是人生三大悲剧……我以为作者是把三种人生悲剧垒加在一起，用以浓化李纨这个人物的悲剧性。"②

从现有的探佚来看，李纨的结局过程虽然有苦尽甘来、晚年富贵、积

---

① 陈大康：《论李纨判词之谜》，《社会科学家》1986年第2期。
② 周五纯：《李纨三题》，《红楼梦学刊》1988年第1辑。

德致福等说法，但是最终仍然是一个悲剧。曾扬华先生认为，这种悲剧和《红楼梦》中其他女性的悲剧不大相同。"李纨的悲剧远远不仅是发生在我们并未看到的她的最后结局，而是从她成为寡妇，甚至在接受了'女子无才便是德'的训诫时，悲剧就已经开始了。也就是说，在《红楼梦》的帷幕揭开之前，她已是一个悲剧人物。"①

第八节 影射研究

红学研究中的索隐派曾红极一时，至今也不绝如缕。研究者认为，《红楼梦》中的人物几乎都有影射的历史人物，李纨也不例外。从现有的学术观点来看，李纨所影射的对象完全取决于研究者所影射的历史事件。例如赵同先生认为《红楼梦》影射的是"雍正夺嫡"事件，所以李纨影射的就是康熙朝的七皇子允祐。对于"曹贾互证"的考证派来说，李纨的影射主要集中在"曹颙之妻马氏"这一说上。朱淡文、周梦庄二位先生都持这样的观点，不同的是，朱淡文先生认为："李纨青年守寡，她的某些素材可能取自曹颙之妻马氏，即作者之母亲。"② 而周梦庄先生认为："马氏，曹颙之妻，曹雪芹非其所生，年龄不合。"③ 持朱淡文先生这种观点的还有霍国玲、紫军等。

---

① 曾扬华：《末世悲歌红楼梦》，汕头大学出版社，1997年版，第191页。
② 朱淡文：《红楼梦论源》，江苏古籍出版社，1992年版，第184页。
③ 周梦庄：《红楼梦寓意考》，黎明文化事业股份有限公司，1994年版，第108页。

第十二章　秦可卿

秦可卿是金陵十二钗排名中的最后一位，也是曹雪芹笔下唯一一个写出最终结局的正钗人物。她第五回出场，第十三回死去，在这短短的几回里，她的话语不到十句，曹雪芹在秦可卿身上泼洒的笔墨也极少，寥寥几百字而已。书中关于秦可卿的直接描写也仅有几次，一是安排贾宝玉午休，二是带秦钟见宝玉、凤姐，三是王熙凤探病时与秦可卿互述衷肠，另加一次幻笔式的"托梦描写"。应该说这样一位有始有终、故事不多的人物是最简单而清晰的。然而事实刚好相反，秦可卿所产生的谜成了红学研究的沸点，于是在众多的评论文章中，对于秦可卿的解析就演变成了一场解谜的文字游戏，其焦点主要集中在名字涵义、身世、才干与性情、死亡及作者的创作意图五个方面。

第一节　名字涵义研究

红楼人物的评析首先从姓名开始，这似乎成了一种套路。汉字同音者很多，红楼研究者可选取的人名谐音范围是非常宽泛的，完全可以信手拈来，但是谐音的选取往往是有针对性的。换言之，研究者所秉承什么样的中心思想，就可以设定一个与之相匹配的人物谐音来。例如，否定"皮肤滥淫"，"秦可卿"三个字就可以设定为"情可轻"；肯定男女之间的真情，就可以设定为"情可倾"。

对于秦可卿名字涵义的解释重点落于"情"字者居多。王昆仑先生认为，从第五回贾宝玉午休、梦遗等情节来看，作者曹雪芹是含糊暧昧地谴责了秦可卿对宝玉的诱惑，所以对秦可卿名字的理解最好的就是"情可轻"。① 那么这个"情"字在秦可卿身上到底如何解释，子旭先生说："秦可卿是'情可亲'还是'情可轻'或者是二义并有。总之，可卿与其弟秦钟皆以'情'之谐音为姓，隐含作者之意，必主情无疑。"② 子旭先生的这一观点和水晶先生相似，水晶先生认为此情代表的就是一种欲情。曹雪芹的写作风格是抽象而含蓄的，这和《金瓶梅》等小说大相径庭，作者会"尽量将秦氏一家抽象化、象征化。可卿是养生堂里抱来的，她代表欲情，秦可卿者，情可亲也，也可能说成是情可轻也，甚至干脆地说情可钦也；种种说法分配到秦氏短促一生的悲情事件上，都可以触类旁通"③。

对于秦可卿姓名的阐释，有一点是区别于其他红楼人物的，那就是解释秦可卿往往会连带其家人，一并解释她的父亲秦业以及弟弟秦钟。秦业就是情之"冤孽"，秦钟就是"情种"或者"情终"，总而言之，这家人都是隐喻"情根"的。郭杨先生认为，秦可卿和秦钟"在共同演绎'情'的含义之下，两秦分别代表男性和女性两个方面。秦钟对于智能，明显表现出男性对女性的占有、玩弄……而秦可卿对于贾珍，更多地表现为女性对男性的屈从"④。

"情"是《红楼梦》的核心要义，对情的阐释复杂异常，它可能是温柔之乡，也可能是祸之源。所以陈树璟先生说："'秦可卿'三字谐着'顷刻尽'的音，指明了盛极而衰，乐极而悲的一面。把这个形象放在卷首先声夺人，正是要读者明白：警惕走向极顶的时刻，不要忘乎所以；转化正在那里等待着你哟！"⑤

红楼人物姓名的谐音往往根据研究者的中心思想而定，这一点在"秦可卿"三字上也展现得比较突出。例如李知其先生认为，秦可卿是影射崇祯皇帝时期的国事，所以这个名字就非常有讲究了。"秦字是取'春秋'两字各一半，即取春字上半，秋字左旁而合成的。春秋是暗指史事和帝业

---

① 王昆仑：《红楼梦人物论》，北京出版社，2004年版，第50页。
② 子旭：《解读〈红楼梦〉》，云龙出版社，1999年版，第119页。
③ 水晶：《私语红楼梦》，九歌出版社，2002年版，第69页。
④ 郭杨：《还记石头成一梦 欲解红楼觅二秦——二秦形象的整体考察》，《南都学坛（人文社会科学学报）》2005年第1期。
⑤ 陈树璟：《锦绣荣华倾刻尽——论秦可卿的象征意义》，《红楼梦学刊》1987年第2辑。

了。可卿谐读戈倾，戈字倾则国字亦倾。"① 这样的解读真是让人瞠目结舌。

第二节 身世研究

秦可卿的身世在《红楼梦》第八回有专门的介绍，书中说：

> （秦可卿的）父亲秦业现任营缮郎，年近七十，夫人早亡。因当年无儿女，便向养生堂抱了一个儿子并一个女儿。谁知儿子又死了，只剩女儿，小名唤可儿，长大时，生的形容袅娜，性格风流。因素与贾家有些瓜葛，故结了亲，许与贾蓉为妻。那秦业至五旬之上方得了秦钟。

从这段文字的介绍来看，我们得知秦可卿是秦业从孤儿院抱养来的。在金陵十二钗中，这一身份最为特殊，因为除她以外其余都是官宦小姐，家族非富即贵，所以徐乃为先生说，秦可卿是金陵十二钗中身份最低贱的人。然而事情绝没有这样简单，关于秦可卿的身世，刘心武先生的观点是一个绕不开的话题。刘先生认为，秦可卿的身份不仅不低贱反而远高于四大家族任何一位千金小姐，秦可卿是皇族血脉，是一位公主级的人物。

刘心武先生原本是一位知名作家，被认为是"伤痕文学"的开创者，其作品多次获奖，长篇小说《钟鼓楼》荣获第二届茅盾文学奖。1993年，刘心武先生开始研究《红楼梦》并发表相关论文，刘先生的红学研究始终坚持从秦可卿这一人物入手，因为多次在央视百家讲坛登台说法而红遍全国，他的学说也被其自身和读者尊称为"秦学"。

对于秦可卿的身世，刘心武先生通过细致的研究得出结论："曹雪芹所写的秦可卿这个角色是有生活原型的。这个角色的生活原型，就是康熙朝两立两废的太子他所生下的一个女儿。这个女儿应该是在他第二次被废的关键时刻落生的，所以在那个时候，为了避免这个女儿也跟他一起被圈禁起来，就偷运出宫，托曹家照应。而现实生活中的曹家，当时就收留了这个女儿，把她隐藏起来，一直养大到可以对外说是家里的一个媳妇。在

---

① 李知其：《红楼梦谜》，自印本，1984年版，第29~30页。

曹雪芹写《红楼梦》的时候，这个生活原型使他不能够回避，他觉得应该写下来，于是就塑造了一个秦可卿的形象。概而言之，秦可卿的原型就是废太子胤礽的女儿，废太子的嫡长子弘晳的妹妹。如果废太子能摆脱厄运，当上皇帝，她就是一个公主；如果弘晳登上皇位，弘晳就会把已故的父亲尊为先皇，这样算来，秦可卿原型的身份依然可以说是一个公主。"①刘心武先生这一石破天惊的观点立即引起了一场学说与戏说的大辩论。

对于刘心武先生的秦学观点，讨论呈现出两极分化的态势。正反双方的人群分化极有特点，力挺刘心武先生的是一般《红楼梦》爱好者，这一派的人是以《红楼梦》为娱乐对象的。他们认为刘心武的揭秘层层深入，步步惊心，扣人心弦，整个过程有理有据，读来引人入胜。反对秦学观点的一派多数都是治学严谨的学者，他们是以《红楼梦》为研究对象的。在他们眼里，刘心武就是信口开河，不尊重史实，曲解文献，从头至尾胡编乱造。反对的一方又分两拨，一拨为红学家，另一拨为清史学家。

首先，我们看清史学家这一拨，以杨启樵先生为例。杨先生专攻中国文史，以治理清史见长，其代表著作有《雍正帝及其密折制度研究》《解开雍正皇帝隐秘的面纱》等。2010年6月，上海书店出版社出版了杨先生的《周汝昌红楼梦考证失误》一书，其中附录了《刘心武先生〈揭秘红楼梦〉质疑》一文。杨启樵先生根据清代史料得出秦可卿绝不可能是太子允礽的弃婴，并列举了以下三点理由。

一是动机欠缺。杨先生说，历史上的允礽只是个人犯罪，被剥夺了政治生命，与家人没有关系，"其妻妾仍是康熙儿媳，其子女仍是康熙孙儿，呵护爱怜尚恐不及，哪有迫害亲人之理？"②杨启樵先生根据《圣祖实录》第277卷中的史料指出，允礽再次被废之后，家人非但无一获罪反而更加受到康熙的优待，允礽的七八个子女都被康熙留养在了宫里。在这样一种宽和、优待的环境中实在找不出要隐瞒一个女婴的动机。

二是隐瞒非易。杨启樵先生说，太子被废之后，被康熙派遣亲信日夜坚守，连一封矾水写的密信都被检查揭发了，何况一个婴儿。而且"皇室很难隐瞒添丁，婴儿诞生后须向宗人府登记。……不仅婴孩降生后须注

---

① 刘心武：《刘心武揭秘〈红楼梦〉》，东方出版社，2005年版，第191~192页。
② 杨启樵：《周汝昌红楼梦考证失误》，上海书店出版社，2010年版，第170页。

册，其实一怀孕就待遇不同"①。

三是文献无证。杨启樵先生说，刘心武先生对文献的使用不规范，甚至有曲解文献的地方。刘心武先生笔下叙述的宫人得麟从太子身边偷偷溜出宫廷就是与《圣祖实录》大相径庭的最好例子。杨先生指出："官私著述及故宫秘档中，并无半点线索可寻。汉文《玉蝶》仅记男儿，但《满文玉蝶》却有女性记录。太子诸女历历可考，其中独缺'秦可卿'。"②

除这三点理由以外，杨先生还在文章中细数了十例刘心武先生在考证过程中的不严谨、武断、曲解、穿凿、附会之处。除杨启樵先生外，清史学家张书才先生也发文反驳刘心武先生的观点，其仍然本着真实的历史指出刘先生之论违背典制，不符合文本实际，也违背了《红楼梦》叙事的时间顺序。

其次，再来看红学家这一拨，以周思源先生为例。周先生以红学研究的现状出发并指出，秦可卿的种种迷雾是因为误读文本造成的。混淆了历史真实与小说虚构的关系。例如刘心武先生在证明秦可卿的高贵身份时列举了一个例子，给秦可卿看病的人都是御医，而御医又是专门给皇室成员提供医疗服务的特殊部门，所以只有秦可卿拥有皇室身份才能够享受这一服务。而周思源先生认为这样的结论不能成立，原因在于刘先生偷换概念。《红楼梦》中的太医不等于御医。周思源先生查阅《清史稿》并结合《红楼梦》中的实际情况分析了其中所有医生的真实身份，最后得出这个结论："没有任何一位御医给秦可卿看过病。从给秦可卿看病的所谓'太医'中，不能发现任何支持她有什么神秘身份的线索。"③

刘心武先生在证明秦可卿的公主身份时，提到了她卧室的陈设，在《红楼梦》第五回里这样描写道：

> 刚至房门，便有一股细细的甜香袭人而来。宝玉觉得眼饧骨软，连说"好香！"入房向壁上看时，有唐伯虎画的《海棠春睡图》，两边有宋学士秦太虚写的一副对联，其联云："嫩寒锁梦因春冷，芳气笼人是酒香。"案上设着武则天当日镜室中设的宝镜，一边摆着飞燕立

---

① 杨启樵：《周汝昌红楼梦考证失误》，上海书店出版社，2010年版，第176页。
② 同上，第177页。
③ 周思源：《周思源正解金陵十二钗》，中华书局，2006年版，第22页。

着舞过的金盘,盘内盛着安禄山掷过伤了太真乳的木瓜。上面设着寿昌公主于含章殿下卧的榻,悬的是同昌公主制的联珠帐。宝玉含笑连说:"这里好!"秦氏笑道:"我这屋子大约神仙也可以住得了。"说着亲自展开了西子浣过的纱衾,移了红娘抱过的鸳枕。

  刘心武先生认为,这些陈设都是皇家用品,涉及的人物、事件都和宫廷有关,这正好暗示着秦可卿的公主身份。刘先生如此推论也受到了红学家们的反驳。陈诏先生说,这是曹雪芹的戏笔,"只不过隐喻贾宝玉的性意识和秦可卿的骄奢淫逸的生活方式而已,并无其他深意"①。陈诏先生还考证出,这段描写是曹雪芹模仿了明代万历年间的《绣榻野史》。曹雪芹运用这种描写手法,"通过室内陈设器具的细致描写,烘托一种令人心醉的气氛,暗示小说人物即将有风流韵事发生"②。所以把小说的虚构一一落实到历史中就显得荒诞了。

  对于秦可卿这个红楼人物,其身世为什么显得迷雾重重,胡晓明先生认为,至少有三点原因:一是姓名不确定,一会儿是可儿一会儿是秦氏,在梦中是兼美,现实中的小名又叫可卿;二是死因不明;三是身世不确。③ 为什么会有这种情况发生呢?陈诏先生认为,这和曹雪芹的创作过程密切相关,"这是由于《红楼梦》成书过程中,秦可卿这个人物几经改塑,几经增删,完全改变了作者原来的创作意图,才会出现她的面貌模糊不清的情况"④。

第三节　才干与性情研究

  曹雪芹在塑造秦可卿这个人物时,所用的手法相对于其他"金钗"而言很是特殊,总给人一种梦幻感,仅有的几次出场,竟有两次是在梦境中。她在现实中的容貌、才干等都是虚笔,所以总是亦幻亦真,扑朔迷

---

  ① 陈诏:《也谈秦可卿的出身问题——与刘心武同志商榷》,《上海师范大学学报(哲学社会科学版)》1992年第4期。
  ② 同上。
  ③ 胡晓明:《秦氏之死与贾府盛极之衰》,《红楼梦学刊》1999年第2辑。
  ④ 陈诏:《也谈秦可卿的出身问题——与刘心武同志商榷》,《上海师范大学学报(哲学社会科学版)》1992年第4期。

离。就容貌和才干而言，曹雪芹的写法也颇有新意。他对秦可卿的容貌没有直面描写，曹立波先生从书中四个地方找出秦可卿很美的证据：第一是从贾母的角度，认为秦可卿生得袅娜纤巧；第二是通过尤氏的口中得知，再要找这样一个媳妇，这么个模样是非常难的；第三是秦可卿名为兼美，即兼有宝钗黛玉的美貌和神韵；第四是通过周瑞家的拿香菱与秦可卿对比，说她俩的美貌竟然是一个格调。曹立波先生说："提及秦可卿这一人物，常用的称谓是'秦氏'。而'秦氏'，暗合秦罗敷，以此表明她的美丽。"① 如果我们细细品读曹立波先生指出的这四点，不难发现，曹雪芹在描写秦可卿的容貌时总是和性情统一起来的。贾母赞叹其美貌时，说她行事温柔和平。尤氏在赞叹其美貌时，说她性情好得打着灯笼也无处寻。所以潘知常先生认为，秦可卿堪称《红楼梦》中第一美女。

　　秦可卿的才干又如何呢？她虽然是宁国府的长孙媳妇，但是并没有直接描写她管理家政，所以秦氏的才干也显得比较隐晦，历来的评论者对秦氏才能的评论也较少，偶有提及也主要落在她给王熙凤托梦的这一戏份中。《红楼梦》第十三回这样写道：

> 秦氏道："婶婶，你是个脂粉队里的英雄，连那些束带顶冠的男子也不能过你，你如何连两句俗语也不晓得？常言'月满则亏。水满则溢'；又道是'登高必跌重'。如今我们家赫赫扬扬，已将百载，一日倘或乐极悲生，若应了那句'树倒猢狲散'的俗语，岂不虚称了一世的诗书旧族了！"凤姐听了此话，心胸大快，十分敬畏，忙问道："这话虑的极是，但有何法可以永保无虞？"秦氏冷笑道："婶子好痴也。否极泰来，荣辱自古周而复始，岂人力能可保常的。但如今能于荣时筹画下将来衰时的世业，亦可谓常保永全了。即如今日诸事都妥，只有两件未妥，若把此事如此一行，则后日可保永全了。"

> 凤姐便问何事。秦氏道："目今祖茔虽四时祭祀，只是无一定的钱粮；第二，家塾虽立，无一定的供给。依我想来，如今盛时固不缺祭祀供给，但将来败落之时，此二项有何出处？莫若依我定见，趁今日富贵，将祖茔附近多置田庄房舍地亩，以备祭祀供给之费皆出自此处，将家塾亦设于此。合同族中长幼，大家定了则例，日后按房掌管

---

① 曹立波：《红楼十二钗评传》，清华大学出版社，2007年版，第169页。

这一年的地亩、钱粮、祭祀、供给之事。如此周流，又无争竞，亦不有典卖诸弊。便是有了罪，凡物可入官，这祭祀产业连官也不入的。便败落下来，子孙回家读书务农，也有个退步，祭祀又可永继。若目今以为荣华不绝，不思后日，终非长策。眼见不日又有一件非常喜事，真是烈火烹油、鲜花着锦之盛。要知道，也不过是瞬间的繁华，一时的欢乐，万不可忘了那'盛筵必散'的俗语。此时若不早为后虑，临期只恐后悔无益了。"凤姐忙问："有何喜事？"秦氏道："天机不可泄漏。只是我与婶子好了一场，临别赠你两句话，须要记着。"因念道："三春过后诸芳尽，各自须寻各自门。"凤姐还欲问时，只听二门上传事云板连叩四下，将凤姐惊醒。

对于这一梦境的描写历来仁者见仁，智者见智。从分析秦可卿才干这一点上来看，曹立波先生认为，秦可卿是《红楼梦》中第一个"先知先觉者"。从"四时祭祀"到"家塾供给"，再到"子孙回家读书务农，也有个退步，祭祀又可永继"等思虑来看，"秦可卿最早感受到了'盛筵必散'的先兆"①，深谋远虑由此可见。张锦池先生也认为，秦可卿在王熙凤的梦境中所分析的贾府在管理上存在的弊端，"代表着秦可卿的'政见'，反映着秦可卿对贾府历史命运的忧虑之情"②，这样的思想高度，就连王熙凤也是望尘莫及的。

秦可卿的性情如何，除了贾母、尤氏在夸赞其容貌时顺带提及以外，似乎别无它叙。所以历来的评论者也只能在一些旁敲侧击的文字中寻一些零星证据，其焦点落在了秦可卿暴亡之后，贾府上上下下的反应中。书中第十三回写道：

> 那长一辈的想他素日孝顺，平一辈的想他素日和睦亲密，下一辈的想他素日慈爱，以及家中仆从老小想他素日怜贫惜贱，慈老爱幼之恩，莫不悲嚎痛哭者。

从各层人士的反应中我们能看出，秦可卿的性情是得到了肯定的。虽然曹雪芹没有直接描写秦可卿是如何笼络住了这么多人，但我们可以推测

---

① 曹立波：《红楼十二钗评传》，清华大学出版社，2007年版，第176页。
② 张锦池：《论秦可卿》，载中国社会科学院文学研究所红楼梦研究集刊编委会编：《红楼梦研究集刊·第六辑》，上海古籍出版社，1980年版，第101页。

"她不是个等闲之辈,论心计,论手腕"① 都是一流。

对于秦可卿的性情,红学界的讨论重点落在了"情"和"淫"的争辩之上。主张"淫"的一方认为,秦可卿就是一位扰乱伦理的荡妇。王希廉在《红楼梦总评》中就指出秦可卿是"宁府淫乱之魁"②。胡士明先生说,秦可卿的淫行败露,从中也暴露了"这个家族和以这个家族为代表的封建地主阶级的没落和腐朽,从而从一个侧面,揭示出封建制度和封建地主阶级必然灭亡的历史命运"③。徐乃为先生在通过回目"淫丧天香楼"以及秦可卿判词中的"情既相逢必主淫"等字句的分析,最后得出的结论是:"'淫'——是秦可卿形象定位的本质内核,主导要素。"④

为什么研究者会认为秦可卿是一个淫妇的形象呢?张锦池先生总结了三点理由:一是研究者看到秦可卿卧室中的陈设,于是联系到了主人的精神面貌。这也难怪,主人的生活情趣总是反映在家居之中,就连脂砚斋也对秦氏的卧室批语道:"艳极,淫极。"二是贾宝玉第一次梦遗发生在秦可卿的房间,而且梦中的"兼美"就是现实中秦可卿的形象,所以研究者认为秦可卿与贾宝玉的关系暧昧,是她引诱了宝玉。三是秦可卿和公公贾珍私通,白纸黑字,人赃俱在。所以这三点造成了秦可卿"淫"的形象。正如木村先生说:"秦可卿,艳丽如桃花夫人,品行反在其下,虽享年不久,劣迹未著,然《红楼梦曲》中明明指出'造衅开端实在宁''擅风情,秉月貌,便是败家的根本',宝玉之试云雨情,是从她开始的,而与贾珍翁媳之恋,在字里行间,又可使读者一目了然。"⑤

主张"情"的一方认为,秦可卿并不是一个淫荡之人,就算她和贾珍真有见不得人之事,那也不是秦可卿自觉自愿的,从秦可卿突然病倒、精神瞬间垮塌的事实来看,其中定有蹊跷。周思源先生认为,秦可卿在与贾珍的关系中不应该负有道德责任,因为"秦可卿在万般无奈的情况下被迫

---

① 张锦池:《论秦可卿》,载中国社会科学院文学研究所红楼梦研究集刊编委会编:《红楼梦研究集刊·第六辑》,上海古籍出版社,1980年版,第101页。

② 王希廉:《红楼梦总评》,载一粟编:《古典文学研究资料汇编·红楼梦卷》,中华书局,1963年版,第146页。

③ 胡士明:《如何认识秦可卿形象的思想意义》,载中国社会科学院文学研究所红楼梦研究集刊编委会编:《红楼梦研究集刊·第十三辑》,1986年版,第64~65页。

④ 徐乃为:《大旨谈情——〈红楼梦〉的情恋世界》,北京图书馆出版社,2007年版,第82页。

⑤ 木村:《红楼梦读后记》,载吕启祥、林东海主编:《红楼梦研究稀见资料汇编》,人民文学出版社,2001年版,第1277页。

屈从贾珍的淫威，实际上贾珍等于是强奸了秦可卿"①。类似周先生这样的解释，在红学界占多数，评论者往往带着一份同情为秦可卿抱不平。

《红楼梦》中的故事开始不久就陆续死了三个人，贾瑞、秦可卿、秦钟。这三个人都与情欲有关。闫红说："在贾瑞与秦钟身上，曹公对于欲望是绝对否定的，到了秦可卿这里，他的态度则有点含混与迟疑了。"紧接着，闫红用了一种极具现代人的情感哲学写道："也许她真的是爱他的，用身体而非心灵爱着他，没有风花雪月打底，长吁短叹作衬，没有形而上的斟酌与思索，更没有把爱情变为一宗哲学的趋势，他们之间是两个欲望强烈的男女的爱情，结实、有力、淫秽、原始，可谁能说，这样的爱情就不是爱情，谁能够，给爱情下一个精准的定义？"②

对于秦可卿是"淫"还是"情"，曹雪芹所使用的手法确实比较朦胧，这一点很多研究者都注意到了。所以在评析秦可卿这个人物时，研究者往往会用理性的折中处理，如此一来研究的焦点就发生了变化，从秦可卿的性情之争转移到了作者曹雪芹想通过这个人物的"淫"和"情"述说什么。

曹雪芹通过警幻仙姑的口抛出了一个"意淫"和"皮肤滥淫"的概念，也试图想通过文字来诠释这一对概念。书中有这样一段话：

> "更可恨者，自古来多少轻薄浪子，皆以'好色不淫'为饰，又以'情而不淫'作案，此皆饰非掩丑之语也。好色即淫，知情更淫。是以巫山之会，云雨之欢，皆由既悦其色，复恋其情所致也。吾所爱汝者，乃天下古今第一淫人也。"宝玉听了，唬的忙答道："仙姑差了。我因懒于读书，家父母尚每垂训饬，岂敢再冒'淫'字。况且年纪尚小，不知'淫'字为何物。"警幻道："非也。淫虽一理，意则有别。如世之好淫者，不过悦容貌，喜歌舞，调笑无厌，云雨无时，恨不能尽天下之美女供我片时之趣兴，此皆皮肤淫滥之蠢物耳。如尔则天分中生成一段痴情，吾辈推之为'意淫'。'意淫'二字，惟心会而不可口传，可神通而不可语达。汝今独得此二字，在闺阁中，固可为良友，然于世道中未免迂阔怪诡，百口嘲谤，万目睚眦。今既遇令祖

---

① 周思源：《周思源正解金陵十二钗》，中华书局，2006年版，第50页。
② 闫红：《误读红楼》，天津教育出版社，2007年版，第36页。

宁荣二公剖腹深嘱,吾不忍君独为我闺阁增光,见弃于世道,是以特引前来,醉以灵酒,沁以仙茗,警以妙曲,再将吾妹一人,乳名兼美字可卿者,许配于汝。"

这段文字中的"皮肤滥淫"指的就是肌肤之亲的性爱。何谓"意淫"?脂批道:"按宝玉一生心性,只不过是'体贴'二字,故曰'意淫'。"所以很多研究者都受到了这条脂批的影响,认为贾宝玉的意淫就是以女性为友,为知己,体贴关爱她们并远离性爱。也有学者不同意这样的解释,何炳棣先生通过现代心理学分析说贾宝玉的"意淫"就是一种性幻想和性意向,"意淫"可以理解为"淫意","有淫的意向和动机,而不是真正地行淫事"。作家陈村在《意淫的哀伤》一文中这样解释贾宝玉的意淫:"贾宝玉和'世之好淫者'(即'蠢物')的区别,在于并不'云雨无时,恨不天下之美女供我片时之趣兴'。他同样'悦容貌,喜歌舞,调笑无厌',同样觊觎'天下之美女',只不过所要的不是'片时'而是永恒。他的心理要求是按住时光的流逝,将美好的一切予以固定。但他明白固定的不可能,因而悲凉起来。大观园内,女儿们与他生分了,出嫁了,嫁给污浊的男子。他痛心疾首,流下意淫者痴情的辛酸之泪。"[①] 对于秦可卿性情的讨论,在红学界绝不仅仅是其个人的品行,而是关乎作者的情感理念以及哲思。

第四节 死亡研究

秦可卿的谜除了刘心武先生一手打造的身份之谜以外,红学界的争论主要集中在她的死亡之谜上。秦氏死亡的时间,如何死的,曹雪芹为什么遮遮掩掩自删其稿,秦可卿死亡的文学意义在何处?这一连串的疑问构成了笼罩在秦可卿身上挥之不去的迷雾。下面我们逐一梳理。

一、秦可卿的死亡时间

秦可卿顶着贾母心中"重孙媳妇第一得意之人"的光环在第五回闪亮出场,然而当读者还来不及细细欣赏这位"袅娜纤巧,行事又温柔和平"

[①] 陈维昭:《红楼梦一百句》,复旦大学出版社,2010年版,第30页。

的女性之美时,她又在第十三回匆匆离开了人世。不仅贾府中人"无不纳闷",就是身处书外的读者也感到莫名其妙。

首先挑起秦可卿死亡时间大讨论的是戴不凡先生。戴先生关注秦可卿死亡的时间,其目的是弄清楚《红楼梦》的成书过程,以考证秦可卿的死期来证明《红楼梦》是在"石兄"旧稿《风月宝鉴》一书的基础上修改增删而来的。秦可卿正是旧稿《风月宝鉴》中的人物,经过曹雪芹的妙手新裁,最后成了《红楼梦》中读者看到的这位秦可卿。但是无论曹雪芹"缝制"得多么巧妙,也并非天衣无缝,仍然留有蛛丝马迹可供探寻。戴不凡先生细细寻找出了书中第十三回秦可卿死亡之后,又有秦氏出现的痕迹计十一处,还列出了《风月宝鉴》中的时间表,最后得出结论:在旧稿《风月宝鉴》中,秦可卿死亡的时间相对较晚,是贾宝玉成年之后很久才死的,"她当是死于'赏中秋'晚上的"[1]。

自戴不凡先生刊发上述观点之后,马欣来先生对此提出了质疑。马先生认为,戴不凡先生以自己的想象推出旧稿的时间表是不科学的,以此建立的学说构架也就站不住脚。马欣来先生从"贾宝玉的年龄""贾蓉之妻""秦可卿晚死"等三个方面入手分析,最终认为"戴不凡同志的《秦可卿晚死考》一文尚不足以证明'秦可卿在石兄旧稿中死期很晚'……论定秦可卿'当是死于"赏中秋"晚上',恐亦难成立"[2]。其实我们不难发现,无论是戴不凡先生的主张,还是马欣来先生的反驳,虽然焦点都集中在秦可卿的死亡时间上,但是他们的终极目的都不是探讨这个具体的时间,而是要证明《红楼梦》成书的过程。换句话说,戴不凡和马欣来二位先生的争辩还不是严格意义上的秦可卿死亡时间之辩。

《红楼梦》中的女孩子大多数都早夭,这也是她们悲剧人生的一面。胡文彬先生根据封建贵族之家的婚姻习俗,推测秦可卿死亡的年龄"小则要十八九岁,大则也不会超过二十二三岁"[3]。胡文彬先生给出了一个模糊的死亡年龄。从《红楼梦》中的故事情节来看,秦可卿是中秋之后病

---

[1] 戴不凡:《秦可卿晚死考——石兄〈风月宝鉴〉旧稿探索之一节》,载《北方论丛》编辑部编:《〈红楼梦〉著作权论争集》,山西人民出版社,1985年版,第99页。
[2] 马欣来:《〈秦可卿晚死考〉质疑》,《红楼梦学刊》1980年第3辑。
[3] 胡文彬:《风情月貌败家根——秦可卿"享强寿"考》,载胡文彬:《读遍红楼——不随黄叶舞秋风》,书海出版社,2006年版,第116页。

的，请医问药，其中又夹杂着贾瑞调戏王熙凤的故事情节，在时间顺序上就显得错综复杂，所以秦可卿死亡的时间就值得推敲了。

张乃良先生细细研读文本之后，对秦可卿的死期做了这样的推测：当璜大奶奶前往宁国府理论侄儿金荣与秦钟之间的是非时，从尤氏口中得知秦可卿病重。曹雪芹又在接下来的故事中安排了贾敬的生日，因为满园的菊花盛开，所以定是秋天，如此一来，可以判定秦可卿的病开始于深秋时节。紧接着邀请了张太医诊脉，张太医断言"过了明年春分，就可望痊愈了"。后来的时间从第一年秋已经跨到了第二年春分，此时，秦可卿并没有死。但是，其间曹雪芹并没有按照简单的时间顺序来铺陈一个故事，而是同时又叙述了贾瑞调戏王熙凤，在凤姐的毒计之下贾瑞病倒了，书中说在一年内贾瑞的病都添全了，这一年是指张太医说的"明年春分"一整年。再一年的春天贾瑞死了，以此可以判定贾瑞死在第三年春天。值得注意的是，在这时，比贾瑞病得早的秦可卿还在病中苟延，并没有死。她在病中已经挨过了两个春分，在第二个春分这一年底，作者曹雪芹又穿插了林黛玉的父亲林如海病故，此时才又将秦可卿的故事放在"明线"上来，这样算来，自第十回秦可卿病倒到第十三回死亡，前后经过了三年。"这样就可以确定秦可卿死于得病后的第4年年初，大约如张太医论断的没有过了春分，死于节气交替之际。"① 张乃良先生的推断是有道理的。为什么会出现这样复杂的情况？冯其庸先生认为："这种情况，正说明这部稿子还是一部未完成的巨著，曹雪芹还没有来得及做最后的文字和情节的统一和定稿工作。同时，这种情节上的前后出入与矛盾，也正是曹雪芹不断修改此稿所留下的一种痕迹。"②

二、秦可卿是如何死的

秦可卿死了，然而她的死因是什么？她以什么样的方式而死？这仍然是谜。金陵十二钗的判画上有一座高楼，上面一个美人悬梁自尽，后面的判词是："情天情海幻情身，情既相逢必主淫。漫言不肖皆荣出，造衅开端实在宁。"这是秦可卿的判词与判画，从画面来看，她应该是自缢而死，

---

① 张乃良：《秦可卿病因及死期臆说》，《榆林高等专科学校学报》2002年第3期。
② 冯其庸：《论庚辰本：增补本》，商务印书馆，2014年版，第128页。

但是书中又明明白白地显示为病死，这种矛盾让研究者匪夷所思。对于秦可卿的死亡方式，红学界主要有两种观点，一是自缢而死，一是病死。

所谓自缢而死，胡文彬先生解释为"强死"或者"横死"。胡先生通过比对《左传》中的故事认为："秦可卿年当青春，'自缢'而死，实属'强死'一类。"① 所以秦可卿非死于病。持有"自缢而死"观点的学者，他们的依据主要来源于文本，一是第五回中的判画，明明白白画着一个美人悬梁自尽。二是当秦可卿死了之后，合家无不"纳闷"和"疑心"。试想如果一个人长期卧病，最后死了，家人是不会感觉"纳闷"或者"疑心"的。正是因为这些证据，林冠夫、胡邦炜、胡适等先生都认为秦可卿是自缢死的，毫无可疑。②

持病死观的学者认为，秦可卿从中秋后就病倒，问医服药，闹得天翻地覆，贾府上上下下人人皆知，并且张太医已经下了"病危通知书"，断定了大概的时间，所以秦可卿就是病死的。

除了这两种主要的死亡方式以外，还有一些杂说，虽然看似也有理有据，然而读来总是让人瞠目结舌。例如张乃良先生断定秦可卿死于"私下堕胎"。张先生通过对文本的分析，认为秦可卿病得太快，并且病得不明不白。张乃良先生推测："秦氏正是在中秋之夜，以跟着老太太游玩为幌子，没过多久，便偷赴阳台，幽会贾珍。结果无心插柳，反而春芽萌发。"③ 怀了孕后，秦氏私下堕胎留下了后遗症，而且症状严重，不治身亡。

三、秦可卿的死亡原因

其实，无论秦可卿死于何种方式，都有一个导致其死亡的原因。那么秦可卿的死因是什么呢？红学界有个共识——淫丧。那么淫丧的主角是谁，虽然有认为是贾蔷的，有推理说是贾敬的，但绝大多数评论者都认为这个主角是贾珍。林冠夫先生说："贾珍与秦可卿关系暧昧，这在焦大的醉骂中得到印证……公媳间的乱伦行为被两个丫鬟撞破，或者是被尤氏撞

---

① 胡文彬：《红边脞语》，辽宁人民出版社，1986年版，第23页。
② 胡适：《胡适点评红楼梦》，团结出版社，2004年版，第92页。
③ 张乃良：《秦可卿病因及死期臆说》，《榆林高等专科学校学报》2002年第3期。

破。"① 大部分研究者和读者都持有这样的认知。虽然秦可卿和贾珍的乱伦关系实实在在存在,但是身处其中的秦可卿是被迫还是自愿,评论者又说法不一了。

在对红楼人物的评论中,评论者或多或少都对曹雪芹笔下的女性抱有一丝同情和理解,所以在为某位女性定评时,都会显露一丝怜香惜玉。就以秦可卿而论,"淫"是作者给她的定位,她和公公贾珍的乱伦也是事实,但是很多研究者都偏向于她。例如张锦池先生说:"秦可卿不是个饱暖思淫欲的淫妇;她是个有心计,有手腕,有封建'治才'的女性;她的羞愤自缢,反映了她耻于聚麀而又无法摆脱这一厄运的精神苦闷。"②

对于秦可卿死亡的原因,周观武先生认为,主要是因为心病。秦可卿性格内向,又心思细密且多情,乱伦之事一旦出现,使她终日提心吊胆,于是万念俱灰,有了死的念头。加之婆婆尤氏的发现,便成了死亡的导火索。③

无论如何,秦可卿死了,她是曹雪芹笔下唯一一个有了终结的正钗。那么作者为什么要让秦可卿这个人物早死呢?严安政先生认为,这是曹雪芹所持"兼美"审美理想的失败结果。严先生指出,林黛玉和薛宝钗的美是不可能兼得的。众美兼得的完人在现实社会中也不会有。生于末世的秦可卿也不可能担负起作者寄予她"继"贾府"家事"的重任。"在现实与自己审美理想和情感愿望发生矛盾,亦即恩格斯所谓世界观与创作方法发生矛盾的时候,曹雪芹作出了尊重生活本来面目的选择:于是忍痛匆匆忙忙让秦可卿早死。"④ 用作者所持有的美学思想来判断小说人物的生与死,是 20 世纪 90 年代出现的一种评论思潮。所以赖振寅先生也认为,秦可卿的死直接源于曹雪芹的美学思想。秦可卿代表着一种"中和之美",而曹雪芹对这样的美学观念深恶痛绝,这也与他崇尚个性、抒写真情的美学观念水火不容,所以秦可卿必须得死。赖先生所谓的"中和之美"是"'以道治欲','反情从志','发乎情止乎礼义','存天理、灭人欲'等,成为

---

① 林冠夫:《红楼梦纵横谈》,广西人民出版社,1985 年版,第 281~282 页。
② 张锦池:《红楼十二论》,百花文艺出版社,1982 年版,第 337 页。
③ 周观武:"秦可卿淫丧天香楼"新臆,《中州学刊》1989 年第 4 期。
④ 严安政:《"兼美"审美理想的失败——论曹雪芹对秦可卿的塑造及其他》,《红楼梦学刊》1995 年第 4 辑。

贯穿于中国封建社会无时不有、无所不在的恢恢天网。"①

四、导致秦可卿死亡迷雾的根源

秦可卿死亡的迷雾，以及表现出来的种种矛盾，归根结底是《红楼梦》的文本经过删改，但是有些地方又未能删除彻底而导致的。加之脂砚斋的批语闪烁其词，更加重了谜团。

《红楼梦》"甲戌本"第十三回有一条眉批道：

> 此回只十页，因删去天香楼一节，少却四五页也。

在后来南京发现的"夕葵书屋"藏本《红楼梦》还有一条批语：

> 秦可卿淫丧天香楼，作者用史笔也。老朽因有魂托凤姐贾家后事二件，岂是安富尊荣坐享人能想得到者？其言其意则令人悲切感服，故赦之。因命芹溪删去"遗簪""更衣"诸文。

从现有的《红楼梦》文本来看，确实有许多蛛丝马迹能证明脂砚斋提及的文段是被删减过的，这已经在红学界达成了共识。然而问题是，曹雪芹为什么要自删其稿呢？周观武先生认为有三点：一是同情秦可卿，虽然秦可卿犯了"淫"，但并非她的本意；二是曹雪芹意识到采用史笔，直书天香楼事件，与第五回所描写的警幻仙姑形象在人物气质上失调；三是曹雪芹认为让秦可卿自缢而死与后边的大丧情节不协调，所以就删改了这部分稿子。② 对于周观武先生提到的第一点，曹雪芹同情秦可卿，张锦池先生也主张这样的说法，认为秦可卿毕竟是受害者。

徐乃为先生认为，曹雪芹对秦可卿故事的改写"从宏观说，则有关《石头记》的成书过程，甚至关系到一些重要版本的前后传承的判定"③。秦可卿的故事是在什么时候改写的？徐先生通过考证最后得出一个时间，即1762年，也就是曹雪芹的死年壬午年。

对曹雪芹删去"天香楼事件"以及让秦可卿这个人物速死的处理方

---

① 赖振寅：《刀斧之笔与菩萨之心——秦可卿之死与曹雪芹的美学思想》，《红楼梦学刊》1999年第1辑。
② 周观武：《"秦可卿淫丧天香楼"新臆》，《中州学刊》1989年第4期。
③ 徐乃为：《秦可卿故事改写过程探原——兼说〈石头记〉的探佚问题》，《南都学坛（人文社会科学学报）》2003年第3期。

式,刘秉义先生认为,这是曹雪芹在创作上的一次重大失误。"这一失误是由主、客观两个方面的因素造成的。在客观方面,我们决不可低估脂砚斋为代表的脂评作者们对曹雪芹《红楼梦》创作的极坏的影响。……主要的还是曹雪芹的主观方面,这是他痛惜贾家盛极而衰,期望能挽救于既倒的感情在起作用;是他创作上背离生活的表现;也是他创作世界观中一些落后思想观念所带来的结果。"①

其实关于刘秉义先生的这一论断,且不论正确与否,至少他打破了一种思维定式,那就是只要是曹雪芹的文字,包括曹雪芹的删减等都是神圣的、不可亵渎和质疑的。在刘秉义先生看来,曹雪芹也是一个普通的作家,没有必要对他无限地拔高。

五、秦可卿死亡的文学意义

秦可卿的一生太过于短暂,美丽的开始就演绎着美丽的毁灭。胡晓明先生说"她短暂的一生,就像天空中的流星,在黑夜里划出了一丝亮迹"。无论如何她已经在曹雪芹的笔下死了,匆匆地离开了这个绚烂的舞台,然而曹公不是一个草率的人,他想通过秦可卿的死亡传递出什么信息呢?历来的评论者所探寻的信息主要集中在三个方面。

一是认为秦可卿的死,象征着封建社会的灭亡。胡文彬先生就说过:"秦可卿在《红楼梦》中的典型意义,绝不仅仅在于作者通过这个艺术典型的塑造来揭露封建贵族阶级的腐朽性,更重要的是预示了一个具有深远意义的事实——坍塌的封建之'天',已经是无人可'补'了。"② 二是认为秦可卿的死在于惊醒世人,书写繁华、富贵的幻灭。例如沈新林先生就说过:"作者深深懂得,世界上没有完美的东西,十全十美的人物在现实生活中是不存在的。因此,他又让这一兼美形象年寿不永,短命夭折,年未二十即亡,成为大观园的少女们进入薄命司的领头羊。"③ 三是认为秦可卿的死在于告诫世人,在面对"性"与"情"的时候一定不能迷失自我。例如郭杨先生说:"秦可卿的死说明女性在面对男性情的诱惑时,要努力把握好分寸,不能迷失自己。以上也许就是《风月宝鉴》中包含的警

---

① 刘秉义:《曹雪芹对于秦可卿的创作》,《红楼梦学刊》1991年第1辑。
② 胡文彬:《论秦可卿之死及其在〈红楼梦〉中的典型意义》,《江淮论坛》1980年第6期。
③ 沈新林:《试论〈红楼梦〉中的"兼美"形象》,《南京师范大学文学院学报》2005年第2期。

戒和教训吧。"①

对于秦可卿这个人物的文学意义，陈树璟先生曾经做了一个比较全面的总结："作者通过秦氏，让贾府全盛时期展现于广大读者面前；又通过她的短促一生，并用全书开端的显著地位，象征性预示读者：荣华富贵，显赫威烈，不过是过眼烟云，稍纵即逝。盛衰荣枯，是谁也改变不了的常理。因而，又使她成为作者观念的代言人。通过她，向主持家政者及其当然的法定继承人发出警告：早留下退步，预谋好余地，为子孙的免遭困厄及家族的重新振作准备可能的物质与人力的条件。从而以此清楚地表达了作者的精神寄托和追求目标；当然，也因此而暴露了作家世界观不可回避的矛盾，证明《红楼梦》尽管是一曲封建制度无可挽救的悲歌，但也毕竟改变不了又是旧世界挽歌的基本性质。"②

六、秦可卿的丧葬

在曹雪芹的笔下，有两次极其宏大的场面描写，一次是可卿丧礼，另外一次是元妃省亲。这一悲一喜构成了一种具有强大张力的艺术效果。秦可卿的丧葬仪式为什么如此奢靡？不同的学者有着不同的看法。罗盘先生认为这包含两层含义，一是秦可卿这个人物并不是凭空捏造的，可能是作者亲族中的一个真实人物，而且分量极重，故而在行文濡墨间就不免特别细心，付出特别多的情感。二是作者之所以要着力写秦可卿之死，极尽铺张地展示丧事，"乃是藉以显示当时贾家的家势也"。③

对于秦可卿的丧仪，蒋勋先生的一句话点得非常透，"秦可卿的丧礼已经不是一个人的死亡事件，它变成了一个家族的政治应酬"。来来往往的达官显贵，锣鼓喧天的法事道场，表面尽显哀伤，其实质就是一出人为的排场。从贾珍为贾蓉买官的事件来看，就是为了整个丧礼的脸面好看，"这些行为与秦可卿的梦刚好相反。秦可卿觉得这个家族已经豪盛到了奢华的地步，应该及时警醒，而她的丧事奢华靡费，恰恰证实了秦可卿的忧

---

① 郭杨：《还记石头成一梦　欲解红楼觅二秦——二秦形象的整体考察》，《南都学坛（人文社会科学学报）》2005年第1期。
② 陈树璟：《锦绣荣华倾刻尽——论秦可卿的象征意义》，《红楼梦学刊》1987年第2辑。
③ 胡文彬、周雷编：《台湾红学论文选》，百花文艺出版社，1981年版，第201~203页。

虑实在不是杞人忧天"①。

第五节　曹雪芹使用的创作方法研究

《红楼梦》中关于秦可卿的文字简短而又浓烈，看似晴空万里，又感觉迷雾重重，有真实，也有梦幻。曹雪芹采用了什么样的创作手法竟然能达到这样的艺术效果呢？总结评论者的观点，主要有以下三种。

一、原型改造说

艺术源于生活，曹雪芹是现实主义作家，他笔下的人物大多有原型作为参照，秦可卿也不例外。丁维忠先生就曾做过探佚，并指出："曹雪芹在小说中加以艺术加工而写的秦可卿，是以上述生活中的那个'秦可卿'为生活原型，及其与'贾珍'私通、'爬灰'这真人真事为生活素材，脱胎摹写而来！"② 至于生活中的这个秦可卿是曹雪芹的什么人，探佚学家并没有给出一个明确的答案。

二、梦幻创作说

在《红楼梦》文本中，梦境是曹雪芹一个极其具有创意的手法，而秦可卿在仅有的几次出场中，竟然和两个极其重要的梦境关联。正因为如此，胡晓明先生认为这构成了秦可卿形象的梦幻效果。首先是"高唐之梦幻于宝玉"，它展示了作者丰富的创作技法，同时符合故事中人物性情的发展。其次是"义理之梦托于凤姐"，用梦境述说人生的哲理，同时表达"家庭中最小辈人对整个家庭前途的担忧"③。杨树彬先生也持有"梦幻创作说"的观点。他认为秦可卿就是一个梦幻的人，贾宝玉梦见秦可卿就是一个荒唐的梦，秦可卿托梦王熙凤是一个难于判属的梦，贾珍奢办秦可卿的丧事，就是一个梦断淫邪的故事，读者对秦可卿的探索就是一个寻梦者

---

① 蒋勋：《蒋勋说红楼梦·第二辑》，上海三联书店，2010年版，第78页。
② 丁维忠：《〈红楼梦〉中的五个"秦可卿"》，《河南教育学院学报（哲学社会科学版）》2005年第6期。
③ 胡晓明：《秦氏之死与贾府盛极之衰》，《红楼梦学刊》1999年第2辑。

的历程。①

三、模仿创作说

《红楼梦》是中国古典小说创作技艺的集大成者，所以无论是人物，还是故事情节的安排，其描写方法都有对传统小说的继承与发展。秦可卿的创作手法也烙下了模仿创作的痕迹。所以夏志清先生就说过："作者（曹雪芹）似乎让她（秦可卿）仿效李瓶儿，李瓶儿也是久病而死，她的魂灵也出现在西门庆的梦中并劝告过他。"② 在红学界流传着《红楼梦》脱胎于《金瓶梅》之说，这就是持模仿创作说而导致的结论。

---

① 杨树彬：《梦与秦可卿》，《红楼梦学刊》1988年第2辑。
② 〔美〕夏志清著，胡益民等译：《中国古典小说史论》，江西人民出版社，2001年版，第274页。

读后感

宋长丰

从清朝起，对《红楼梦》中人物形象的评论便如雨后春笋般开始了。像洪秋蕃、张新之、二知道人、陈其泰、王希廉等评点史上的名家，或多或少地对人物进行了评论，而且各具特色，例如陈其泰抓住一个"情"字评人，王希廉抓住"福寿才德"将人物分门别类。现当代的人物评论影响力最大的应属王昆仑先生的《红楼梦人物论》。在红学研究中，人物批评可谓浩如烟海，层出不穷，散落在不同的著作、文章之中。因为卷帙浩繁，对于人物的评论，人们看得眼花缭乱，遇到上乘佳作当然欢欣鼓舞，但若遇到一味翻古人意、生拉硬扯的文章，真是让人头痛。不过这下头痛病要医好了，马经义先生的这部《红楼十二钗评论史略》的著作，将凡涉及十二钗人物的文章来了一次大的筛选、洗涤。他经过将近四年的准备、规划、搜集、圈点、摘录、誊抄、写作、校对、修改等工作，拿出了一部优秀的史论集。

阅读完这部专著后，对于人物评论，我觉得至少有两点应该注意。

第一，立体饱满的红楼人物形象，不能简单地以对错忠奸划分。

在曹雪芹的笔下，我们可以发现他对每一个角色都寄予了怜悯和同情，他的如椽史笔并没有简单地将憎恨厌恶赤裸裸地贴在红楼人物的表面。他就如同那块游历了人间又回到青埂峰下的石头，如实不加讳饰地记录下了事情的前因后果而已。对于红楼人物的褒扬批评，公道其实就藏在读者心中。

例如站在读者的立场上，有人会去恨凤姐，中饱私囊，犹如蠹虫，榨干了贾府，最终自己也机关算尽，反算了卿卿性命。然而以凤姐的实干与智慧，难道她就没有想过如何挽救吗？难道她的初衷就是要将整个百年望族拖垮吗？家族的命运并非她一脂粉能左右的，这是历史的必然。凤姐假如早生五十年，我们必然可以看到轰轰烈烈的家族在她的运筹帷幄之下烈火烹油、鲜花着锦。

凤姐的才能是出众的。在该书中，人们可以看到众多学者对于同一样事情，却有着不同的评析。例如对凤姐的才能，学者们所持有的态度和观点就各有异同。有学者认为她的口才是"用最诚恳的词语隐藏最歹毒的心肠，用最火热的声调掩饰最冷漠的灵魂"。也有学者认为她的管理才能"贾府的男人没有一个比得上她。不说别的，只要看她'协理宁国府'，不到一个月的时间，就把原来'都忒不像了'的宁府，整治得'众人不敢偷闲。自此兢兢业业'。在贾府的男人中，有哪一个能具备这样的统治才能呢？"只有把众位学者的评论综合起来看，你才会觉得王熙凤是立体而饱满的，如果单听一面之词，不仅歪曲了凤姐的形象，也辜负了雪芹十年辛苦的血与泪。所以对于红楼人物的评析，一定不能简单化一，我想这也是我们可以从马先生的梳理总结中得到的启示。

第二，红楼人物形象的形成是相互作用的结果。

金陵十二钗之所以能叫金陵十二钗，是因为她们同时出现在了贾府中。假如抽离妙玉，她仍住在玄墓蟠香寺，那么她永远不过一故作清高之道姑，她的几次出场机会，"栊翠庵茶品梅花雪""凹晶馆争联即景诗"都将是空中楼阁。在妙玉不多的几次出场中，人们可以发现她的才气性情都是在其余金钗的见证下完成的。所以她的形象也就跃然纸上，活灵活现了。当然，这里有个大前提，妙玉与诸钗的生活环境是理想世界中的大观园，换作其他环境，她们名义上还是能叫金陵十二钗，但是却体现不出来她们的与众不同。

在马先生的梳理中，你会发现虽然十二钗单独成篇，但是众位学者的评析大多是在人物间相互比较的前提下进行的，并且都落在了特定的环境中加以评析。所以红楼人物形象的形成一定是人与人之间、人与环境之间相互作用的结果。这是该书所传递出的又一评论启示。

《红楼十二钗评论史略》一书的作者，将自己的观点渗透在行文之中，不经意间就会被这种"狡狯"之笔瞒过。乍一看仅仅是一些诸如"名字涵义""身世""才干""性情"之类条款的罗列，而且一路走来都是云淡风轻，波澜不惊。照理来说，这是文学之大忌，然而却是学术考镜源流之必备。在平静的叙述之中，我仍然有新的收获。马经义先生虽然以梳理总结前人的评论为基调，但是其中也暗藏着他对红楼人物评论的看法。例如马先生说："对于从传统文化的角度探析林黛玉的意义与价值，在红楼人物评论中逐渐被凸显出来，这也是红楼人物评论最为值得探寻的方向。"这句话虽然是在总结林黛玉的评析，但是其中却能看出马先生认为的未来红楼评论方向——从传统文化的角度探析人物的价值与意义。

  红学举步维艰。曹雪芹著书没有预想到呕心沥血之作会成为一门学问；王国维先生没想到不过自己写一篇读后感，竟会成为时代新的起点；胡适先生"但开风气不为师"，不过写了几篇考证文章，借以竖起"整理国故"的大旗，没想到竟会在此九十年后，学界仍然在考证，证完了曹雪芹、证曹寅，证完了生平、证交游；蔡元培先生也不过是借他人酒杯浇自己心中块垒，结果还就有"密谋雍正"的说法横空出世。他们一开始都没有想到红学能成为一门显学，迅速红透天下，又迅速被人诟病。不是学者不够努力，皓首穷经、青丝白发在少数吗？也不是前不见古人，后不见来者，青年红学研究者还不够多吗？红学的问题究竟在哪儿？读完这部《红楼十二钗评论史略》，我疑虑重重。每一种评论都是读书人的一家之言，五颜六色是很绚烂，但毕竟曹雪芹的初衷仅有一种，他要表达的意思只有一个。现在出现这么多观点，谁对谁错，对或错的意义又如何？红学革命什么时候可以到来？新的方向必须开辟，不然这样牵扯下去，一没有尽头，二没有意义。我希望后面的治学者能够将这部书作为一部工具书，作辞典类的查找，作新方向的思考。因为在本书中，暗涌着一股生机。当人物评论和红学专家同时进入该书中时，我们可以发现，前一阶段的是是非非可以挽总了，不必纠缠了，我们还有更多其他的事需要做。

壬辰除夕完稿于绵州涪江之畔越王楼前